«PANDORA»

I romanzi di Jack Higgins

A solo
Il tocco del diavolo
La spia di vetro
Una preghiera per morire
Confessionale
La notte della volpe
Memorie di un aspirante rubacuori
Viaggio all'inferno
Il nido del falco
Il ritorno dell'aquila

JACK HIGGINS

L'OCCHIO DEL CICLONE

Traduzione di Maria Magrini

SPERLING & KUPFER EDITORI
MILANO

ISBN 88-200-1743-1
86-I-94

In memoria di mio nonno,
Robert Bell, medaglia al valore,
prode soldato

I venti del cielo soffiano. Date esecuzione al piano. Dio sia con voi.

Messaggio in codice, Radio Iraq,
Baghdad, gennaio 1991

L'attentato contro il Numero Dieci di Downing Street, mentre il Consiglio di guerra era riunito in seduta, alle ore dieci di giovedì 7 febbraio 1991, è ora un fatto storico. Non è mai stato chiarito in modo soddisfacente. Le cose potrebbero essersi svolte così...

1

Era già quasi buio, quando Dillon uscì dal vicolo e si fermò all'angolo della strada. Il vento spingeva sulla Senna un turbine di pioggia mista a nevischio e faceva molto freddo, anche per un giorno di gennaio a Parigi. Dillon indossava un giubbotto, un berretto con la visiera, un paio di jeans e degli stivali, come un qualsiasi marinaio sceso da una delle chiatte ormeggiate sul fiume. Il che decisamente non era.

Si accese una sigaretta facendosi schermo con la mano e si fermò nell'ombra, scrutando attraverso la piazzetta acciottolata le luci del piccolo caffè di fronte. Poi gettò la sigaretta, si infilò le mani nelle tasche e si accinse ad attraversare.

Nel buio dell'entrata del locale due uomini erano in attesa e lo guardavano avanzare. Uno di loro sussurrò: «Dev'essere lui».

Fece per muoversi ma l'altro lo trattenne. «No, aspetta che sia entrato.»

Dillon, con tutti i sensi all'erta acuiti da vent'anni di vita fuorilegge, si era accorto della loro presenza, ma non ne diede segno. Si fermò all'entrata, infilò la mano sinistra sotto il giubbotto per assicurarsi che la Walther PPK fosse al suo posto nella cintola dei pantaloni, poi aprì la porta ed entrò.

Era il tipico locale di quella parte del fiume: una mezza dozzina di tavolini e sedie, il bancone con il ripiano zincato e una fila di bottiglie allineate contro lo specchio incrinato alla parete. L'accesso al retrobottega era nascosto da una tenda di perline.

Il barista, un vecchio signore con i baffi grigi, portava un giaccone di lana dai polsini logori e una camicia senza colletto. Depose la rivista che stava leggendo e si alzò dal suo sgabello.

«*Monsieur?*»

Dillon si sbottonò il giubbotto e posò il berretto sul banco. Era piuttosto basso di statura, non più di un metro e sessantacinque, biondo di capelli, e i suoi occhi non erano di un colore particolare, ma erano i più freddi che il barista avesse mai visto in vita sua. Il vecchio rabbrividì per un inspiegabile moto di paura e allora Dillon sorrise. Fu un cambiamento sorprendente: d'improvviso un'ondata di calore e un fascino irresistibile apparvero sul suo volto e, quando parlò, il suo francese era perfetto.

«Avresti mica in casa una mezza bottiglia di champagne?»

Il vecchio lo fissò stupito. «Champagne? Lei vuole scherzare, signore. Io qui ho solo due tipi di vino, uno rosso e l'altro bianco.»

Posò sul banco una bottiglia dell'uno e una dell'altro: era roba di qualità così scadente che le bottiglie avevano i tappi di latta, invece che di sughero.

«Vada per il bianco, allora. Dammi un bicchiere.»

Si rimise in testa il berretto e andò a sedersi a un tavolino contro la parete, da dove poteva sorvegliare tanto l'entrata quanto la porta mascherata dalla tenda. Aprì la bottiglia, versò un po' di vino nel bicchiere e lo assaggiò.

«E che annata sarebbe questa?» osservò rivolto al barista. «La vendemmia della settimana scorsa?»

«Signore?» Il vecchio lo guardò sconcertato.

«Non importa.» Dillon si accese un'altra sigaretta, si appoggiò all'indietro sulla sedia e rimase in attesa.

* * *

L'uomo che era in piedi dall'altra parte della tenda di perline e scrutava nel bar era sulla cinquantina: di media altezza, l'espressione un po' sprezzante e il collo di pelliccia del pastrano scuro rialzato per proteggersi dal freddo. Aveva l'aspetto di un ricco uomo d'affari, a giudicare dal Rolex d'oro che portava al polso sinistro; aspetto che, del resto, rispondeva quasi perfettamente alla realtà, poiché l'uomo era l'addetto commerciale presso l'ambasciata sovietica di Parigi. Era anche colonnello del KGB e rispondeva al nome di Josef Makeev.

L'uomo bruno, più giovane, che indossava un costoso cappotto di vigogna e sbirciava al di sopra della sua spalla si chiamava Michael Aroun. Gli sussurrò in francese: «Ma è ridicolo! Non può essere il nostro uomo! Quella mezza cartuccia?»

«Un grave errore che molti hanno già fatto, Michael. Aspetta e vedrai.»

Il campanello tintinnò e la porta d'ingresso si spalancò, facendo entrare una folata di pioggia. I due uomini che avevano aspettato fuori comparvero sulla soglia: uno di loro era alto più di un metro e ottanta, con una gran barba nera e una brutta cicatrice sulla guancia destra, fino all'occhio; l'altro era più basso, ed entrambi indossavano pesanti giubbotti e tute da lavoro. Parevano esattamente quello che erano: guai in vista.

Si diressero al banco e il vecchio barista li guardò preoccupato. «Niente paura», disse il più giovane. «Vogliamo solo un bicchiere.»

Quello grande e grosso si voltò a guardare Dillon. «Ah, eccone uno!» Andò al tavolino di Dillon, afferrò il suo bicchiere e bevve di un fiato. «Al nostro amico non dispiace, vero?»

Senza neanche alzarsi, Dillon sollevò di colpo il piede sinistro e lo calò con tale violenza sul ginocchio dell'uomo barbuto che questi crollò a terra con un grido soffocato, afferrandosi al tavolino. Dillon si alzò in piedi e il barbuto cercò di imitarlo, lasciandosi poi cadere su una sedia. Il suo amico tolse una mano di tasca e fece scattare la lama di un coltello a serramanico, ma nella sinistra di Dillon era già comparsa la Walther PPK.

«Giù il coltello. Cristo, non imparate mai, voialtri! Adesso rimetti in piedi questo sacco di merda e portalo via di qui visto che non sono ancora troppo arrabbiato. A proposito, faresti meglio a portarlo al Pronto soccorso più vicino, mi pare di avergli messo la rotula fuori uso.»

Il piccoletto cercò di rimettere in piedi il compagno, che aveva la faccia contratta dal dolore. Dillon andò alla porta e l'aprì: la pioggia continuava a scrosciare senza tregua.

I due si trascinarono fuori. «Buonanotte a voi», li salutò Dillon, e richiuse la porta.

Sempre tenendo la Walther nella sinistra, si accese una sigaretta con un fiammifero preso dalla scatola che stava sul banco e sorrise al vecchio barista che lo guardava terrorizzato. «Non ti preoccupare, vecchio mio, non ce l'ho con te.»

Poi si appoggiò al banco e chiamò in inglese: «D'accordo Makeev, so che sei lì, vieni pure fuori».

La tenda di perline si aprì e Makeev e Aroun entrarono nel locale.

«Mio caro Sean, lieto di rivederti!»

«Sei un bel tipo!» ribatté Dillon, con una leggera traccia di accento irlandese. «Un attimo prima mandi un tizio ad accoltellarmi e subito dopo sei tutto zucchero e miele.»

«Era necessario, Sean», ribatté Makeev. «Dovevo dare una prova al mio amico qui. Lascia che ti presenti.»

«Non occorre, ho visto abbastanza spesso la sua foto: se non è sulle pagine finanziarie è sulle riviste mondane. Lei è Michael Aroun, giusto? L'uomo che ha in tasca tutto il denaro del mondo.»

«Non proprio tutto, signor Dillon.» Aroun gli porse la mano.

Dillon la ignorò. «Saltiamo i convenevoli, vecchio mio, e dica a quel tipo che sta là dietro la tenda di venir fuori.»

«Rashid, fa' quello che dice», ordinò Aroun, e rivolto a Dillon: «È solo il mio assistente».

Il giovane che uscì da dietro la tenda aveva la carnagione scura e lo sguardo vigile; indossava una giacca di pelle con il bavero rialzato e teneva le mani infilate in tasca.

Dillon sapeva riconoscere un professionista al primo sguardo. «Fuori le mani», intimò facendo un gesto con la Walther. Rashid sorrise e tolse le mani di tasca. «Bene.» Girò lo sguardo sui tre. «Adesso devo andare.»

Si voltò e aprì la porta. «Sean, sii ragionevole», gli disse Makeev, «vogliamo solo parlare. Per un lavoro, Sean.»

«Spiacente, Makeev, ma non mi va il modo in cui trattate gli affari.»

«Nemmeno per un milione, signor Dillon?» intervenne Michael Aroun.

Dillon si voltò e gli rivolse uno sguardo calmo, poi sorrise, di nuovo con quel suo fascino particolare. «In sterline o in dollari, signor Aroun?» chiese, e uscì nella pioggia.

La porta sbatté e Aroun osservò: «Lo abbiamo perduto!»

«Niente affatto», replicò Makeev. «È un tipo strano.» Si volse a Rashid. «Lei ha con sé il telefono portatile?»

«Sì, colonnello.»

«Bene, lo segua. Gli resti incollato dietro e quando si ferma, mi telefoni. Ci può trovare in Avenue Victor Hugo.»

Rashid non disse una parola e uscì. Aroun tirò fuori il portafogli e ne tolse un biglietto da mille franchi, che posò sul banco. «Le siamo molto grati», disse al barista, che lo guardava stupefatto, poi si voltò e seguì Makeev in strada.

Si mise al volante di una Mercedes nera. «Quel tizio non ha avuto un attimo di incertezza, là dentro», osservò rivolto al russo.

«Sean Dillon è un tipo speciale», assentì Makeev mentre la macchina si metteva in moto. «Ha preso in mano per la prima volta un fucile quando lavorava per l'IRA, nel 1971. Venti anni fa, Michael, vent'anni, e non una volta che sia finito in gabbia. È stato coinvolto nell'affare Mountbatten. Poi scottava troppo persino per i suoi, ed è passato in Europa. Come ti ho detto ha lavorato un po' per tutti: per l'OLP, per la RAF in Germania ai vecchi tempi, per il movimento separatista basco, l'ETA. Ha ucciso un generale spagnolo per loro.»

«E per il KGB?»

«Naturalmente. Ha lavorato per noi in molte occasioni. Noi usiamo sempre il meglio, e Sean Dillon è il meglio. Parla inglese e irlandese, non che questo ti importi, alla perfezione il francese e il tedesco, e discretamente anche l'arabo, l'italiano e il russo.»

«E nessuno l'ha mai beccato in vent'anni. Come si può essere così fortunati?»

«Perché ha un eccezionale talento di attore, amico mio. È un genio, si potrebbe dire. Ancora ragazzo, suo padre lo condusse da Belfast a Londra, dove ottenne una borsa di studio per la Reale accademia di arte drammatica. Recitò anche al National Theatre, quando aveva diciannove o vent'anni. Non ho mai conosciuto nessuno in grado di cambiare così del tutto personalità e aspetto con il semplice linguaggio gestuale. Raramente ricorre al trucco, anche se devo ammettere che lo aiuta, quando vuole. Dillon è una leggenda, e i Servizi segreti di molti Paesi lo lasciano in pace semplicemente perché non riescono a dargli un volto, e non sanno chi cercare.»

«E gli inglesi? Dopotutto dovrebbero essere gli esperti, quando c'è di mezzo l'IRA.»

«No, neppure gli inglesi. Come ti ho detto, Dillon non è mai stato arrestato, nemmeno una volta e, diversamente da molti dei suoi amici dell'IRA, non ha mai amato la pubblicità. Credo che non esista nessuna sua fotografia, tranne forse qualche istantanea di gioventù.»

«E qualche foto di quando faceva l'attore?»

«Forse, ma si tratta di vent'anni fa, Michael.»

«E tu credi che accetterà questo lavoro, se gli offro abbastanza denaro?»

«No, il denaro da solo non basta a un tipo come lui, deve essere il lavoro in sé che lo attira. Come posso spiegarti? Deve essere stimolante per lui. Dillon è un uomo per il quale recitare era tutto; quello che gli offriamo è una nuova parte sulla scena. Il Teatro della strada, magari, ma è sempre recitare.» Sorrise, mentre la Mercedes si immetteva nel traffico che scorreva intorno all'Arco di Trionfo. «Aspetta e vedrai. Aspettiamo che Rashid chiami.»

In quel momento, il capitano Ali Rashid si trovava all'imbocco di un piccolo molo che si protendeva sulla Senna. Continuava a cadere una pioggia violenta, ancora mista a nevischio e si erano accesi i riflettori sulla facciata di Notre Dame, che pareva una visione rubata attraverso una tenda di merletto. Rashid vide Dillon svoltare sul molo e dirigersi verso il piccolo edificio su palafitte che sorgeva all'estremità. Aspettò che entrasse e lo seguì.

Era una vecchia bicocca di legno tutt'intorno alla quale erano ancorate barche e chiatte di diverse forme e dimensioni. L'insegna sulla porta diceva LE CHAT NOIR. Sbirciò cautamente attraverso il vetro: c'era un bar e diversi tavolini, pressappoco come nell'altro locale, con l'unica differenza che qui i clienti mangiavano. Contro la parete, un uomo seduto su un alto sgabello stava suonando la fisarmonica. Tutto molto parigino. Dillon, appoggiato al banco, stava parlando con una ragazza.

Rashid tornò indietro fino all'imbocco del molo, si fermò presso la balaustrata, al riparo di una piccola terrazza, prese il telefono portatile e compose il numero della casa di Aroun in Avenue Victor Hugo.

Si udì un leggero scatto quando il grilletto della Walther venne alzato e Sean Dillon premette la bocca della pistola sull'orecchio dell'arabo. «Allora, figliolo, qualche piccola risposta», grugnì a voce bassa. «Chi sei?»

«Mi chiamo Rashid», rispose il giovane, «Ali Rashid.»

«E che cosa sei? Sei dell'OLP?»

«No, signor Dillon. Sono capitano dell'esercito iracheno, assegnato alla protezione del signor Aroun.»

«E Makeev e il KGB?»

«Diciamo che sono dalla nostra parte.»

«Da come stanno andando le cose nel Golfo, mi sembra che abbiate davvero bisogno di qualcuno che stia dalla vostra parte, figlio mio.» Dal telefono giunse il debole suono di una voce. «Avanti, rispondi.»

Makeev stava dicendo: «Rashid, dov'è il nostro uomo?»

«È proprio qui, fuori di un bar sul fiume, vicino a Notre Dame. Con la bocca della sua Walther ficcata nel mio orecchio.»

«Passamelo», ordinò Makeev.

Rashid porse il telefono a Dillon, che borbottò nel ricevitore: «E allora, vecchio bastardo!»

«Un milione, Sean. Sterline, se è la valuta che preferisci.»

«E che cosa dovrei fare per tutto questo denaro?»

«È il colpo di una vita. Fatti portare qui da Rashid e ne parleremo.»

«Non mi piace», ribatté Dillon. «Preferisco che tu alzi il culo e venga qui a prenderci.»

«Nessun problema», disse Makeev. «Dove sei?»

«Sulla riva sinistra, di fronte a Notre Dame. Un piccolo bistrot sul molo, si chiama *Le Chat Noir*. Restiamo qui ad aspettare.»

Si infilò la Walther nella tasca e restituì il telefono a Rashid, che chiese: «Viene lui, allora?»

«Naturalmente.» Dillon sorrise. «Adesso tu e io ce ne andiamo dentro a bere qualcosa come due buoni amici.»

In Avenue Victor Hugo, in un salotto al primo piano che guardava sul Bois de Boulogne, Josef Makeev depose il ricevitore e andò a prendere il cappotto che aveva gettato su un divano.

«Era Rashid?» chiese Aroun.

«Sì. Adesso è con Dillon in un bar sul fiume. Vado a prenderli.»

«Vengo con te.»

Makeev si infilò il cappotto. «Non occorre, Michael, tu resta qui di guardia. Non ci metteremo molto.»

Quando Makeev fu uscito, Aroun aprì un portasigarette d'argento, si accese una sigaretta e si sedette davanti al televisore. Stava andando in onda il notiziario, con un servizio in diretta da Baghdad su un attacco dell'aeronautica britannica sulla città. Preso da un impeto di rabbia spense il televisore, si versò un brandy e andò a sedersi accanto alla finestra.

Michael Aroun aveva quarant'anni, ed era un personaggio notevole sotto tutti gli aspetti. Nato a Baghdad, da madre francese e padre iracheno, un alto ufficiale delle forze armate, aveva una nonna materna che era americana. Da lei sua madre aveva ereditato dieci milioni di dollari e un buon numero di concessioni petrolifere nel Texas.

Sua madre era morta l'anno in cui Aroun si era laureato alla facoltà di Giurisprudenza di Harvard, lasciando ogni suo avere al figlio, perché il padre, che era andato in pensione con il grado di generale dell'esercito iracheno, preferiva passare gli ultimi anni in mezzo ai suoi libri, nella vecchia casa di famiglia a Baghdad.

Come la maggior parte dei grandi uomini di affari, Aroun non aveva una preparazione accademica specifica. Non sapeva nulla di pianificazione finanziaria o di amministrazione commerciale. Il suo motto preferito, che citava continuamente, era: «Quando ho bisogno di un nuovo contabile, mi compero un nuovo contabile».

La sua amicizia con Saddam Hussein era il logico risultato del fatto che il presidente iracheno, nei primi tempi della sua carriera politica, aveva ricevuto un valido appoggio dal padre di Aroun, che era anche un membro importante del partito Baath. Aroun, quindi, era venuto a trovarsi in una posizione privilegiata per lo sfruttamento delle risorse petrolifere del suo Paese, e ne aveva tratto ricchezze incalcolabili.

«Dopo il primo miliardo si smette di contare», era un altro dei suoi detti preferiti. E ora si trovava di fronte al disastro: non solo gli erano stati strappati i promettenti campi petroliferi del Kuwait, ma quella parte delle sue ricchezze che proveniva da fonte irachena si era di colpo inaridita, sotto i massicci attacchi aerei della coalizione, che dal 17 gennaio stavano devastando il suo Paese.

Aroun non si illudeva, sapeva che la partita era alla fine, e forse non sarebbe mai dovuta cominciare; sapeva che il sogno di Saddam Hussein era tramontato. Come uomo di affari, era abituato a calcolare le probabilità e si rendeva conto che l'Iraq aveva scarse possibilità nella prospettiva dell'imminente offensiva terrestre.

Personalmente era ben lontano dall'essere rovinato, aveva ancora investimenti petroliferi negli Stati Uniti, e il fatto che fosse cittadino francese, oltre che iracheno, costituiva un problema per Washington. Poi aveva il suo impero navale e un ingente patrimonio immobiliare in diverse grandi città di tutto il mondo.

Ma non era questo che contava, in quel momento. La rabbia gli stringeva la gola quando vedeva ciò che avveniva a Baghdad ogni notte, perché Aroun era un patriota, cosa sorprendente in un uomo così egocentrico. C'era anche il fatto, infinitamente più importante, che suo padre era rimasto ucciso sotto un bombardamento la terza notte dell'offensiva aerea.

E c'era anche un grande segreto nella sua vita, perché in agosto, poco tempo dopo l'invasione del Kuwait da parte delle forze armate irachene, Aroun era stato chiamato da Saddam Hussein in persona.

Seduto là, vicino alla portafinestra che dava sul Bois de Boulogne, con un bicchiere di brandy in mano, Aroun guardava la pioggia che scrosciava sulla terrazza nella luce incerta del crepuscolo e ricordava quell'incontro.

* * *

Era in corso un'esercitazione dell'aviazione, mentre una Land Rover dell'esercito lo trasportava per le vie completamente buie di Baghdad. Al volante c'era un giovane capitano dei Servizi segreti, Ali Rashid, che aveva già incontrato in passato: un ufficiale delle nuove leve, addestrato dagli inglesi a Sandhurst. Aroun gli offrì una sigaretta inglese e ne accese una per sé.

«Che cosa ne pensa? Crede che quelli si muoveranno?»

«Gli americani e gli inglesi?» Rashid si esprimeva con molta cautela. «E chi lo sa? Certo ci sarà una reazione. Sembra che il presidente Bush sia per la linea dura.»

«Ma no, si sbaglia. Ho incontrato due volte Bush faccia a faccia, in riunioni alla Casa Bianca. È quello che i nostri amici americani chiamano un bravo ragazzo, non c'è durezza in lui.»

Rashid alzò le spalle. «Io sono un uomo semplice, signor Aroun, un soldato, e forse vedo le cose in modo troppo semplice. A vent'anni Bush era pilota della Marina, è rimasto molto tempo in servizio attivo, è stato anche abbattuto sul Mar del Giappone ed è sopravvissuto, ricevendo la Distinguished Flying Cross. Io non sottovaluterei un uomo del genere.»

Aroun si accigliò. «Andiamo, amico mio, gli americani non spediranno certo un esercito dall'altra parte del mondo solo per proteggere un piccolo stato arabo.»

«Non è quello che hanno fatto gli inglesi nella guerra delle Falkland?» osservò Rashid. «In Argentina non si sarebbero mai aspettati una reazione simile. Certo avevano alle spalle la fermezza della Thatcher, gli inglesi voglio dire.»

«Dannata donna», borbottò Aroun, e si appoggiò all'indietro sul sedile, sentendosi all'improvviso depresso, mentre attraversavano il cancello del palazzo presidenziale.

* * *

Seguì Rashid per lunghi corridoi di marmo splendente alla luce della torcia del giovane ufficiale. Era un'esperienza strana, quasi sinistra, seguire la minuscola macchia di luce sul pavimento, negli ambienti bui dove riecheggiava il suono dei loro passi. Si arrestarono davanti a una porta riccamente decorata, e controllata da due sentinelle; Rashid la aprì ed entrarono.

Saddam Hussein era solo, in uniforme, seduto a una grande scrivania; l'unica luce proveniva da una lampada velata. Stava scrivendo, con una grafia lenta e accurata; al loro ingresso alzò la testa e sorrise deponendo la penna.

«Michael.» Girò intorno alla scrivania e abbracciò Aroun come un fratello. «Tuo padre? Come sta?»

«Benissimo, grazie, presidente.»

«Porgigli i miei ossequi. Hai un bell'aspetto, Michael, l'aria di Parigi ti fa bene.» Sorrise ancora. «Fuma pure, se vuoi, so che ti piace. I medici purtroppo mi hanno detto di smettere, altrimenti...»

Sedette di nuovo alla scrivania e Aroun prese posto di fronte a lui, conscio della presenza di Rashid appoggiato alla parete buia. «Parigi è splendida, ma il mio posto è qui, ora, in questi tempi difficili.»

Saddam scosse la testa. «Errore, Michael. Io ho migliaia di soldati, ma pochi uomini come te. Sei ricco, famoso, sei bene accetto nell'alta società e negli ambienti di governo in tutto il mondo. E c'è di più: grazie alla tua amata madre, che Dio l'abbia in gloria, non sei solo un iracheno, sei cittadino francese. No, Michael, io ho bisogno che tu resti a Parigi.»

«Ma perché, presidente?»

«Perché un giorno potrei aver bisogno che tu renda un servizio a me e al tuo Paese, un servizio che solo tu puoi fare.»

«Può contare in tutto e per tutto su di me, lo sa bene.»

Saddam Hussein si alzò e si avvicinò alla portafinestra, aprì le imposte e uscì sulla terrazza. Il cessato allarme risuonava cupamente sulla città e qua e là cominciavano ad accendersi delle luci.

«Spero sempre che i nostri amici in America e in Inghilterra se ne stiano a casa loro, ma in caso contrario...» Si strinse nelle spalle. «Allora è in casa loro che dovremo combatterli. Ricordati, Michael, ciò che dice il Profeta nel Corano: 'C'è più verità in una sola spada che in diecimila parole'.» Tacque un attimo, poi continuò, sempre contemplando le luci della città: «Un solo cecchino al buio, Michael, un cecchino dei Servizi segreti inglesi o israeliani, fa lo stesso, ma che colpo la morte di Saddam Hussein!»

«Dio non voglia!» esclamò Aroun.

Saddam si volse verso di lui. «Come Dio vuole, Michael, in ogni cosa, ma tu mi capisci? Lo stesso si può dire di Bush o della Thatcher. Sarebbe la prova che il mio braccio arriva ovunque. Il colpo definitivo.» Tacque un attimo. «Tu saresti in grado di combinare la cosa, se necessario?»

Aroun non si era mai sentito tanto eccitato in tutta la sua vita. «Penso di sì, presidente. Tutto è possibile, soprattutto se si ha abbastanza denaro. Questo sarebbe il mio dono per lei.»

«Bene.» Saddam annuì. «Tornerai immediatamente a Parigi e il capitano Rashid ti accompagnerà. Porterà con sé i dettagli di certi codici che useremo nelle trasmissioni radio, cose del genere. Può darsi che quel giorno non venga mai, Michael, ma se invece arrivasse...» Si strinse nelle spalle. «Abbiamo già alcuni amici nei posti giusti.» Si voltò verso Rashid. «Quel colonnello del KGB all'ambasciata sovietica di Parigi?»

«Il colonnello Josef Makeev, presidente.»

«Sicuro.» Saddam Hussein si rivolse di nuovo ad Aroun. «Come molti suoi connazionali, non è affatto d'accordo con i cambiamenti che si stanno verificando a Mosca. Ci darà tutto l'appoggio possibile. Ha già espresso tutta la sua disponibilità.» Abbracciò di nuovo Aroun, anche questa volta come un fratello. «Vai ora. Ho del lavoro da sbrigare.»

Le luci non erano ancora state riaccese nel palazzo e Aroun percorse a ritroso, al buio, i lunghi corridoi, seguendo il raggio della torcia elettrica di Rashid.

Tornato a Parigi, aveva fatto in modo di conoscere bene Makeev, mantenendo intenzionalmente i loro rapporti su un piano puramente mondano; incontrandosi perlopiù ai ricevimenti delle ambasciate. Saddam Hussein aveva ragione: il russo stava decisamente dalla loro parte e si mostrava sin troppo desideroso di fare qualsiasi cosa potesse nuocere agli Stati Uniti o alla Gran Bretagna.

Dalla patria arrivavano naturalmente cattive notizie: gli Stati Uniti stavano allestendo un esercito gigantesco. Chi se lo sarebbe aspettato? E poi, nelle prime ore del 17 gennaio, era cominciata l'offensiva aerea. Un disastro dopo l'altro, e il grande attacco terrestre doveva ancora venire.

Si versò un altro brandy, ricordando la furia disperata che l'aveva preso all'annuncio della morte del padre. Non era mai stato religioso per temperamento, ma era ugualmente andato a cercare una moschea, in una stradina di Parigi, e aveva pregato. Non che questo l'avesse confortato, il senso di impotenza gli rodeva dentro, come una cosa viva, e poi era venuto il mattino in cui Ali Rashid si era precipitato nel suo elegante salotto, con un taccuino in mano e il viso pallido ed eccitato.

«Ci siamo, signor Aroun. È il segnale che aspettavamo. L'ho sentito or ora trasmesso per radio da Baghdad.»

I venti del cielo soffiano. Date esecuzione al piano. Dio sia con voi.

Aroun aveva fissato il messaggio, sorpreso, tenendo il taccuino con mano tremante, e la sua voce era rauca, quando disse: «Il presidente aveva ragione. Il giorno è venuto».

«Esatto», confermò Rashid. «Date esecuzione al piano.

Dobbiamo agire. Prenderò contatto con Makeev e combinerò un incontro il più presto possibile.»

Dillon, in piedi presso la portafinestra, lasciava che il suo sguardo errasse sul Bois de Boulogne, che si estendeva oltre l'Avenue Victor Hugo. Fischiettava fra sé una strana arietta inquietante.

«Questa dev'essere quella che gli agenti immobiliari chiamano una posizione incantevole.»

«Posso offrirle qualcosa da bere, signor Dillon?»

«Una coppa di champagne non sarebbe fuori posto.»

«Ha qualche preferenza?» chiese Aroun.

«Ah, l'uomo che ha tutto! Bene, un Krug sarebbe eccellente, ma non d'annata. Preferisco il tipo a uve miste.»

«Un uomo di gusto, vedo.» Aroun fece cenno a Rashid, che aprì una porta laterale e uscì.

Dillon si sbottonò il giubbotto, tirò fuori una sigaretta e l'accese. «Così, lei ha bisogno dei miei servigi, a quanto mi ha detto questa vecchia volpe.» Accennò a Makeev, che se ne stava accanto al caminetto per tenersi caldo. «Il colpo di una vita, mi diceva, e per un milione di sterline. Bene, che cosa dovrei fare per tutto quel denaro?»

Rashid entrò silenzioso, con il Krug in un secchiello e tre bicchieri su un vassoio. Li posò sul tavolo e si accinse ad aprire la bottiglia.

«Non so ancora di preciso», rispose Aroun, «ma dovrebbe essere qualcosa di molto speciale. Qualcosa per dimostrare al mondo che Saddam Hussein può colpire in qualsiasi luogo.»

«Ne ha proprio bisogno, quella vecchia canaglia», replicò Dillon allegramente. «Le cose non gli vanno troppo bene, laggiù.» E vedendo che Rashid aveva finito di riempire i tre bicchieri, aggiunse: «Che cosa ti succede, figliolo? Non vuoi unirti a noi?»

Rashid si limitò a sorridere e Aroun spiegò: «Nonostante

Winchester e Sandhurst, signor Dillon, il capitano Rashid resta un vero musulmano. Non tocca mai alcol».

«Alla tua!» Dillon alzò il bicchiere. «Rispetto un uomo di principi.»

«Dev'essere un colpo grosso, Sean, altrimenti non servirebbe a nulla. Non si tratta di far saltare in aria quattro o cinque paracadutisti inglesi a Belfast», continuò Makeev.

«Oh, è Bush che volete, vero?» Dillon sorrise. «Il presidente degli Stati Uniti a pancia all'aria con una pallottola in corpo?»

«Le sembrerebbe un'idea così pazzesca?» chiese Aroun.

«Sarebbe solo quello che si merita, figliolo», ribatté Dillon. «George Bush non ha sfidato solo Saddam Hussein, ma tutto il popolo arabo. Oh, è un'assurdità, lo so, ma è così che la vede una massa di fanatici arabi. Gruppi come la Hezbollah, l'OLP e i cani sciolti, come la Collera di Allah. Gente che sarebbe felice di legarsi una bomba in vita e saltare per aria, mentre il presidente stringe l'ennesima mano. Conosco quella gente, so come funzionano i loro cervelli; ho aiutato ad addestrare uomini della Hezbollah a Beirut. Ho lavorato per l'OLP.»

«Quello che intende dire è che nessuno può avvicinarsi a Bush per il momento?»

«Leggetevi un po' i giornali. Chiunque abbia un po' di arabo addosso, anche solo un'ombra, di questi tempi non mette il naso nelle strade di New York o di Washington.»

«Ma lei, signor Dillon, non ha certo l'aspetto di un arabo, neppure un'ombra», obiettò Aroun. «Per prima cosa, ha i capelli biondi.»

«Li aveva anche Lawrence d'Arabia, e soleva farsi passare per arabo.» Dillon scosse la testa. «Il presidente Bush è protetto da un eccellente Servizio di sicurezza, creda a me. Un cerchio di acciaio, e in questi giorni se ne starà tappato in casa, mentre è in corso tutta la dannata faccenda del Golfo, può prendermi in parola.»

«E che ne dice del segretario di Stato, James Baker?» aggiunse Aroun. «Ha fatto la spola come rappresentante diplomatico in tutta l'Europa.»

«Sì, ma al momento giusto, questo è il problema. Si sa che è stato a Londra o a Parigi quando è già ripartito, e lo mostrano in televisione. No, dobbiamo lasciare da parte gli americani, in questo caso.»

Ci fu un silenzio, Aroun aveva l'aria depressa. Makeev fu il primo a parlare. «E allora, Sean, sentiamo il parere della tua esperienza professionale. Chi ha il Servizio di sicurezza più debole fra tutti i capi di Stato?»

Dillon scoppiò in una fragorosa risata. «Oh, credo che vi possa rispondere il vostro uomo qui, quello di Winchester e di Sandhurst.»

Rashid sorrise. «Ha ragione. Gli inglesi sono probabilmente i migliori del mondo quanto a operazioni segrete; i successi del loro Reggimento aereo speciale parlano da soli. Ma in altri campi...» Scosse la testa.

«Il loro maggior problema è la burocrazia», cominciò a spiegare Dillon. «Il Servizio di sicurezza britannico è strutturato in due sezioni principali, quelle che i più chiamano ancora MI5 e MI6. L'MI5, o il DI5, per essere pignoli, è specializzato nel controspionaggio sul territorio della Gran Bretagna, l'altro opera all'estero. Poi abbiamo la Sezione speciale di Scotland Yard, che deve avere l'autorizzazione prima di effettuare un arresto. Scotland Yard ha anche una squadra antiterrorismo e inoltre ci sono innumerevoli unità militari di informazione. E tutti questi gruppi o sezioni si prendono per la gola fra loro, ed è qui, signori miei, che cominciano gli errori.»

Rashid gli versò dell'altro champagne nel bicchiere. «E lei dice che da tutto questo deriva un cattivo Servizio di sicurezza per i loro capi politici? La regina, per esempio?»

«Ma è ovvio», rispose Dillon. «Solo pochi anni fa la regina si è svegliata, a Buckingham Palace, e ha trovato un intruso seduto sul suo letto. E quanto tempo è passato, sei anni forse, da quando l'IRA ha quasi beccato Margaret Thatcher e l'intero Governo britannico in un hotel di Brighton durante un congresso del Partito conservatore?» Depose il bicchiere e si accese una sigaretta. «Gli inglesi sono molto all'antica, a loro piace che un poliziotto indossi l'uniforme, così sanno chi è. E non gli piace sentirsi dire ciò che devono fare. Questo vale anche per i loro ministri, che non esitano ad andarsene tranquillamente a piedi per le strade dalle loro case di Westminster fino al Parlamento.»

«Una fortuna per noi», osservò Makeev.

«Esattamente», replicò Dillon. «E devono anche andarci piano con i terroristi, almeno fino a un certo punto. Non come i Servizi segreti francesi. Gesù, se i ragazzi del Servizio operativo francese mi mettessero le mani addosso, mi troverei con i coglioni legati a un cavo elettrico prima ancora di sapere che cosa succede. E badate, anche loro possono incorrere in un occasionale errore.»

«Che cosa vuoi dire?» chiese Makeev.

«Avete a portata di mano una copia del giornale della sera?»

«Certo, lo stavo proprio leggendo», rispose Aroun. «Ali, sulla mia scrivania.»

Rashid tornò portando una copia di *Paris Soir*. «Vada a pagina due», disse Dillon. «Legga a voce alta, lo troverà interessante.»

Si versò dell'altro champagne mentre Rashid leggeva: «'La signora Margaret Thatcher, già primo ministro britannico, soggiornerà questa notte a Choisy, ospite del presidente Mitterrand. Avranno un altro incontro nella mattinata di domani. La signora Thatcher partirà alle due del pomeriggio per recarsi al campo di aviazione militare di Valenton, da dove un aereo della RAF la riporterà in Inghilterra'.»

«Non è incredibile che abbiano permesso un tale comunicato stampa? Ma vi garantisco che anche i principali quotidiani londinesi riporteranno la notizia.»

Ci fu un pesante silenzio, e infine Aroun disse: «Lei suggerirebbe forse...»

Dillon si rivolse a Rashid. «Probabilmente avete delle carte stradali qui. Me le porti.»

Rashid uscì subito e Makeev esclamò: «Mio Dio, Sean, ma neanche tu...»

«Perché no?» chiese Dillon calmo, e rivolto ad Aroun: «Non voleva forse qualcosa di grosso, un colpo clamoroso? Margaret Thatcher le andrebbe bene? O qui stiamo solo scherzando?»

Prima che Aroun potesse rispondere, Rashid tornò con due o tre carte stradali. Ne aprì una sul tavolo e tutti si chinarono a guardare, tranne Makeev che restò vicino al caminetto.

«Ecco qui, Choisy», disse Rashid. «Quarantacinque chilometri da Parigi, e qui c'è il campo di aviazione militare di Valenton, che dista solo una decina di chilometri.»

«Avete una carta di scala maggiore?»

«Sicuro.» Rashid ne spiegò un'altra.

«Bene», disse Dillon. «È chiaro che c'è una sola strada provinciale che collega Choisy a Valenton, e qui, circa cinque chilometri prima del campo di aviazione, c'è un passaggio a livello. Perfetto.»

«Per che cosa?» chiese Aroun.

«Per un'imboscata. Senta, so bene come vanno queste cose. Ci sarà una sola macchina, due al massimo, e una scorta. Forse una mezza dozzina di agenti in motocicletta.»

«Buon Dio!» mormorò Aroun.

«Be', il buon Dio c'entra ben poco, ma l'idea potrebbe funzionare. Una cosa svelta, molto semplice. Quello che gli inglesi chiamano una fetta di torta.»

Aroun rivolse uno sguardo allibito a Makeev, che annuì. «Farà quello che dice, Michael. È questo che volevi, no? E allora, deciditi.»

Michael Aroun respirò a fondo e si voltò verso Dillon. «D'accordo.»

«Bene», confermò Dillon con voce tranquilla. Prese un taccuino e una penna dal tavolo e vi scrisse rapidamente qualcosa. «Questi sono i dati del mio conto su una banca di Zurigo. Per prima cosa domattina trasferirà sul mio conto un milione di sterline.»

«In anticipo?» chiese Rashid sorpreso. «Non è pretendere troppo?»

«No, vecchio mio, è la tua gente che pretende troppo, e le regole del gioco sono cambiate. A missione compiuta, mi aspetto un altro milione.»

«Ma insomma...» cominciò Rashid, ma Aroun alzò una mano.

«Per me va bene, signor Dillon, il prezzo è buono. E ora che cosa possiamo fare per lei?»

«Mi occorre denaro per le spese. Presumo che un uomo come lei ne tenga una buona scorta a portata di mano.»

Aroun sorrise. «Infatti. Quanto le occorre?»

«Può procurarmi dei dollari? Diciamo, ventimila?»

«Nessun problema.» Aroun fece cenno a Rashid, che andò alla parete in fondo e, spostando di lato un grande quadro a olio, scoprì una cassaforte a muro che prese ad aprire.

«E io, posso fare qualcosa?» chiese Makeev.

«Quel vecchio magazzino in Rue de Helier, quello che avevamo già usato in passato... hai ancora la chiave?»

«Naturalmente.»

«Ebbene, tengo là in deposito la maggior parte dell'attrezzatura che mi occorre, ma per questo lavoro ho bisogno di un fucile mitragliatore da montare su un treppiede. Un Heckler & Koch, o un M60, qualcosa di simile.» Diede un'occhiata al suo orologio. «Sono le otto, vorrei averlo là alle dieci. È possibile?»

«D'accordo», disse Makeev.

Rashid tornò con una valigetta. «Ventimila. In biglietti da cento dollari, purtroppo.»

«Potrebbero essere rintracciati in qualche modo?» chiese Dillon.

«Impossibile», rispose Aroun.

«Bene. Prendo anche le carte stradali.»

Si avviò alla porta, l'aprì e cominciò a scendere lo scalone ricurvo che portava nell'atrio. Aroun, Rashid e Makeev lo seguirono.

«Questo è tutto, signor Dillon?» chiese Aroun. «Non c'è altro che possiamo fare per lei? Non ha bisogno di aiuto?»

«Quando ne ho bisogno, lo cerco fra i professionisti», rispose Dillon. «Gli onesti criminali che lavorano per denaro di solito sono più affidabili dei dilettanti fanatici spinti da passione politica. Non sempre, diciamo, ma il più delle volte. Non si preoccupi, avrà mie notizie, in un modo o nell'altro. Bene, ora devo andare.»

Rashid aprì la porta e una folata di vento spinse dentro pioggia e nevischio. Dillon si mise il berretto. «Una notte schifosa, oltretutto.»

«Un'ultima cosa, signor Dillon.» Rashid lo trattenne un attimo. «E se il colpo fallisce? Voglio dire, lei si tiene il milione di anticipo e noi...»

«Restate a mani vuote? Ma non pensarci nemmeno, vecchio mio, procurerò un bersaglio alternativo. C'è sempre il nuovo primo ministro britannico, quel John Major. Penso che la sua testa su un piatto d'argento sarebbe ugualmente gradita al tuo capo, là a Baghdad.»

Fece un breve sorriso, poi uscì nella pioggia e si chiuse la porta alle spalle.

2

Dillon si fermò all'esterno dello *Chat Noir*, all'estremità del piccolo molo, per la seconda volta quella notte. Il locale era quasi deserto: un giovanotto e una ragazza a un tavolino d'angolo, le mani allacciate e una bottiglia di vino fra loro.

La fisarmonica suonava in sordina e il suonatore parlava nello stesso tempo con il barista dietro il banco. Erano i fratelli Jobert, piccoli criminali di infimo rango nel mondo della malavita parigina. Le loro attività si erano bruscamente ridotte da quando Pierre, il barista, aveva perduto la gamba sinistra in uno scontro automobilistico, dopo una rapina a mano armata, tre anni prima.

Quando la porta si aprì e Dillon entrò, l'altro fratello, Gaston, cessò di suonare. «Ah, signor Rocard! Da quanto tempo non si fa vedere...»

«Gaston.» Dillon gli strinse la mano e si volse al barista. «Pierre.»

«Vede, ricordo ancora quella sua arietta, quella canzoncina irlandese.» Gaston ne suonò alcune note sulla fisarmonica.

«Bravo», disse Dillon. «Un vero artista.»

Dietro di loro la giovane coppia si alzò e uscì. Pierre tirò fuori una mezza bottiglia di champagne dal frigo del bar. «Champagne, come al solito, credo, amico mio? Niente di speciale, siamo povera gente qui.»

«Via, mi fate piangere di compassione!»

«E che cosa possiamo fare per lei?» chiese Pierre.

«Oh, avrei soltanto da proporvi un piccolo affare.» Dillon fece un cenno verso la porta. «Non sarebbe una buona idea chiudere il locale?»

Gaston posò la fisarmonica sul banco, andò a chiudere la porta e abbassò la tendina; poi tornò a sedersi sul suo sgabello. «E allora, amico mio?»

«Potrebbe essere un giorno fortunato per voi, ragazzi.» Dillon aprì la valigetta, prese una delle carte stradali e scoprì le mazzette di banconote da cento dollari. «Ventimila dollari americani. Dieci ora e dieci a missione compiuta.»

«Mio Dio!» Gaston era rimasto a bocca aperta, ma Pierre si accigliò.

«E che cosa si aspetta da noi per tutto quel denaro?»

Dillon aveva sempre trovato redditizio attenersi il più possibile alla verità. Aprì la carta stradale sul banco.

«Sono stato incaricato dall'Union Corse», rispose nominando la più temuta organizzazione criminale della Francia, «di occuparmi di un piccolo problema. Quel che si potrebbe chiamare una questione di rivalità in affari.»

«Ah, capisco», disse Pierre. «E lei deve eliminare il problema?»

«Esattamente. Gli uomini in questione passeranno per questa strada diretti verso Valenton, poco dopo le due di domani. Penso di farli fuori qui al passaggio a livello.»

«E in che modo sarà fatto?» chiese Gaston.

«Una semplice imboscata. Voi due siete ancora nel giro dei trasporti, vero? Automobili e camion rubati?»

«Lei dovrebbe saperlo, ne ha comprati da noi in diverse occasioni», rispose Pierre.

«Un paio di furgoni, non è chiedervi troppo, vero?»

«E poi che cos'altro?»

«Pensavo di farci un salto stanotte.» Diede un'occhiata all'orologio. «Alle undici partiamo di qui; non ci vorrà più di un'oretta.»

Pierre scosse la testa. «Senta, l'affare potrebbe mettersi male, io sto diventando troppo vecchio per le sparatorie.»

«Ma andiamo!» replicò Dillon. «Quanti ne ha ammazzati quando era con l'OAS?»

«Ero più giovane, allora.»

«È quello che capita a tutti, suppongo. In ogni caso, niente sparatorie. Voi due entrate in scena e ne uscite così rapidamente che non vi accorgerete neppure di quello che succede. Una fetta di torta.» Tolse diverse mazzette di biglietti da cento dalla valigetta e li posò davanti alla cassa. «Diecimila. Affare fatto?»

La cupidigia ebbe la meglio, come sempre, quando Pierre posò le mani sui soldi. «Sì, amico mio, penso di sì.»

«Bene. Ritornerò qui alle undici, allora.» Dillon chiuse la valigetta, Gaston andò ad aprire la porta e l'irlandese uscì.

Gaston chiuse la porta e si voltò. «Che cosa ne pensi?»

Pierre riempì due bicchieri di cognac. «Io penso che il nostro amico Rocard sia un gran bugiardo.»

«Ma è anche un uomo molto pericoloso», ribatté Gaston. «E allora, che facciamo?»

«Stiamo a vedere.» Pierre alzò il suo bicchiere. «*Salut!*»

Dillon si avviò a piedi verso il magazzino di Rue de Helier, zigzagando da una strada all'altra, immergendosi ogni tanto negli angoli in ombra per controllare se qualcuno lo pedinasse. Aveva imparato, ormai da tempo, che il grosso guaio di tutti i gruppi rivoluzionari era che brulicavano di provocatori e informatori della polizia, a maggior ragione quando si trattava dell'IRA. Per questo, come aveva detto ad Aroun, preferiva per quanto possibile servirsi di professionisti, quando aveva bisogno di aiuto. Gli onesti criminali che lavorano per denaro, questa era la frase che aveva usato.

Sfortunatamente, anche quelli non sempre funzionavano: aveva notato qualcosa di strano nelle maniere di Pierre.

Dillon aprì la porticina di servizio nel grande portone del magazzino ed entrò. Dentro c'erano due macchine, una Renault e una Ford Escort, e inoltre una moto BMW del modello usato dalla polizia, coperta da un telo. Controllò che tutto fosse in ordine, poi salì le scale di legno fino all'appartamento al piano superiore. Questo non era il suo solo alloggio: aveva anche una chiatta sul fiume, ma l'appartamento sopra il magazzino gli tornava comodo, in certi casi.

Sul tavolo del piccolo soggiorno c'era una borsa da viaggio di tela, su cui era appuntato un biglietto che diceva semplicemente: COME ORDINATO. Dillon sorrise e aprì la chiusura lampo: dentro c'era un mitra Kalashnikov PK ultimo modello. Il treppiede era ripiegato, la canna smontata per facilitare il trasporto, e c'era una grossa scatola di munizioni e una scatola più piccola a fianco. Aprì un cassetto della credenza, ne trasse un telo ripiegato e lo infilò nella borsa. Quindi la richiuse, controllò la Walther che portava alla cintola e scese le scale, reggendo la borsa in una mano.

Chiuse la porticina e uscì in strada: cominciava a sentirsi in corpo, come ogni volta, la febbre dell'eccitazione. Era la sensazione più bella del mondo, quando iniziava il gioco. Svoltò nel viale e pochi minuti dopo fermò un taxi, ordinando al conducente di portarlo allo *Chat Noir*.

Uscirono da Parigi con due furgoni Renault, esattamente uguali, tranne per il fatto che uno era nero e l'altro bianco. Gaston era davanti, con Dillon seduto accanto, e Pierre li seguiva. Faceva molto freddo e continuava a cadere una pioggia mista a neve, ma la neve non attaccava. Parlavano poco: Dillon, appoggiato all'indietro sul sedile, teneva gli occhi chiusi e il francese pensava che dormisse.

Non lontano da Choisy il furgone slittò e Gaston imprecò. «Dio onnipotente!» esclamò, lottando con il volante.

«Calma», disse Dillon, «non è il momento di finire in un fosso. Dove siamo?»

«Abbiamo appena passato il bivio per Choisy. Non manca più molto.» Dillon alzò la testa: la neve copriva le siepi che fiancheggiavano la strada, ma non la carreggiata. «Che notte schifosa», borbottò Gaston.

«Pensa a tutti quei deliziosi bigliettoni da cento», replicò Dillon. «Dovrebbero farti coraggio.»

Cessò di nevicare e il cielo si schiarì scoprendo una falce di luna; sotto di loro, ai piedi della collina, comparve la luce rossa del passaggio a livello. Su un lato della strada sorgeva un vecchio edificio abbandonato, con le finestre chiuse da assi di legno e un piccolo spiazzo acciottolato davanti, appena coperto da una spruzzata di neve.

«Entra lì», ordinò Dillon.

Gaston svoltò e frenò dolcemente, spegnendo poi il motore. Pierre lo seguì con il furgone bianco, scese con movimenti impacciati, a causa della gamba artificiale, e li raggiunse.

In piedi accanto al furgone, Sean Dillon osservava il passaggio a livello, a pochi metri da loro. «Perfetto. Dammi le chiavi.»

Andò ad aprire il portellone posteriore, dove era riposta la borsa di tela. L'aprì sotto gli occhi attenti dei due francesi, ne tolse il Kalashnikov, avvitò con mano esperta la canna, lo collocò in modo che puntasse verso il retro e riempì il caricatore infilando il nastro al suo posto.

«È proprio un gran bastardo di un mitra», osservò Pierre.

«Cartucce da 7,2 mm miste, traccianti e perforanti», aggiunse Dillon. «Un'arma micidiale, il Kalashnikov. Ho visto una di queste bestie fare a pezzi una Land Rover piena di paracadutisti inglesi.»

«Ma davvero!» borbottò Pierre. Gaston stava per parlare, ma il fratello lo zittì ponendogli una mano sul braccio. «Che cosa c'è nell'altra scatola?»

«Altre munizioni.»

Dillon tolse il telo dalla borsa, coprì il Kalashnikov e richiuse il portellone; poi si mise al volante e spostò il furgone di pochi metri, collocandolo in modo che il retro puntasse ad angolo verso il passaggio a livello. Uscì dal furgone e chiuse la portiera. In quel momento le nuvole coprirono la luna e riprese a piovere; più neve che pioggia, in realtà.

«Ma come, lo lascia qui?» chiese Pierre. «E se qualcuno viene a controllare?»

«E allora?» Dillon si inginocchiò davanti a una delle ruote posteriori, estrasse un coltello dalla tasca e incise profondamente il pneumatico. Si udì il fischio dell'aria che sfuggiva e la ruota si afflosciò rapidamente.

Gaston annuì. «Geniale. Se qualcuno si incuriosisce, penserà a una foratura.»

«E noi che facciamo?» chiese Pierre. «Che cosa si aspetta da noi?»

«Semplice. Gaston viene qui con il furgone bianco, domani pomeriggio, poco dopo le due. Blocca la strada, non sulle rotaie, solo sulla carreggiata, chiude la portiera e lo lascia lì. Poi se ne va in fretta. Tu», si rivolse a Pierre, «lo segui con un'altra macchina, lo prendi a bordo e torni direttamente a Parigi.»

«E lei, che cosa farà?» domandò il fratello maggiore.

«Io sarò già qui nel furgone, me la sbrigherò da solo. Ora torniamo a Parigi; potete lasciarmi allo *Chat Noir* e questo è tutto. Non mi rivedrete più.»

«E il resto del denaro?» domandò Pierre mettendosi al volante del furgone, mentre anche Gaston e Dillon salivano a bordo.

«Lo avrete, non vi preoccupate, io mantengo sempre la parola, come mi aspetto che facciano gli altri. È una questione d'onore, amico mio. E adesso, muoviamoci.»

Chiuse di nuovo gli occhi e si appoggiò allo schienale. Pierre diede un'occhiata al fratello, accese il motore e partì.

* * *

Era esattamente l'una e mezzo quando arrivarono allo *Chat Noir*. C'era un garage privato di fronte al bar, Gaston aprì i battenti e Pierre entrò con il furgone.

«Allora io me ne vado», disse Dillon.

«Non vuole entrare un momento?» chiese Pierre. «Poi Gaston l'accompagnerà a casa.»

Dillon sogghignò. «Nessuno mi ha mai accompagnato a casa in vita mia.»

Si allontanò a grandi passi e svoltò in una strada laterale. Pierre sussurrò al fratello: «Vagli dietro e non perderlo di vista».

«Ma perché?»

«Perché voglio sapere dove alloggia, ecco perché. Puzza questa faccenda, Gaston, puzza come pesce marcio, perciò alza le chiappe e seguilo.»

Dillon passava rapidamente da una strada all'altra, secondo la sua vecchia abitudine, ma Gaston, ladro fin dall'infanzia ed espertissimo in tali faccende, riusciva a non perderlo di vista senza mai avvicinarsi troppo. Dillon contava di tornare al magazzino di Rue de Helier ma, fermandosi all'angolo di una strada per accendersi una sigaretta, si gettò un'occhiata alle spalle e fu sicuro di aver visto un movimento nell'ombra. Aveva ragione: era proprio Gaston che si rintanava in un portone fuori vista.

Per Dillon anche un'ombra di sospetto era più che sufficiente. Per tutta la sera aveva avuto una sensazione strana nei riguardi di Pierre, la sensazione che ci fosse qualcosa di storto. Girò a sinistra, tornò verso il fiume e camminò lungo una fila di autocarri con i parabrezza coperti di neve. Arrivò a un alberghetto sordido, del tipo più a buon mercato frequentato dalle prostitute o dai camionisti di passaggio, ed entrò.

Alla reception c'era un vecchio con un giaccone e una sciarpa al collo per proteggersi dal freddo. Aveva gli occhi umidi e, deposto il libro che stava leggendo, se li sfregò con il dorso della mano. «*Monsieur?*»

«Ho portato qui un carico da Digione, un paio d'ore fa. Pensavo di tornare a casa stanotte, ma quel dannato camion mi dà delle noie. Ho bisogno di un letto.»

«Trenta franchi, *monsieur.*»

«Lei scherza! Io sarò fuori di qui all'alba!»

Il vecchio si strinse nelle spalle. «Bene, posso darle il numero diciotto al secondo piano per venti franchi, ma le lenzuola non sono state cambiate.»

«E quando le cambiate, una volta al mese?» Dillon prese la chiave, gli diede i suoi venti franchi e poi salì al piano di sopra.

La stanza era disgustosa, come del resto si era aspettato, anche alla fioca luce che veniva dal pianerottolo. Chiuse la porta, avanzò cautamente al buio e guardò fuori dalla finestra. Ci fu un movimento sotto un albero, sul lato della strada verso il fiume: Gaston Jobert uscì dall'ombra e si allontanò in fretta lungo il marciapiede.

«Oh, Gesù!» borbottò Dillon. Si accese una sigaretta e si sdraiò sul letto. Restò lì a osservare il soffitto, pensando a quella faccenda.

Pierre, seduto al banco dello *Chat Noir* in attesa del ritorno del fratello, sfogliava oziosamente *Paris Soir* in mancanza di qualcosa di meglio da fare, quando l'occhio gli cadde sull'articolo che annunciava l'incontro di Margaret Thatcher con Mitterand. Si sentì stringere lo stomaco e lesse e rilesse quelle poche righe con orrore; poi la porta si aprì e Gaston entrò.

«Che razza di notte! Sono gelato fino all'osso. Dammi un cognac.»

«Pronti.» Pierre gli versò un po' di liquore in un bicchiere. «E mentre bevi puoi leggerti questo interessante bocconcino del *Paris Soir.*»

Gaston prese il giornale e d'improvviso gli andò di traverso il cognac. «Mio Dio, alloggia a Choisy!»

«E partirà da quel vecchio aeroporto militare di Valenton. Lascerà Choisy alle due. Quanto ci vuole per arrivare a quel passaggio a livello? Dieci minuti?»

«Oh, Signore Iddio! Siamo rovinati. Questo è fuori del nostro ramo di affari, Pierre. Se quello fa il colpo avremo tutti i piedipiatti di Francia alle calcagna!»

«Ma non lo farà. Sapevo che quel bastardo ci avrebbe portato dei guai, c'è sempre qualcosa di storto in lui. Sei riuscito a seguirlo?»

«Sì, è andato a zig-zag per le strade per un po' di tempo, poi è entrato in quella topaia che il vecchio François gestisce sulla riva del fiume. L'ho visto attraverso la finestra mentre si registrava.» Ebbe un brivido. «Ma adesso, che cosa facciamo?» Era quasi sul punto di singhiozzare. «Questa è la fine, Pierre. Ci chiuderanno in gattabuia e getteranno via la chiave.»

«Niente affatto», ribatté Pierre. «No, se lo fermiamo. A noi non faranno niente, ci saranno fin troppo grati. Chissà, magari ci sarà una ricompensa. Qual è il numero di telefono dell'ispettore Savary?»

«Ma sarà a letto.»

«Naturalmente sarà a letto, idiota, rannicchiato al calduccio con la sua vecchia, come tutti i buoni poliziotti dovrebbero fare. Non abbiamo che da svegliarlo.»

L'ispettore Jules Savary si svegliò bestemmiando, quando il telefono suonò sul suo comodino. Era solo, perché sua moglie era andata a Lione a passare una settimana con la madre. Aveva avuto una serata pesante, due rapine a mano armata e una violenza carnale ed era appena riuscito ad addormentarsi.

Prese il ricevitore. «Qui Savary.»

«Sono io, ispettore. Pierre Jobert.»

Savary diede un'occhiata alla sveglia sul comodino. «Cristo, Jobert, sono le due e mezzo del mattino!»

«Lo so, ispettore, ma ho qualcosa di speciale per lei.»

«Tu hai sempre qualcosa di speciale, quindi puoi aspettare fino a domattina.»

«Non credo proprio, ispettore. Le sto offrendo di diventare il più famoso poliziotto di tutta la Francia. Il colpo di una vita.»

«Sputa fuori!»

«Margaret Thatcher. Questa notte alloggia a Choisy e parte domani alle due per Valenton. Bene, le posso dire tutto sull'uomo che si prepara a fare in modo che non ci arrivi mai.»

Jules Savary non era mai saltato dal letto così in fretta. «Dove sei ora, allo *Chat Noir*?»

«Sì.»

«Mezz'ora e sono lì.» Sbatté giù il ricevitore, afferrò i pantaloni e cominciò a vestirsi.

Proprio in quel momento Dillon decideva di passare all'azione. Il fatto che Gaston l'avesse seguito non significava necessariamente qualcosa di pericoloso: probabilmente i due fratelli volevano solo saperne di più su di lui. D'altra parte, però...

Uscì dalla stanza, chiudendo a chiave la porta, trovò le scale di servizio e scese con grande cautela. In fondo c'era una porta che si aprì facilmente: dava su un cortile sul retro dell'albergo; di lì un vicoletto lo portò sul viale. Lo attraversò, avanzò lungo una fila di camion parcheggiati e ne scelse uno a circa cinquanta metri dall'albergo, che gli offriva una buona visuale. Tirò fuori il coltello, forzò un poco il finestrino in alto in modo da creare uno spazio in cui poter infilare le dita. Un attimo dopo era dentro. Meglio non fumare. Restò seduto, il bavero del giaccone rialzato, le mani in tasca, e attese. Erano circa le tre e mezzo quando quattro macchine si fermarono davanti all'albergo. Ne uscirono otto uomini: nessuno in uniforme, il che era interessante.

«Servizio operativo, o ho perso il mio fiuto», mormorò Dillon fra sé.

Gaston Jobert uscì da una delle macchine e parlò per qualche istante con i poliziotti, poi tutti entrarono nell'albergo. Dillon non era in collera, era solo soddisfatto di aver visto giusto. Lasciò il camion, attraversò la strada per infilarsi al riparo del vicolo più vicino e si incamminò tranquillamente verso il magazzino di Rue de Helier.

Il Servizio segreto francese, per molti anni tristemente noto con il nome di SDECE, sotto il governo di Mitterand era stato ribattezzato «Direzione generale della sicurezza estera», DGSE, nel tentativo di migliorare l'immagine di una sinistra e spietata organizzazione che aveva fama di non fermarsi davanti a nulla. Va detto, tuttavia, che, a giudicare dai risultati, ben pochi Servizi segreti nel mondo erano così efficienti.

L'intero Servizio, come ai vecchi tempi, era ancora diviso in cinque sezioni e molti dipartimenti, fra cui la più famosa, o famigerata, secondo i punti di vista, era la Sezione Cinque, più comunemente conosciuta come Servizio operativo: era il settore che aveva schiacciato la OAS.

Il colonnello Max Hernu era stato coinvolto in quell'operazione e aveva dato la caccia alla OAS con la più spietata tenacia, benché avesse egli stesso militato come paracadutista in Indocina e in Algeria. Sessantun anni, elegante ufficiale dai capelli bianchi, era seduto alla scrivania del suo ufficio, che si trovava al primo piano del quartier generale della DGSE, in Boulevard Mortier. Mancava poco alle cinque e Hernu, con i suoi occhiali da lettura con la montatura in tartaruga, stava studiando il rapporto che aveva davanti. La telefonata della polizia l'aveva raggiunto nella sua villa di campagna, a una sessantina di chilometri da Parigi, ed era appena arrivato. L'ispettore Savary lo osservava con profondo rispetto.

Hernu si tolse gli occhiali. «Odio queste ore del primo mattino, mi riportano a Dien Bien Phu, all'attesa della fine. Vuole versarmi un'altra tazza di caffè, per favore?»

Savary prese la tazza del colonnello, andò alla caffettiera elettrica sulla mensola e versò il caffè nero e forte. «Che cosa ne pensa, signore?»

«Questi fratelli Jobert, lei crede che stiano dicendo tutta la verità?»

«Senza dubbio, signore, li conosco da anni. Pierre era della OAS ed è convinto che questo gli conferisca una certa classe, ma in realtà sono piccole canaglie di infimo rango. Si arrangiano con un traffico di auto rubate.»

«Così questo colpo sarebbe fuori del loro campo?»

«Certo. Hanno ammesso di aver venduto a questo signor Rocard delle auto, in passato.»

«Auto che scottavano?»

«Esatto, signore.»

«Naturalmente dicono la verità: i diecimila dollari lo confermano. Ma questo tizio, questo Rocard? Lei che è un poliziotto esperto, ispettore... da quanti anni è in servizio?»

«Quindici, signore.»

«Mi dica un po' la sua opinione.»

«La sua descrizione fisica è interessante, in quanto, secondo i fratelli Jobert, non si può darne nessuna. Piccolo di statura, non più di un metro e sessantacinque, occhi di colore indefinito, capelli biondastri. Gaston dice che la prima volta che lo vide gli sembrò una mezza cartuccia, e poi, a quanto pare, quasi ammazzò un tizio grande e grosso, il doppio di lui, in circa quindici secondi, lì nel loro bar.»

«Vada avanti.» Hernu si accese una sigaretta.

«Pierre dice che il suo francese è troppo perfetto.»

«Che cosa significa?»

«Pierre non lo sa. Soltanto, ha sempre avuto la sensazione che ci fosse qualcosa di sospetto.»

«Ossia, che non fosse un francese?»

«Esattamente. Due fatti piuttosto importanti. Fischietta sempre una curiosa arietta, Gaston l'ha imparata perché suona la fisarmonica. Sostiene che una volta Rocard gli ha detto che era irlandese.»

«Be', questo è interessante.»

«Un'altra cosa. Mentre montava il mitragliatore nel retro del furgone a Valenton, ha detto ai due fratelli che era un Kalashnikov. Non aveva soltanto pallottole, anche proiettili traccianti e perforanti misti. Ha detto che ne aveva visto uno distruggere una Land Rover piena di paracadutisti inglesi. Pierre non ha avuto il coraggio di domandargli dove.»

«Così, lei suppone che ci sia sotto l'IRA, ispettore? E che cosa ha fatto in merito?»

«Ho chiesto ai suoi uomini di mostrare ai due Jobert i vostri album di foto, colonnello. Li stanno esaminando proprio ora.»

«Ottimo.» Hernu si alzò e questa volta andò lui stesso a riempirsi un'altra tazza di caffè. «Che cosa pensa della faccenda dell'albergo, che qualcuno l'abbia avvertito?»

«Forse, ma non necessariamente. Voglio dire, che cosa sappiamo, colonnello? Un vero professionista, in procinto di fare il colpo della sua vita. Forse è stato estremamente cauto, ha voluto assicurarsi di non essere seguito fino alla sua vera abitazione. Insomma, io non mi fiderei certo dei due Jobert, perché avrebbe dovuto fidarsi lui?»

Si strinse nelle spalle e Max Hernu insistette, con aria scaltra: «C'è dell'altro, continui».

«Ho una brutta sensazione a proposito di questo tizio, penso che sia un individuo speciale. Può avere usato lo stratagemma dell'albergo perché sospettava che Gaston lo seguisse, e voleva sapere perché. Voleva sapere se era semplice curiosità dei Jobert, o c'era dell'altro.»

«Così lei pensa che fosse nascosto in strada all'arrivo dei nostri agenti?»

«È possibile. D'altra parte, è altrettanto possibile che non sapesse di essere pedinato. Forse la faccenda dell'albergo era per lui una precauzione normale, un vecchio trucco della Resistenza, usato durante la guerra.»

Hernu annuì. «Bene, vediamo se hanno finito. Li faccia venire.»

Savary uscì dall'ufficio e tornò con i due fratelli, che si fermarono sulla soglia imbarazzati. «Ebbene?» chiese Hernu.

«Niente, colonnello. Non c'era nei vostri libri.»

«Sta bene. Aspettate al piano di sotto, vi riaccompagneranno a casa. Verremo a prendervi più tardi.»

«Ma perché, colonnello?» chiese Pierre.

«Tuo fratello andrà con il furgone a Valenton e tu lo seguirai con un'altra macchina, come vi aveva detto Rocard. Adesso andate.» I due si affrettarono a uscire e Hernu disse a Savary: «Faremo in modo che la signora Thatcher sia scortata sana e salva per un'altra strada. Ma è un peccato deludere così il nostro amico Rocard».

«Se davvero si fa vivo, colonnello.»

«Non si può mai sapere, magari torna fuori. Lei ha fatto un ottimo lavoro, ispettore. Penso che le arruolerò nella Sezione Cinque. Le piacerebbe?»

Le piacerebbe? Savary fu quasi soffocato dall'emozione. «Un grande onore, colonnello...»

«Bene. Vada a farsi una doccia e a fare colazione. Ci vediamo più tardi.»

«Agli ordini, signore.»

Hernu sorrise e diede un'occhiata all'orologio. «Cinque e un quarto. Ora telefono ai Servizi di sicurezza inglesi a Londra e disturberò il sonno di un vecchio amico. Se qualcuno ci può aiutare con questo tizio misterioso, è certamente lui.»

La Direzione generale dei Servizi di sicurezza britannici occupa un grande edificio di mattoni bianco e rosso, non lontano dall'*Hotel Hilton* in Park Lane, anche se molte delle sue sezioni sono dislocate in altri quartieri di Londra. Il numero speciale che Max Hernu compose era quello di una sezione chiamata Gruppo Quattro, alloggiata al terzo piano del ministero della Difesa. Era stata istituita nel 1972 per trattare casi di terrorismo ed eversione nelle Isole Britanniche, e rispondeva del suo operato solo al Primo ministro. Dalla sua fondazione era stata diretta da un solo uomo, il generale di brigata Charles Ferguson. Il generale dormiva tranquillamente nel suo appartamento di Cavendish Square, quando il telefono sul comodino lo svegliò.

«Ferguson», rispose, immediatamente desto, sapendo che doveva trattarsi di qualcosa d'importante.

«Parigi, generale», annunciò una voce anonima. «Priorità uno. Il colonnello Hernu.»

«Me lo passi e inserisca lo *scrambler*.»

Ferguson sedette sul letto. Era un uomo alto e pesante, di sessantacinque anni, con folti capelli grigi arruffati e il doppio mento.

«Charles?» domandò Hernu.

«Mio caro Max. Che cosa diavolo ti porta al telefono in un'ora così disgustosa? Sei fortunato a trovarmi ancora. Le autorità stanno cercando di sbarazzarsi di me e del Gruppo Quattro.»

«Che sciocchezza», interloquì Hernu in inglese.

«Lo so. Ma il direttore generale non è mai stato troppo felice del nostro status di gruppo indipendente, in tutti questi anni. Che cosa posso fare per te?»

«La signora Thatcher in questo momento si trova a Choisy. Ci è arrivata la notizia di un complotto per ucciderla domani, durante il percorso fra Choisy e il campo di atterraggio di Valenton.»

«Buon Dio!»

«Abbiamo provveduto: la signora Thatcher passerà per un'altra strada. Speriamo ancora che l'individuo in questione salti fuori, ma ho i miei dubbi. Comunque lo aspetteremo, questo pomeriggio.»

«Chi è questo tizio? Qualcuno che conosciamo?»

«Da quanto ci dicono i nostri informatori sospettiamo che sia un irlandese, anche se parla un francese così perfetto da poter passare per uno di noi. Il fatto è che i nostri informatori hanno passato in rassegna le nostre foto dell'IRA senza riuscire a individuarlo.»

«Hai una descrizione?»

Hernu gli riferì quello che sapeva. «Ben poco su cui contare, temo.»

«Farò un controllo al computer e ti informerò. Ora raccontami la storia.» Hernu cominciò a narrare.

Quando ebbe finito, Ferguson commentò: «Lo hai proprio perduto, vecchio mio. Ci scommetto un pranzo al *Savoy,* la prima volta che verrai da queste parti».

«Ho un brutto presentimento, questo dev'essere un tipo speciale.»

«Eppure non è sui nostri libri; e sì che li teniamo sempre aggiornati.»

«Lo so», ribatté Hernu. «E tu sei un esperto dell'IRA. Allora, che cosa facciamo?»

«Qui ti sbagli, Max. Il più grande esperto dell'IRA è proprio lì a Parigi: Martin Brosnan, il nostro amico irlandese-americano. Dopotutto, ha imbracciato il fucile per l'IRA fino al 1975. Mi dicono che ora è docente di Economia politica alla Sorbona.»

«Sicuro», disse Hernu. «Me n'ero dimenticato.»

«Adesso è un cittadino del tutto rispettabile, scrive libri e vive piuttosto bene con il denaro lasciatogli dalla madre, morta a Boston cinque anni fa. Se hai per le mani un mistero, Brosnan è l'uomo che può risolverlo.»

«Ti ringrazio del suggerimento. Prima, però, staremo a vedere che cosa succede a Valenton. Mi terrò in contatto.»

Ferguson depose il telefono, schiacciò un bottone alla parete e uscì dal letto. Un attimo dopo si aprì la porta e comparve il suo domestico, un ex *gurkha*, che si stava infilando la vestaglia sul pigiama.

«Un'emergenza, Kim. Ora telefono al capitano Tanner e

le dico di venire subito qui, poi faccio una doccia. La colazione quando arriva lei.»

Il *gurkha* si ritirò, Ferguson riprese il telefono e compose un numero. «Mary? Sono Ferguson. Qualcosa di grosso. Ti voglio a Cavendish Square entro un'ora. Oh, meglio che tu indossi l'uniforme. Abbiamo quella riunione al ministero della Difesa alle undici, fai sempre molta impressione in tenuta di guerra.»

Depose il telefono e passò nella stanza da bagno, sentendosi perfettamente sveglio e in piena efficienza.

Erano le sei e mezzo, quando il capitano Mary Tanner salì su un taxi proprio davanti agli scalini del suo appartamento di Lowndes Square. Il tassista ne fu impressionato, come d'altronde la maggior parte delle persone che la incontravano. Portava l'uniforme di capitano del Corpo femminile delle Forze armate britanniche, con il distintivo alato di pilota dell'Aviazione militare sul seno sinistro. Sotto il distintivo era appuntato il nastro della Croce di San Giorgio, una decorazione al valore di alto prestigio, insieme ai nastri per le campagne d'Irlanda e per il servizio presso le Forze di pace dell'ONU a Cipro.

Era una ragazza minuta, di ventinove anni, capelli neri tagliati corti e un sacco di missioni alle spalle. Figlia di un medico, aveva conseguito una laurea in Letteratura all'università di Londra, aveva iniziato la carriera di insegnante e si era accorta che non le andava a genio. Era quindi entrata nell'esercito, e aveva passato diversi anni nella polizia militare: a Cipro per un certo tempo, poi tre turni di servizio nell'Ulster. Era stata la missione di Derry a valerle la Croce di San Giorgio e a lasciarle quella cicatrice sulla guancia sinistra. Questo aveva attirato su di lei l'attenzione di Ferguson: da due anni era la sua assistente.

Pagò il taxi, corse su per le scale fino all'appartamento al primo piano ed entrò con la sua chiave. Ferguson era seduto sul divano accanto al caminetto, nell'elegante salotto, con un tovagliolo infilato sotto il mento, mentre Kim gli serviva le sue uova in camicia.

«Arrivi giusto in tempo», la salutò Ferguson. «Che cosa prendi?»

«Tè, grazie. Earl Grey, Kim, con pane tostato e miele.»

«Stiamo attenti alla linea!»

«È un po' presto per i complimenti galanti, anche per lei, generale. Bene, che cosa succede?»

Ferguson la informò mentre mangiava le sue uova e Kim portava il tè e il pane tostato alla ragazza, che restò seduta in silenzio, ascoltando.

«Questo Brosnan», osservò Mary quando Ferguson ebbe finito. «Non ne ho mai sentito parlare.»

«Tu eri ancora una bambina, mia cara. Deve avere quarantacinque anni, ora. Troverai il suo dossier nel mio studio. Nato a Boston, da una di quelle ricchissime famiglie americane... alta società. Sua madre era di Dublino. Ha fatto tutte le cose giuste, ha frequentato Princeton, ha preso la laurea; poi ha rovinato tutto arruolandosi volontario per il Vietnam, credo nel 1966. Truppe aviotrasportate. Congedato con il rango di sergente, e carico di decorazioni.»

«Be', che cosa lo rende così speciale?»

«Avrebbe potuto evitare il Vietnam, restando all'università, ma non lo ha fatto; si è anche arruolato come soldato semplice. Cosa notevole, per uno di quella classe sociale.»

«Lei è sempre il solito snob, generale. Che cosa è successo di lui in seguito?»

«Si è iscritto al Trinity College a Dublino, per il dottorato. A proposito, lui è protestante, ma sua madre era una devota cattolica. Nell'agosto del 1969 era andato a trovare lo zio materno, sacerdote a Belfast. Ricordi che cosa successe allora? Come cominciò tutto?»

«Le bande orangiste che bruciavano le chiese cattoliche?»

«E la polizia che lasciava fare. I teppisti incendiarono la chiesa dello zio di Brosnan e si diedero al saccheggio. Un manipolo di vecchi militanti dell'IRA, con qualche fucile e pistola, li tenne a bada e, quando uno di loro restò ucciso, Brosnan raccolse il suo fucile. Istintivamente, penso. Con il suo passato di reduce del Vietnam.»

«E da allora è rimasto impegnato?»

«È così. Dovresti tenere presente che in quei giorni c'erano molti uomini come lui nel movimento; uomini che credevano nella libertà dell'Irlanda e cose del genere.»

«Mi dispiace, signore, ma ho visto troppo sangue, nelle strade di Derry, per commuovermi su questo caso.»

«Sì, certo, ma io non cerco di giustificarlo. Ha ucciso anche lui, ai suoi tempi, ma sempre faccia a faccia, in scontri leali, si deve riconoscerlo, ed è diventato piuttosto famoso. C'era un'inviata di guerra francese, una certa Anne Marie Audin: Brosnan le aveva salvato la vita nel Vietnam, dopo l'abbattimento del suo elicottero. Una storia romantica. Si incontrarono di nuovo a Belfast e Brosnan la condusse per una settimana negli ambienti della lotta clandestina. Lei ne fece un eccellente servizio fotografico per *Life*. La valorosa lotta degli irlandesi, sai, quel genere di cose.»

«E in seguito?»

«Nel 1975 Brosnan si recò in Francia per trattare un acquisto di armi. Risultò che era una trappola, la polizia li stava aspettando. Sfortunatamente, Brosnan sparò e uccise un poliziotto e lo condannarono all'ergastolo. Evase di prigione nel 1979, in seguito al mio intervento, devo aggiungere.»

«Ma perché?»

«A causa di un altro individuo dei vecchi tempi, un terrorista di nome Frank Barry. Aveva cominciato nell'Ulster, con un gruppetto scissionista, i Figli di Erin, poi si era unito al circuito terrorista europeo. Un vero genio del male, se mai ce ne fu uno. Cercò di uccidere Lord Carrington, che era allora ministro degli Esteri, durante un suo viaggio in Francia. I francesi misero a tacere la faccenda, ma il Primo ministro era furioso e mi diede personalmente l'ordine di dare la caccia a Barry, a qualsiasi costo.»

«Oh, ora capisco. Aveva bisogno di Brosnan per farlo?»

«Metti un ladro a dar la caccia a un ladro, come dice il proverbio. Brosnan lo liquidò per noi.»

«E dopo?»

«Tornò in Irlanda e prese il dottorato.»

«E quella Anne Marie Audin, si sposarono?»

«Non che io sappia, ma lei gli rese un servizio ancora più grande. La sua famiglia è una delle più antiche di Francia, ha un'enorme influenza politica e Brosnan aveva ricevuto la Legion d'onore per averle salvato la vita nel Vietnam. Comunque, le pressioni fatte da lei dietro le quinte portarono i loro frutti cinque anni fa. Il presidente Mitterand gli concesse la grazia e fu completamente riabilitato.»

«E per questo che ora insegna alla Sorbona, vero? Dev'essere l'unico professore francese che abbia ammazzato un poliziotto.»

«Veramente, dopo la guerra ce ne furono due o tre che avevano fatto lo stesso durante la Resistenza.»

«Ahi, il lupo cambia il pelo...»

«Donna di poca fede! Come ti ho detto potrai trovare il suo dossier nel mio studio, se vuoi saperne di più.» Le passò un foglietto. «Questa è la descrizione dell'uomo misterioso. Non è molto, ma falla passare al computer, comunque.»

Mary Tanner uscì.

Kim entrò con una copia del *Times*. Ferguson lesse rapidamente i titoli, poi passò a pagina due, dove la sua attenzione fu immediatamente attirata dalla stessa notizia sul viaggio della signora Thatcher in Francia che era già comparsa sul *Paris Soir*.

«Bene, Max», borbottò fra sé, «ti auguro buona fortuna.» E si versò un'altra tazza di caffè.

3

Nella tarda mattinata faceva molto meno freddo a Parigi e per l'ora di colazione la neve era scomparsa dalle strade. Anche nella campagna non si vedeva più neve, tranne qualche traccia sulle siepi, mentre Dillon guidava verso Valenton tenendosi sulle strade secondarie. Era in sella alla motocicletta BMW che teneva nel garage e portava un'uniforme da poliziotto: elmetto, occhialoni e un mitra MAT49 a tracolla sul giaccone impermeabile nero.

Quel viaggio era una follia, naturalmente, ma non aveva saputo resistere alla voglia di godersi lo spettacolo. Dopo aver consultato la carta stradale, si fermò in una stradina di campagna, presso la cancellata di una fattoria, seguì a piedi un sentiero attraverso un boschetto e arrivò a un basso muretto di pietra, in cima a una collina. Sotto di lui, a circa cento metri di distanza, si vedeva il passaggio a livello, con il furgone Renault nero ancora parcheggiato dove l'aveva lasciato e intorno non c'era un'anima. Dopo circa un quarto d'ora passò un treno.

Diede un'occhiata all'orologio: due e quindici. Mise di nuovo a fuoco il binocolo Zeiss e vide arrivare il furgone bianco, che sterzò e bloccò il passaggio. Appena dietro veniva una Peugeot con Pierre al volante, che già stava facendo un'inversione a U mentre Gaston gli correva incontro. Era un vecchio modello bicolore, rosso e crema.

«Eccellente», mormorò Dillon fra sé, mentre la Peugeot scompariva in fondo alla strada.

«E ora vediamo se arriva la cavalleria», continuò e si accese una sigaretta.

Dopo circa dieci minuti arrivò un grosso camion e si fermò, non potendo andare oltre. Sul telone che lo copriva figurava la scritta ELETTRONICA STAINER.

«Elettronica dei miei stivali», borbottò Dillon.

Dall'interno del camion una mitragliatrice pesante aprì il fuoco attraverso il telone, crivellando la fiancata del furgone. Quando la raffica di proiettili cessò, Dillon prese dalla tasca un piccolo detonatore elettronico di plastica nera, lo accese e tirò fuori l'antenna.

Dal camion saltarono fuori una dozzina di uomini in elmetto e uniformi nere, tutti armati di mitra. Mentre si avvicinavano al furgone, Dillon azionò il detonatore. La carica autodistruggente contenuta nella seconda scatola nera, quella che Dillon aveva detto a Pierre che conteneva munizioni di riserva, esplose immediatamente: il veicolo si disintegrò, frammenti di lamiera si alzarono nell'aria come in una ripresa al rallentatore. Diversi uomini rimasero a terra, mentre altri correvano a cercare riparo. «Eccovi serviti, signori miei», disse Dillon ad alta voce.

Tornò sui suoi passi attraverso il boschetto, montò in sella alla BMW e si allontanò.

Aprì il portone del magazzino in Rue de Helier ed entrò, sempre in sella alla BMW. Parcheggiò la moto e, mentre si voltava per chiudere il portone, Makeev chiamò dall'alto: «Hai fatto fiasco, presumo?»

Dillon si tolse l'elmetto. «Temo di sì. I fratelli Jobert mi hanno fregato.»

Mentre saliva le scale Makeev osservò: «Questo travestimento mi piace molto. Un poliziotto non è che un poliziotto, per la gente. Nessuno saprebbe descriverlo».

«Esattamente. Qualche anno fa lavoravo per un grande irlandese, Frank Barry. Mai sentito?»

«Certo. Un vero Carlos.»

«Era ancora meglio di Carlos. L'hanno ammazzato nel 1979, non so chi sia stato. Usava assai spesso il travestimento da poliziotto in moto. Anche quello da postino va bene: nessuno fa attenzione a un postino.»

Seguì il russo nel salotto. «Allora, dimmi tutto», cominciò Makeev.

Dillon gli fece un resoconto particolareggiato. «Mi pareva una buona idea usare quei due e mi è andata storta, questo è tutto.»

«E adesso?»

«Come vi ho detto la notte scorsa, ho in serbo un bersaglio alternativo. Capirai, tutto quel bel denaro! Devo pensare anch'io alla vecchiaia.»

«Non dire sciocchezze, Sean, a te non importa un bel niente della vecchiaia, è il gioco in sé che ti eccita.»

«Forse hai ragione.» Dillon si accese una sigaretta. «Io so una cosa: non mi piace essere battuto. Penserò a qualcosa per te e regolerò i miei conti.»

«Con i Jobert? Ma ne vale la pena?»

«Oh, certo!» esclamò Dillon. «È una questione d'onore, Josef.»

Makeev sospirò. «Andrò a trovare Aroun e gli darò la cattiva notizia. Mi terrò in contatto con te.»

«O qui o sulla chiatta.» Dillon sorrise. «Non preoccuparti, Josef. Non fallisco mai, quando mi assumo un impegno.»

Makeev scese le scale. Il rumore dei suoi passi riecheggiò nel grande magazzino e la porticina sbatté alle sue spalle. Dillon si voltò e tornò nella stanza fischiettando tra sé.

* * *

«Ma io non capisco», borbottò Aroun, «non hanno detto una parola nel notiziario televisivo.»

«E non diranno niente.» Makeev si girò verso di lui, voltando le spalle alla portafinestra che si affacciava sull'Avenue Victor Hugo. «La faccenda non è mai successa, ecco come la metteranno i francesi. L'idea che la signora Thatcher abbia potuto correre un qualsiasi pericolo in territorio francese sarebbe considerato un affronto nazionale.»

Aroun era pallido di rabbia. «Ha fatto fiasco, questo tuo famoso eroe. Un mucchio di belle parole, Makeev, e niente sostanza. Per fortuna questa mattina non ho trasferito quel milione sul suo conto a Zurigo.»

«Ma tu ti eri impegnato!» ribatté Makeev. «Comunque lui potrebbe in qualsiasi momento telefonare a Zurigo per controllare se la somma è stata depositata.»

«Mio caro Makeev, io ho cinquecento milioni di dollari depositati in quella banca. Il direttore, davanti al rischio che io trasferisca il deposito alla concorrenza, è stato più che disposto a farmi un piccolo favore, quando Rashid gli ha parlato stamattina. Se Dillon telefonerà per controllare la situazione del suo conto, il deposito verrà confermato.»

«L'uomo con cui stiamo trattando è molto pericoloso. Se scoprisse...»

«E chi dovrebbe dirglielo? Certamente non tu, e poi sarà puntualmente pagato alla fine, se darà dei risultati.»

Rashid gli versò una tazza di caffè e osservò, rivolto a Makeev: «Dillon ci ha promesso un bersaglio alternativo, ha accennato al Primo ministro britannico. Che cosa intendeva dire?»

«Si metterà in contatto con noi quando avrà deciso», rispose il russo.

«Parole!» Aroun andò alla finestra e guardò fuori, sorseggiando il suo caffè. «Tutte parole.»

«No, Michael», ribatté Makeev. «Ti sbagli di grosso.»

* * *

L'appartamento di Martin Brosnan, sul Quai de Montebello, di fronte all'Ile de la Cité, si affacciava sul fiume e offriva una delle più belle viste di Notre Dame. Era a poca distanza dalla Sorbona, che il professore raggiungeva volentieri a piedi.

Erano da poco passate le quattro e Brosnan si stava dirigendo verso casa. Alto, spalle larghe, impermeabile di taglio classico, aveva i capelli neri senza traccia di grigio, a dispetto dei quarantacinque anni passati, capelli troppo lunghi, che gli conferivano un po' l'aria di un bravo del sedicesimo secolo. Martin Aodh Brosnan: Aodh era la forma gaelica di Hugh e la sua origine irlandese si rivelava negli zigomi alti e negli occhi grigi.

L'aria si era fatta più fredda e Brosnan rabbrividì, svoltando l'angolo del Quai de Montebello, e affrettò il passo. Tutto lo stabile gli apparteneva, e questo gli aveva consentito di scegliere l'appartamento d'angolo al primo piano, quello con l'esposizione più favorevole. All'angolo dell'edificio si alzava un'impalcatura che arrivava fino al quarto piano, dove erano in corso lavori di ristrutturazione.

Mentre saliva i pochi gradini verso il portone decorato, una voce lo chiamò: «Martin?»

Alzò gli occhi e vide Anne Marie Audin affacciata al parapetto della terrazza. «Da dove diavolo salti fuori?» chiese Brosnan sorpreso.

«Da Cuba. Sono appena arrivata.»

Brosnan salì le scale a due gradini per volta: Anne Marie aveva già aperto la porta quando lui arrivò. La prese fra le braccia, la sollevò in un grande abbraccio e la portò di peso nell'atrio. «Sono felice di vederti. Perché Cuba?»

La donna lo baciò e lo aiutò a togliersi l'impermeabile. «Oh, ho avuto un incarico piuttosto interessante per la rivista *Time*. Vieni in cucina, ti farò il tè.»

Era un vecchio rituale da anni, quel tè. Cosa strana per un americano, Brosnan non poteva soffrire il caffè. Si accese una sigaretta, sedette al tavolo e restò a osservarla mentre si muoveva in cucina, con i corti capelli ancora neri come i suoi, una donna di estrema eleganza che aveva la sua stessa età e sembrava di una decina d'anni più giovane.

«Hai un aspetto splendido», le disse mentre gli portava il tè. Lo assaggiò e fece un cenno di approvazione. «Ottimo. Esattamente come hai imparato a farlo laggiù ad Armagh nel 1971, mentre Liam Devlin e io ti spiegavamo come lavorava l'IRA quando faceva sul serio.»

«Come sta quella vecchia canaglia?»

«Sempre in gamba, vive a Kilrea, fuori Dublino. Di tanto in tanto, tiene lezioni al Trinity College. Afferma di avere settant'anni, ma è una sfacciata bugia.»

«Non diventerà mai vecchio, quello lì.»

«Davvero, Anne Marie, hai un aspetto splendido. Ma perché noi due non ci siamo sposati?»

Era una domanda rituale, che Brosnan ripeteva da anni, ed era ormai diventata un vecchio scherzo fra loro. Un tempo erano stati amanti, ma da qualche anno erano solo buoni amici. Non che fosse una delle solite relazioni, lui avrebbe rischiato la vita per lei, lo aveva già fatto nelle paludi del Vietnam, la prima volta che si erano incontrati.

«Ora che i convenevoli sono esauriti, parlami un po' del tuo nuovo libro», chiese lei.

«Un saggio sulla filosofia del terrorismo, molto noioso», sorrise Brosnan. «Non credo che molti lo compreranno.»

«Peccato, con tutta l'esperienza dell'autore in materia.»

«In realtà non ha importanza. Il conoscere le ragioni non indurrà certo la gente a comportarsi diversamente.»

«Sempre cinico, tu. Avanti, beviamo qualcosa di serio.» Aprì il frigo e ne trasse una bottiglia di Krug.

«Non d'annata?»

«E che altro?»

Entrarono nello splendido salone: un grande specchio con una cornice dorata sul caminetto di marmo, una profusione di piante, un pianoforte a coda, comodi divani in disordine e libri dappertutto. Anne Marie aveva lasciato spalancate le portefinestre della terrazza e Brosnan le andò a chiudere mentre lei stappava la bottiglia di Krug e prendeva due bicchieri dal buffet. In quello stesso momento suonò il campanello.

Brosnan andò ad aprire e si trovò davanti Max Hernu e Jules Savary, con i fratelli Jobert alle spalle.

«Professor Brosnan?» chiese Hernu. «Sono il colonnello Max Hernu.»

«La conosco benissimo», rispose Brosnan. «Servizio operativo, vero? Che cosa significa questa visita? Il mio malvagio passato che torna fuori?»

«Non proprio, ma abbiamo bisogno del suo aiuto. Mi permetta di presentarle l'ispettore Savary. Questi sono i fratelli Gaston e Pierre Jobert.»

«Fareste meglio a entrare», li invitò Brosnan, incuriosito suo malgrado.

I fratelli Jobert rimasero nell'anticamera per ordine del colonnello Hernu, mentre lui e Savary seguirono Brosnan nel salone. Anne Marie si voltò, un po' accigliata, e Brosnan fece le presentazioni.

«È un grande piacere conoscerla.» Hernu le baciò la mano. «Sono un suo vecchio ammiratore.»

«Martin?» Anne Marie lo guardò preoccupata. «Non starai per cacciarti in qualche brutta faccenda?»

«Ma no», la rassicurò Brosnan. «Ora, che cosa posso fare per lei, colonnello?»

«Una questione di sicurezza nazionale, professore. Esito a parlare, anche perché la signorina Audin è una giornalista di fama.»

Anne Marie sorrise. «Discrezione assoluta, ha la mia parola, colonnello.»

«Siamo venuti qui su suggerimento del generale Charles Ferguson di Londra.»

«Quel vecchio demonio? E perché le ha consigliato di rivolgersi a me?»

«Perché lei è un esperto per tutto ciò che riguarda l'IRA, professore. Lasci che le spieghi.»

Hernu espose l'intera faccenda il più brevemente possibile. «Vede, professor Brosnan», concluse, «i fratelli Jobert hanno passato in rivista tutte le nostre foto riguardanti l'IRA senza riconoscerne alcuna e le ricerche di Ferguson non hanno avuto successo, con la sommaria descrizione che abbiamo potuto fornirgli.»

«Avete un bel problema.»

«Amico mio, quest'uomo non è un tizio qualunque. Deve essere un individuo speciale per tentare una cosa del genere, ma non sappiamo nulla di lui, se non che dev'essere irlandese e parla un francese perfetto.»

«E allora, che cosa vuole che faccia io?»

«Parlare con i due Jobert.»

Brosnan diede un'occhiata ad Anne Marie, poi si strinse nelle spalle. «D'accordo, li faccia entrare.»

Si appoggiò al bordo del tavolo sorseggiando il suo champagne, mentre i due fratelli stavano goffamente in piedi davanti a lui, impacciati. «Quanti anni ha?»

«Difficile dirlo, signore», rispose Pierre. «Cambia da un minuto all'altro, pare che in lui ci siano più persone. Direi poco meno di quaranta.»

«Descrizione?»

«Non molto alto, capelli biondi.»

«Sembra insignificante», intervenne Gaston, «noi credevamo che fosse solo una mezza cartuccia e poi una notte ha quasi ammazzato un gorilla grande e grosso proprio nel nostro bar.»

«Allora, basso di statura, capelli biondi, sui quarant'anni e si difende bene. Che cosa vi fa pensare che sia irlandese?»

«Mentre stava montando il Kalashnikov, si è vantato di aver visto uno di quei mitra fare a pezzi una Land Rover piena di parà inglesi.»

«E questo è tutto?»

Pierre aggrottò la fronte e, mentre Brosnan prendeva la

bottiglia di Krug dal secchiello, Gaston aggiunse: «No, c'è dell'altro. Fischietta sempre un'arietta curiosa, un po' lugubre. Io ho cercato di ripeterla sulla fisarmonica. Lui diceva che era irlandese».

Brosnan si fermò di colpo, con la bottiglia in una mano e il bicchiere nell'altra.

«E gli piace quella roba, *monsieur*», osservò Pierre.

«Lo champagne?» chiese Brosnan.

«Be', sì, qualunque champagne è meglio che niente, ma il Krug è quello che lui preferisce.»

«Come questo, non d'annata?»

«Sì, *monsieur*. E ci diceva che preferiva il tipo a uve miscelate.»

«È sempre stato il suo preferito.»

Anne Marie mise una mano sul braccio di Brosnan. «Tu lo conosci, Martin?»

«Quasi certamente. Potresti accennare a quell'arietta sul piano?» chiese Brosnan a Gaston.

«Posso provare, monsieur.»

Alzò il coperchio, sfiorò leggermente i tasti, poi suonò l'inizio dell'aria con un dito.

«Basta così.» Brosnan si volse verso Hernu e Savary. «È una vecchia canzone popolare irlandese e voi avete per le mani un caso difficile, signori, perché l'uomo che cercate è Sean Dillon.»

«Dillon?» domandò Hernu. «Ma certo. L'uomo dalle mille facce, lo ha chiamato qualcuno.»

«Forse è un'esagerazione», replicò Brosnan, «ma si adatta al caso.»

Mandarono a casa i fratelli Jobert, dopo di che Brosnan e Anne Marie sedettero sul divano di fronte a Hernu e Savary. L'ispettore prendeva appunti mentre l'americano parlava.

«Sua madre morì di parto, doveva essere il 1952. Suo padre era un elettricista e andò a lavorare a Londra, così Dillon frequentò le scuole lì. Aveva un incredibile talento per la recitazione, era un vero genio. Può cambiare davanti ai vostri occhi, ingobbire le spalle, invecchiare di quindici anni. È sorprendente.»

«Così lei lo conosceva bene?» chiese Hernu.

«A Belfast, ai vecchi tempi della lotta. Ma prima ancora aveva vinto una borsa di studio per l'Accademia d'arte drammatica. Vi rimase solo un anno, non avevano più niente da insegnarli. Recitò un paio di volte al National Theatre, non grandi cose perché era molto giovane. Poi, nel 1971, suo padre, che era tornato a Belfast, fu ucciso da una pattuglia inglese. Vittima casuale di una sparatoria, fu solo uno sfortunato incidente.»

«E Dillon la prese male?»

«Può ben dirlo. Si offrì ai *Provisionals* oltranzisti dell'IRA. Lo accolsero volentieri, aveva cervello, attitudine per le lingue. Lo mandarono in Libia, in uno dei campi di addestramento dei terroristi, per un paio di mesi, un corso rapido sull'uso delle armi e questo gli bastò. Non ha mai avuto scrupoli; Dio sa quanti ne ha uccisi.»

«E adesso lavora ancora per l'IRA?»

Brosnan scosse la testa. «Non più, da molti anni. Oh, si considera sempre un militante, ma è convinto che la direzione del movimento sia solo un mucchio di vecchie donnicciole. Non sono mai stati in grado di tenerlo sotto controllo. Avrebbe ucciso il Papa, se lo avesse ritenuto necessario. Era sempre felicissimo di compiere azioni controproducenti. Si dice in giro che fosse implicato nell'affare Mountbatten.»

«E dopo di allora?» chiese Hernu.

«Beirut, la Palestina. Ha compiuto diverse operazioni per l'OLP. Molti gruppi terroristici si sono avvalsi dei suoi servigi.» Brosnan scosse la testa. «Avrete dei guai con lui.»

«Perché, esattamente?»

«Il fatto che abbia assoldato una coppia di ladruncoli come i Jobert... lo fa sempre. D'accordo, questa volta non ha funzionato, ma lui conosce i punti deboli di tutti i movimenti rivoluzionari, sa che sono infestati di fanatici o di informatori della polizia. Lei lo ha chiamato l'uomo senza volto, ed è così, perché dubito che riesca a trovare una sua fotografia in qualsiasi schedario. E, francamente, anche se la trovasse, non le servirebbe a molto.»

«E perché lo fa?» chiese Anne Marie. «Non per un ideale politico?»

«Perché gli piace», rispose Brosnan, «perché ha la passione del gioco. È un attore, ricordatelo. Un attore nella vita reale, ed eccellente anche.»

«Ho l'impressione che non le sia troppo simpatico», osservò Hernu. «Da un punto di vista personale, voglio dire.»

«Ha cercato di uccidermi, insieme a un mio amico, diversi anni fa. Questo risponde alla sua domanda?»

«È certamente una buona ragione.» Il colonnello Hernu si alzò e Savary con lui. «Dobbiamo andare. Voglio riferire tutto questo al generale Ferguson il più presto possibile.»

«Naturalmente», disse Brosnan.

«Possiamo contare sul suo aiuto in questo affare, spero, professore?»

Brosnan diede un'occhiata ad Anne Marie, che aveva il volto teso e corrucciato. «Vede», rispose, «sono pronto a parlare di nuovo con lei, se questo la può aiutare, ma non voglio impegnarmi personalmente. Lei sa del mio passato, colonnello. Qualunque cosa accada, non voglio mai più tornare a quella vita. Ho fatto una promessa a una persona, molti anni fa.»

«Capisco perfettamente, professore.» Hernu si rivolse ad Anne Marie. «Signorina, è stato un piacere.»

«Vi accompagno», disse Anne Marie e li precedette verso la porta.

Quando tornò, Brosnan aveva aperto la portafinestra e contemplava il fiume fumando una sigaretta. Le pose un braccio intorno alla vita. «Tutto a posto?»

«Oh, sì, perfettamente», rispose lei, e appoggiò la testa sul suo petto.

* * *

In quel preciso istante, Ferguson era seduto accanto al caminetto nell'appartamento di Cavendish Square, quando il telefono squillò. Mary Tanner rispose nello studio e dopo qualche momento venne da lui. «Era Downing Street. Il Primo ministro vuole vederla.»

«Quando?»

«Ora, signore.»

Ferguson si alzò e si tolse gli occhiali da lettura. «Chiama la macchina: tu verrai con me e mi aspetterai.»

Mary prese il telefono e parlò brevemente. Quando depose il ricevitore chiese: «Di che cosa pensa che si tratti, generale?»

«Non saprei proprio. Il mio imminente congedo o per te il trasferimento a un settore più brillante. O questa faccenda in Francia, ormai gli avranno riferito tutto. Comunque, andiamo a vedere.» Uscì seguito dalla giovane assistente.

Oltrepassarono il controllo di sicurezza all'imbocco di Downing Street. Mary Tanner rimase nella vettura mentre Ferguson veniva introdotto attraverso la più famosa porta del mondo. L'ambiente era piuttosto tranquillo, in confronto all'ultima volta che era stato lì, in occasione di un ricevimento natalizio offerto dalla signora Thatcher a tutto il personale nella sala delle Colonne. Aveva invitato le donne delle pulizie, gli inservienti, le dattilografe e gli impiegati, un gesto tipico del suo carattere, l'altra faccia della Lady di Ferro.

Ferguson la rimpiangeva, senza dubbio, e sospirò mentre seguiva un giovane assistente su per lo scalone con le pareti ornate dai ritratti di tutti quei grandi uomini della storia, Peel, Wellington, Disraeli e molti altri. Arrivati sul pianerottolo, il giovane bussò a una porta e l'aprì.

«Il generale Ferguson, signor ministro.»

L'ultima volta che Ferguson era stato in quello studio si

era trovato nella stanza di una donna, un ambiente in cui il tocco femminile era inconfondibile. Ora le cose erano diverse, c'era un'aria un po' più austera, se ne rendeva conto. Fuori si stava facendo buio e John Major era intento a controllare delle carte, muovendo rapidamente la penna lungo le righe.

«Mi scusi, generale, è questione di qualche minuto», disse.

Fu la cortesia a sorprendere Ferguson, la perfetta educazione, che non si trova spesso nei capi di Stato. Major firmò il rapporto, lo mise da parte e si appoggiò sorridendo allo schienale della sedia. Era un uomo di bell'aspetto, dai capelli brizzolati e gli occhiali con la montatura di tartaruga: il più giovane Primo ministro del ventesimo secolo. Era quasi sconosciuto al grande pubblico quando era succeduto a Margaret Thatcher, eppure il modo con cui aveva condotto la crisi del Golfo aveva già rivelato in lui un capo di grande statura.

«Prego, sieda, generale. Ho pochissimo tempo, quindi veniamo subito al punto. La faccenda che riguarda la signora Thatcher in Francia. Ovviamente molto spiacevole.»

«Senza dubbio, eccellenza. Grazie a Dio tutto si è risolto bene.»

«Sì, ma pare che sia stato un colpo di fortuna, più che altro. Ho parlato con il presidente Mitterand, e si è dichiarato d'accordo che, nell'interesse di tutti noi, e specialmente con l'attuale situazione nel Golfo, si dovranno rafforzare le misure di sicurezza.»

«E per quando riguarda la stampa, eccellenza?»

«Niente trapelerà alla stampa, generale», rispose Major. «Mi dicono che i francesi non sono riusciti a catturare il responsabile, vero?»

«Temo che queste siano anche le mie ultime informazioni, ma il colonnello Hernu del Servizio operativo si tiene in stretto contatto con noi.»

«Ho parlato con la signora Thatcher; è stata lei che mi ha messo al corrente dell'esistenza del suo gruppo, generale. A quanto ho potuto capire, la sezione dei Servizi d'informazione nota come Gruppo Quattro è stata istituita nel 1972, risponde solo al Primo ministro e il suo scopo è di trattare casi specifici di terrorismo ed eversione, è così?»

«Esattamente.»

«Il che significa che il suo gruppo ha servito cinque primi ministri, me incluso?»

«In realtà questo non è del tutto esatto, signore. Al momento abbiamo qualche problema.»

«Oh, so tutto al proposito. Gli altri settori della sicurezza non hanno mai avuto simpatia per il Gruppo Quattro, che ha un po' troppo l'aria di una milizia privata del Primo ministro. Ecco perché hanno pensato che il passaggio di poteri al Numero Dieci di Downing Street fosse il momento buono per sbarazzarsi di voi.»

«Temo che sia proprio così, signor ministro.»

«Bene, non è così. Ho parlato con il direttore generale dei Servizi di sicurezza. Si è già provveduto.»

«Ne sono veramente felice.»

«Bene. Il suo primo compito, ovviamente, sarà di scoprire chi o che cosa ci sia dietro questa faccenda in Francia. Se è l'IRA, allora tocca a noi occuparci del caso, non crede?»

«Senza dubbio.»

«Bene. Allora la lascio andare. Si metta al lavoro e mi tenga informato di ogni sviluppo importante. Rapporti strettamente confidenziali, si intende.»

«Naturalmente, signor ministro.»

La porta alle sue spalle si aprì come per magia e l'assistente comparve per riaccompagnare Ferguson all'uscita. Il Primo ministro stava già lavorando su un altro fascicolo quando la porta si chiuse e Ferguson cominciò a scendere le scale.

Quando la limousine si mise in marcia, Mary Tanner tese la mano a chiudere il divisorio e chiese: «Allora, di che cosa si tratta?»

«Oh, quella faccenda francese.» Ferguson pareva stranamente assorto. «Sai, quell'uomo ha in sé davvero qualcosa.»

«Oh, andiamo, signore», replicò Mary. «Voglio dire, non pensa onestamente che sia necessario un cambiamento, dopo tutti questi anni di governo Tory?»

«Sei proprio una magnifica campionessa della classe operaia», ribatté Ferguson. «Tuo padre, Dio benedica l'anima sua, era professore di chirurgia a Oxford, tua madre possiede metà dell'Herefordshire. Quel tuo appartamento in Lowndes Square varrà almeno un milione di sterline. Com'è che i figli dei ricchi sono sempre così disgustosamente di sinistra, pur continuando a pranzare al Savoy?»

«Mi pare un'esagerazione.»

«Parlando seriamente, mia cara, io ho lavorato per diversi primi ministri, alcuni laburisti, altri conservatori. Il colore politico non ha importanza. Il marchese di Salisbury, quando era primo ministro, Gladstone, Disraeli, avevano problemi molto simili a quelli che abbiamo oggi. Feniani, anarchici, bombe a Londra, solo che allora era dinamite invece che Semtex, e quanti attentati ci sono stati contro la regina Vittoria?» Guardò fuori del finestrino il traffico di Whitehall, mentre si dirigevano verso il ministero della Difesa. «Niente cambia.»

«Va bene, fine della conferenza. Ma insomma, come è andata?» tornò a chiedere Mary.

«Restiamo in servizio. Ecco come è andata. Temo che dovremo cancellare il tuo trasferimento alla polizia militare.»

«Dio la benedica!» esclamò la ragazza, e gli gettò le braccia al collo.

L'ufficio di Ferguson, al terzo piano del ministero della Difesa, si trovava sul retro dell'edificio, all'angolo con la Horse Guards Avenue, con vista sul Victoria Embankment e il fiume sul fondo. Ferguson si era appena seduto alla scrivania quando Mary entrò.

«Un fax in codice da Hernu. L'ho passato alla macchina. Temo che non le piacerà neanche un po'.»

Conteneva il succo del colloquio di Hernu con Martin Brosnan, le informazioni su Sean Dillon, ogni cosa.

«Mio Dio!» borbottò Ferguson. «Non poteva andare peggio. È come un fantasma, questo Dillon. Esiste o non esiste? Pericoloso come Carlos, in termini di terrorismo internazionale, ma totalmente sconosciuto alla stampa e al pubblico, e anche noi non abbiamo niente in mano su di lui.»

«Qualcosa abbiamo, signore.»

«E che cosa?»

«Brosnan.»

«È vero, ma sarà disposto ad aiutarci?» Ferguson si alzò e si accostò alla finestra. «Ho cercato di convincere Martin a fare qualcosa per me l'anno scorso, ma non ha voluto neanche sentirne parlare.» Si voltò e sorrise. «È quella sua donna, vedi, Anne Marie Audin. È terrorizzata all'idea che Martin torni a fare quello che faceva un tempo.»

«Sì, posso capirla.»

«Ma non importa. Ora sarà meglio stendere un rapporto sugli ultimi avvenimenti per il Primo ministro. Mettiamoci al lavoro.»

Mary Tanner afferrò una penna e prese appunti mentre Ferguson dettava.

«Qualcos'altro, signore?» chiese, quando ebbe finito.

«Non credo. Fallo copiare a macchina. Una copia per l'archivio, l'altra per il Primo ministro. Mandala immediatamente al Numero Dieci per corriere. Strettamente confidenziale.»

Mary batté personalmente a macchina una prima stesura del rapporto, poi si avviò lungo il corridoio verso la stanza delle macchine fotocopiatrici. Ce n'era una su ogni piano, e gli impiegati erano sottoposti a un rigoroso controllo di sicurezza. La copiatrice frusciava quando entrò. L'uomo che stava alla macchina era un tipo di oltre cinquant'anni, capelli bianchi, occhiali con montatura d'acciaio, le maniche della camicia rimboccate fino ai gomiti.

«Salve, Gordon», salutò Mary. «Ho qui una priorità uno, mettici tutto il tuo impegno. Una copia per l'archivio. Me la fai immediatamente?»

«Sicuro, capitano Tanner.» L'uomo gettò una breve occhiata al documento. «Quindici minuti. Glielo porterò io stesso.»

Mary uscì e Gordon sedette alla macchina per scrivere. Inspirò profondamente per mantenere tutto il suo autocontrollo quando lesse le parole AL PRIMO MINISTRO, STRETTAMENTE CONFIDENZIALE. Gordon Brown aveva lavorato per il Servizio segreto per venticinque anni, raggiungendo il grado di sottufficiale. Una carriera dignitosa, anche se non brillante, che era culminata con il conferimento dell'Ordine dell'Impero Britannico e un'offerta d'impiego presso il ministero della Difesa, al momento del congedo dall'esercito. E tutto era andato bene, fino a che sua moglie era morta di cancro, l'anno prima. Non avevano figli, e Gordon era rimasto solo, in un freddo mondo senza amore, a cinquantacinque anni d'età. Poi era successo il miracolo.

Al ministero giravano spesso biglietti d'invito per ricevimenti alle varie ambasciate di Londra. Talvolta Gordon ne prendeva uno, tanto per avere qualcosa da fare. A una mostra d'arte presso l'ambasciata tedesca, aveva incontrato Tania Novikova, segretaria dattilografa dell'ambasciata sovietica.

Erano divenuti subito amici. Lei aveva trent'anni e non era particolarmente bella, ma quando se lo era portato a letto, al loro secondo incontro nell'appartamento di Gordon a Camden, era stata come una rivelazione. Gordon non aveva mai conosciuto il sesso in quella maniera, e ne fu immediatamente stregato. Tutto era cominciato da lì: domande sul suo lavoro, su tutto quello che si faceva al ministero della Difesa. Poi ci fu un certo raffreddamento, Gordon non la vide per qualche tempo e si trovò disorientato, gli sembrò quasi di impazzire, e le telefonò a casa. Lei dapprima si mostrò fredda, distante, poi gli chiese se nel frattempo aveva fatto qualcosa di interessante.

Gordon capì allora che cosa significava, ma si gettò gli scrupoli alle spalle. Gli stavano passando per le mani una serie di rapporti sui cambiamenti nell'esercito britannico, in vista dei mutamenti politici in Russia e non gli fu difficile farne qualche copia in più. Quando le portò a Tania, nell'appartamento di lei, tutto tornò a essere come al loro primo incontro e Tania lo portò a estasi di piacere che non aveva mai conosciuto prima.

Da quel momento avrebbe fatto qualsiasi cosa e cominciò a passarle copie di tutto quello che poteva interessarle. *Al Primo ministro, strettamente confidenziale.* Quanto gli sarebbe stata grata per questo? Finì di battere a macchina il rapporto, ne fece due copie in più, una anche per sé. Ora ne teneva una cartella in un cassetto del comò. L'altra copia era per Tania Novikova, che naturalmente non era una segretaria dell'ambasciata sovietica, come aveva detto a Brown, ma un capitano del KGB.

Gaston sollevò la serranda del garage di fronte allo *Chat Noir*, e Pierre si mise al volante della vecchia Peugeot rossa e crema. Suo fratello sedette dietro e la macchina partì.

«Stavo pensando», disse Gaston. «Voglio dire, e se non lo prendono? Potrebbe venire a cercarci, Pierre.»

«Sciocchezze», replicò Pierre. «Certamente ha tagliato la corda. Chi è il pazzo che se ne starebbe a gironzolare qui intorno dopo tutto quello che è successo? No, accendimi una sigaretta e chiudi la bocca. Ci facciamo un pranzo di lusso e poi andiamo allo *Zanzibar*. C'è ancora lo spogliarello di quelle due sorelle svedesi.»

Mancava poco alle otto, le strade e le piazze erano silenziose e deserte, la gente si teneva tappata in casa per il freddo. Giunsero in una piazzetta e si accingevano ad attraversarla, quando un agente di polizia in motocicletta arrivò dietro di loro, lampeggiando con i fari.

«Abbiamo un piedipiatti alle calcagna», osservò Gaston.

L'agente si affiancò alla Peugeot, anonimo con il suo elmetto e gli occhialoni, e fece loro segno di accostare.

«Un messaggio di Savary, credo», disse Pierre accostando al marciapiede.

«Chissà, forse l'hanno già preso», aggiunse Gaston speranzoso.

L'agente si fermò dietro di loro, appoggiò la moto al cavalletto e si avvicinò. Gaston aprì la portiera posteriore e si affacciò. «L'hanno preso quel bastardo?»

Dillon estrasse dal giubbotto la sua Walther con il silenziatore Carswell e gli sparò due volte al cuore, poi si tolse gli occhialoni e si voltò. Vedendolo, Pierre si fece il segno della croce. «Rocard!»

«Sì, Pierre. Una questione d'onore.»

La Walther tossì altre due volte, poi Dillon la ripose nell'interno del giubbotto, salì sulla BMW e partì. Iniziò a nevicare leggermente e la piazzetta tornò silenziosa. Era passata una mezz'ora quando un poliziotto di ronda, infagottato in un pesante pastrano, li scoprì.

L'appartamento di Tania Novikova si trovava nei pressi di Bayswater Road, non lontano dall'ambasciata sovietica. Aveva avuto una giornata dura e sperava di andare a letto presto ma non erano ancora le dieci e mezzo quando il campanello suonò. Tania si stava asciugando dopo un bel bagno caldo e rilassante; s'infilò una vestaglia e scese.

Il turno serale di Gordon Brown era terminato alle dieci. Era impaziente di vedere Tania e aveva avuto le solite difficoltà a trovare un posto per parcheggiare la sua Ford Escort. Era in piedi sulla porta e suonava impaziente il campanello, tutto eccitato. Quando Tania aprì e vide chi era, si infuriò, tirandolo dentro.

«Ti avevo detto di non venire mai qui, Gordon, per nessuna ragione.»

«Ma questo è un caso speciale», protestò lui. «Guarda che cosa ti ho portato.»

Nel salotto, Tania gli tolse di mano la grande busta, l'aprì e ne trasse il rapporto. *Al Primo ministro, strettamente confidenziale.* Leggendolo si sentì prendere da un'intensa emozione, era incredibile che quell'imbecille le avesse portato qualcosa di così scottante. Gordon le strinse le braccia intorno alla vita, fece scivolare una mano sui seni e la donna percepì chiaramente la sua eccitazione.

«È roba di prim'ordine, no?» chiese lui.

«Davvero eccellente Gordon, sei stato proprio un bravo ragazzo.»

«Davvero?» Gordon la strinse più forte. «Allora, posso restare da te?»

«Oh, Gordon, mi dispiace davvero moltissimo. Ho il turno di notte.»

«Ti prego, tesoro!» Gordon tremava come una foglia. «Solo pochi minuti.»

Doveva tenerselo buono, lo sapeva; mise il rapporto sul tavolo e lo prese per mano. «Un quarto d'ora, Gordon, non di più, e poi te ne andrai», e lo condusse in camera da letto.

Dopo essersi liberata di lui, Tania si vestì in fretta, pensando fra sé sul da farsi. Era una comunista convinta e impegnata, così era stata allevata e così sarebbe morta. Soprattutto serviva il KGB con assoluta lealtà e totale dedizione. Il KGB l'aveva nutrita, educata, le aveva dato un ruolo nel suo mondo; pur essendo così giovane aveva una mentalità stranamente all'antica. Non aveva tempo per Gorbaciov o per quegli insensati della *glasnost* intorno a lui. Sfortunatamente nel KGB c'erano molti che lo sostenevano, e uno di quelli era proprio il suo capo all'ambasciata di Londra, il colonnello Yuri Gatov.

Quale sarebbe stato il suo atteggiamento davanti a quel rapporto? si chiedeva Tania scendendo in strada e incamminandosi verso l'ambasciata. Quale sarebbe stato l'atteggiamento di Gorbaciov davanti al fallito attentato a Margaret Thatcher? Probabilmente la stessa indignazione che doveva provare il Primo ministro britannico; e se Gorbaciov la pensava così, certo lo stesso avrebbe pensato il colonnello Gatov, e allora che fare?

Le venne in mente, mentre stava camminando sul marciapiede gelato di Bayswater Road, che c'era qualcuno che sarebbe stato estremamente interessato alla faccenda, e non solo perché condivideva le sue idee, ma perché si trovava egli stesso al centro dell'azione a Parigi: il suo vecchio capo, il colonnello Josef Makeev. Ecco, Makeev avrebbe senz'altro saputo come meglio usare quell'informazione. Svoltò nei giardini di Kensington Palace ed entrò all'ambasciata sovietica.

Per combinazione, Makeev quella sera si era trattenuto più del solito nel suo ufficio quando la sua segretaria si affacciò alla porta e annunciò: «Una chiamata da Londra sulla linea privata. Il capitano Novikova».

Makeev sollevò il telefono rosso. «Tania», esclamò con un traccia di affetto nella voce, perché avevano avuto una relazione nei tre anni in cui Tania aveva lavorato per lui a Parigi. «Che cosa posso fare per te?»

«Mi dicono che c'è stato un incidente che riguarda l'Impero da voi, oggi?»

Era una vecchia frase in codice del KGB, usata da anni per indicare tentativi di assassinio di personalità ad alto livello governativo, riguardanti la Gran Bretagna.

Makeev fu immediatamente all'erta. «Esatto. Il solito tipo di faccenda messa a tacere.»

«La cosa ti interessa?»

«Molto.»

«Ti mando un fax in codice. Resto qui nel mio ufficio, se vuoi parlarmi.»

Tania Novikova depose il telefono. Aveva il fax su una seconda scrivania. Digitò rapidamente il rapporto in codice, controllando sul video se il testo era esatto. Aggiunse il numero personale di Makeev, inserì il rapporto e poi restò in attesa. Pochi istanti dopo ebbe il segnale di messaggio ricevuto. Si alzò, si accese una sigaretta e andò alla finestra, aspettando impaziente.

Il messaggio in codice arrivò alla stanza radio e codici dell'ambasciata sovietica a Parigi, dove Makeev aspettava con ansia. L'operatore glielo consegnò e il colonnello lo inserì nell'apparecchio di decodificazione e batté il suo numero personale. Friggeva di impazienza e lesse il testo mentre camminava nel corridoio, non meno eccitato di Tania, quando vide l'intestazione AL PRIMO MINISTRO, STRETTAMENTE CONFIDENZIALE. Sedette alla scrivania e lo rilesse da cima a fondo. Restò un attimo a pensare, poi prese il telefono rosso.

«Hai fatto benissimo, Tania. Questo caso mi riguarda direttamente.»

«Ne sono lieta.»

«Gatov è al corrente?»

«No, colonnello.»

«Bene, non deve saperlo.»

«C'è qualche altra cosa che posso fare per te?»

«Molto. Coltiva il tuo contatto e fammi avere qualsiasi altra notizia immediatamente. Ci potrebbe essere anche dell'altro. Ho un amico che sta venendo a Londra. Quell'amico particolare di cui hai letto.»

«Capisco, resto in attesa.»

Depose il telefono, soddisfatta ed esultante, e si avviò verso il bar.

* * *

A Parigi, Makeev restò un attimo assorto, accigliato, poi prese il telefono e chiamò Dillon. Trascorse qualche istante prima che l'irlandese rispondesse.

«Chi parla?»

«Josef. Sto venendo da te, Sean. Una cosa urgentissima.»

Makeev depose il telefono, si infilò il cappotto e uscì.

4

Quella sera, Brosnan aveva portato Anne Marie al cinema e poi a un piccolo ristorante di Montmartre chiamato *La Place Anglaise*. Era uno dei loro posti favoriti perché, nonostante il nome, una delle specialità della casa era lo stufato irlandese. Il locale non era molto affollato e avevano appena finito il loro stufato quando entrò Max Hernu seguito da Savary.

«Neve a Londra, neve a Bruxelles e neve a Parigi.» Hernu si scosse un po' di neve dalla manica e si sbottonò il cappotto.

«Devo dedurre dalla sua comparsa qui che lei mi ha fatto pedinare?» chiese Brosnan.

«Assolutamente no, professore. Siamo passati da casa sua e il portiere ci ha detto che lei era andato al cinema. È stato anche tanto gentile da nominare tre o quattro ristoranti in cui pensava che avremmo potuto trovarla. Questo è il secondo.»

«Allora è meglio che vi sediate con noi e prendiate un cognac e un caffè», li invitò Anne Marie. «Sembrate entrambi congelati.»

I due si tolsero i cappotti e Brosnan fece un cenno al capocameriere, che si affrettò al loro tavolo a prendere le ordinazioni.

«Mi spiace rovinarle la serata, signorina, ma è una cosa di

estrema importanza», si giustificò Hernu. «Uno sviluppo increscioso.»

Brosnan si accese una sigaretta. «Ci dica il peggio.»

Fu Savary che gli rispose. «Circa due ore fa un poliziotto di ronda ha scoperto i cadaveri dei fratelli Jobert nella loro macchina, in una piazzetta non lontana dallo *Chat Noir*.»

«Assassinati, vuol dire?» chiese Anne Marie.

«Sì, signorina, a colpi di pistola.»

«Due per ciascuno, nel cuore?» chiese Brosnan.

«Be', sì, professore, il medico legale così ci ha detto, a un primo esame. Non siamo rimasti ad ascoltare il resto. Ma lei come lo sa?»

«Dillon, senza dubbio. È un trucco da professionista, colonnello, lei dovrebbe saperlo. Mai un colpo solo, sempre due, nel caso che l'avversario riesca a sua volta a colpirti per riflesso.»

Hernu mescolò il suo caffè. «Se lo aspettava, professore?»

«Oh, sì. Dillon sarebbe andato a cercarli, prima o poi. È un uomo strano; mantiene sempre la sua parola, non si ritira mai da un impegno e si aspetta lo stesso da quelli con cui tratta. È ciò che chiama un punto d'onore. Almeno, così faceva ai vecchi tempi.»

«Posso chiederle una cosa?» intervenne Savary. «Io sono in servizio da quindici anni. Ho conosciuto una quantità di assassini, e non solo i rapinatori che lo fanno per mestiere, ma anche il povero bastardo che ammazza la moglie perché gli è stata infedele. Bene, Dillon sembra una cosa diversa. Voglio dire, suo padre è stato ucciso da soldati britannici, per cui lui si è unito all'IRA, e questo posso capirlo, ma quello che ha fatto dopo... Vent'anni in azione, tutti quei delitti, e non nel proprio Paese. Perché?»

«Io non sono uno psichiatra», rispose Brosnan. «Quelli le citerebbero un sacco di termini tecnici, a cominciare da psicopatia e così via. Ma ho conosciuto uomini come lui nell'esercito, in Vietnam, nelle forze speciali: erano bravi ragazzi, alcuni, ma una volta che cominciavano a uccidere, sembrava che non potessero più farne a meno, come di una droga. Diventavano come allucinati. Lo stadio successivo era uccidere senza necessità, farlo senza emozione. Laggiù, nel Vietnam, era come se gli uomini fossero diventati, come potrei dire, semplicemente degli oggetti.»

«E questo lei pensa che sia capitato anche a Dillon?» domandò Hernu.

«È capitato a me, colonnello», disse Brosnan cupamente.

Ci fu un silenzio. Infine Hernu riprese: «Dobbiamo prenderlo, professore».

«Lo so.»

«Allora, si unisce a noi nel dargli la caccia?»

Anne Marie gli pose una mano sul braccio, allarmata, e si rivolse ai due uomini ribattendo con una sorta di rabbia disperata: «Questo è il vostro lavoro, non quello di Martin».

«Va bene, va bene, non preoccuparti», la calmò Martin, e rivolto a Hernu: «Qualunque consiglio per aiutarvi, qualunque informazione io possa darvi, sono pronto, ma non mi impegno personalmente. Mi spiace, colonnello, ma così stanno le cose».

«Lei ci ha detto che una volta ha tentato di ucciderla», osservò Savary. «Insieme con un suo amico.»

«È stato nel 1974. Lui e io lavoravamo entrambi per questo nostro amico, Liam Devlin. Era quello che si potrebbe definire un rivoluzionario all'antica. Pensava che si potesse ancora combattere come ai vecchi tempi, un'armata clandestina contro le truppe inglesi, un po' come la Resistenza in Francia durante la guerra. Non gli piacevano le bombe, le stragi di civili.»

«E poi che cosa avvenne?»

«Dillon disobbedì agli ordini e la bomba che era destinata a una pattuglia di polizia uccise una mezza dozzina di bambini. Devlin e io lo inseguimmo e lui cercò di farci fuori.»

«Senza successo, naturalmente!»

«Be', non eravamo dei ragazzini.» La sua voce era impercettibilmente cambiata: ora pareva più dura, più cinica. «Mi lasciò con un buco in una spalla e io lo ferii a un braccio. Fu allora che scomparve dal Paese e passò in Europa.»

«E lei non lo hai mai più visto da quel giorno?»

«Rimasi in prigione per oltre quattro anni, dal 1975, ispettore, a Belle Isle. Lei dimentica la storia. Dillon lavorò per un certo tempo con un uomo chiamato Frank Barry, un altro profugo dell'IRA che era rispuntato sulla scena europea. Un vero demonio, quel Barry. Se ne ricorda?»

«Io me lo ricordo», rispose Hernu. «Se non sbaglio, tentò di assassinare Lord Carrington, ministro degli Esteri britannico, durante una sua visita in Francia nel 1979, in circostanze molto simili al recente episodio di Valenton.»

«È probabile che Dillon abbia tentato di inscenare una replica dell'operazione Carrington. Aveva una vera adorazione per Barry.»

«È l'uomo che lei poi ha ucciso per incarico dei Servizi segreti britannici, mi pare.»

Anne Marie si alzò. «Vogliate scusarmi.»

Si avviò verso la toilette delle signore e Hernu osservò: «L'abbiamo sconvolta».

«Si preoccupa per me, teme che possa presentarsi qualche circostanza che mi rimetta una pistola in mano e mi risospinga per la vecchia strada.»

«Certo, capisco, amico mio.» Hernu si alzò e si abbottonò il cappotto. «Abbiamo abusato fin troppo del suo tempo. Presenti le mie scuse alla signorina Audin.»

«Le sue lezioni alla Sorbona, professore», aggiunse ancora Savary, «gli studenti debbono amarla davvero. Scommetto che ha sempre l'aula piena.»

«Sempre», confermò Brosnan.

Mentre li guardava allontanarsi, Anne Marie tornò. «Mi spiace, amore», si scusò Brosnan.

«Non è colpa tua.» Aveva il viso stanco. «Penso che tornerò a casa.»

«Non vuoi venire da me?»

«Non stasera. Forse domani.»

Il cameriere portò il conto, che Brosnan pagò, quindi li aiutò a indossare i loro cappotti e li accompagnò alla porta. Fuori, la strada era spruzzata di neve. Anne Marie rabbrividì e si voltò verso Brosnan. «Sei cambiato, Martin, mentre parlavi con loro; sei tornato l'uomo di una volta.»

«Sul serio?» chiese Martin. Ma sapeva che era vero.

«Ora chiamo un taxi.»

«Non vuoi che venga con te?»

«No, preferirei di no.»

La osservò allontanarsi per la strada, poi si voltò e si avviò dall'altra parte, pensando a Dillon, domandandosi dove fosse e che cosa facesse.

La chiatta di Dillon era ancorata in un piccolo bacino lungo il Quai Saint Bernard. Lì c'erano perlopiù motoscafi e cabinati, barche da diporto coperte di teloni per l'inverno. L'interno era sorprendentemente lussuoso: un saloncino rivestito di mogano con due comodi divani e un televisore; la zona notte, allestita in una cabina dietro il salone, con un divano letto e una piccola doccia adiacente e la cucina, dall'altra parte, piccola, ma molto moderna, che conteneva tutto ciò che un buon cuoco può desiderare. Dillon stava davanti al fornello, in attesa che il bollitore fischiasse, quando sentì un rumore di passi in coperta. Aprì un cassetto, prese la sua Walther, l'armò e se la infilò nella cintola dietro la schiena. Poi uscì dalla cucina.

Makeev scese dalla scaletta ed entrò nel salone. Scosse la neve dal cappotto e se lo tolse. «Che notte! Tempo schifoso.»

«A Mosca è peggio», ribatté Dillon. «Caffè?»

«Perché no?»

Makeev si servì un cognac da una bottiglia sul buffet, e l'irlandese tornò con due tazze di porcellana. «Bene, che è successo?»

«Prima di tutto, le mie fonti mi dicono che i fratelli Jobert sono stati rinvenuti ben morti tutti e due. È stata una cosa saggia?»

«Per usare una frase immortale di uno di quei vecchi film con James Cagney, se la sono voluta. Be', che altro c'è?»

«Oh, un vecchio amico del tuo oscuro passato che è tornato a galla. Un tale Martin Brosnan.»

«Santa Madre di Dio!» Dillon parve per un momento impietrito. «Martin? Martin Brosnan? Da dove diavolo salta fuori?»

«Vive proprio qui a Parigi, non molto lontano dalla tua chiatta, sul Quai de Montebello, l'edificio d'angolo di fronte a Notre Dame. Un grande portone riccamente decorato, da qui si raggiunge tranquillamente a piedi. Non puoi sbagliarti: c'è un'impalcatura davanti, ci sono in corso dei lavori di ristrutturazione.»

«Che precisione», osservò Dillon. Prese una bottiglia di Bushmills dal buffet e se ne versò un bicchiere. «Come mai?»

«Ci ho dato un'occhiata mentre venivo qui.»

«E tutto questo, che cosa ha a che fare con me?»

Makeev gli riferì le ultime vicende: Max Hernu, Savary, Tania Novikova a Londra, tutto. «E così», concluse, «almeno sappiamo che cosa intendono fare i nostri amici.»

«Questa ragazza, la Novikova, potrebbe risultarmi molto utile», osservò Dillon. «Starà dalla nostra parte?»

«Senza dubbio. Ha lavorato alcuni anni con me; è una ragazza molto in gamba. Come me non è soddisfatta dei cambiamenti che si stanno verificando in patria. Invece il suo capo è un'altra cosa, il colonnello Gatov è entusiasta dei progetti di Gorbaciov.»

«Sicuro, potrebbe essere importante», disse Dillon.

«Questo significa forse che conti di andare a Londra?»

«Quando avrò deciso, te lo farò sapere.»

«E Brosnan?»

«Potrei incrociarlo per strada e non mi riconoscerebbe.»

«Sei proprio sicuro?»

«Josef, potrei passarti accanto e tu non mi riconosceresti.

Tu non hai mai visto come mi so trasformare, vero? Sei venuto qui con la tua macchina?»

«Naturalmente no, in taxi. Spero di trovarne uno per tornare.»

«Mi infilo il cappotto e ti accompagno per un pezzo.»

Uscì dalla sala e Makeev si abbottonò il cappotto e si versò un altro brandy. Udì un rumore leggero alle sue spalle e quando si voltò vide Dillon in berretto e giaccone, tutto ingobbito in modo strano. Persino la forma della sua faccia sembrava diversa, pareva di quindici anni più vecchio. La trasformazione era incredibile.

«Mio Dio, è stupefacente!» esclamò Makeev.

Dillon si raddrizzò e sogghignò. «Josef, vecchio mio, se avessi calcato le scene oggi sarei un mostro sacro del teatro. Forza, mettiamoci in cammino.»

La neve era solo una spruzzata di bianco sulle strade, le chiatte passavano lente sul fiume e Notre Dame, tutta illuminata, pareva fluttuare nella notte. Raggiunsero il Quai de Montebello senza vedere un taxi.

«Eccoci qui, la casa di Brosnan», disse Makeev. «È proprietario di tutto l'edificio. Pare che sua madre lo abbia lasciato in ottime condizioni.»

«Ah, davvero?»

Dillon scrutava attraverso l'impalcatura e Makeev aggiunse: «Appartamento quattro, sull'angolo al primo piano».

«Vive solo?»

«Non è sposato, ma ha un'amica, Anne Marie Audin...»

«La fotoreporter di guerra? L'ho vista una volta sola, nel 1971, a Belfast. Brosnan e Liam Devlin, che allora era il mio capo, l'accompagnavano per un servizio sull'IRA.»

«Tu l'hai conosciuta?»

«Non personalmente. Vivono insieme?»

«Pare di no.» Un taxi uscì da una via laterale e venne verso di loro. Makeev alzò un braccio. «Ci sentiremo domani.»

Il taxi si allontanò e Dillon stava già per tornare indietro, quando Brosnan svoltò dall'angolo. Dillon lo riconobbe immediatamente.

«Eccoti qui, Martin, vecchio bastardo», mormorò fra sé.

Brosnan salì gli scalini ed entrò nell'edificio. Dillon si voltò sorridendo e si allontanò fischiettando piano.

Nel suo appartamento in Cavendish Square, Ferguson si preparava a coricarsi quando suonò il telefono. «Cattive notizie», disse Hernu. «Ha ammazzato i fratelli Jobert.»

«Mio Dio!» esclamò Ferguson. «Non perde certo tempo, quello.»

«Sono andato a trovare Brosnan per chiedergli di unirsi a noi ma ha rifiutato. È disposto a darci i suoi consigli e così via, ma non vuole impegnarsi attivamente.»

«Sciocchezze», disse Ferguson. «Non possiamo mollarlo. Quando la nave affonda, tutte le braccia devono mettersi alle pompe, e questa nave sta affondando molto in fretta.»

«Che cosa suggerisci?»

«Forse sarebbe una buona idea, se venissi io stesso a parlargli. Non sono sicuro dell'ora, ho da sistemare degli impegni; magari nel pomeriggio. Ti farò sapere.»

«Ottimo. Niente potrebbe farmi più piacere.»

Ferguson restò a pensare per un momento, poi chiamò l'appartamento di Mary Tanner. «Suppongo che anche tu, come me, pensavi di riposare tranquillamente per tutta la notte, dopo la levataccia di stamattina, vero?»

«Questa era l'idea. È successo qualcosa?»

Ferguson la mise al corrente degli ultimi avvenimenti. «Penso che sarebbe una buona cosa andare là domani, fare due chiacchiere con Hernu e poi parlare con Brosnan. Deve rendersi conto che questa è una faccenda seria.»

«Vuole che venga anch'io?»

«Naturalmente. In Francia io non so neanche scegliere un menu, mentre noi tutti sappiamo che uno dei vantaggi della tua costosa istruzione è quello di parlare un ottimo francese. Mettiti in contatto con l'ufficio trasporti del ministero e digli che voglio il jet Lear pronto per domani.»

«Sarà fatto. C'è altro?»

«No. Ci vediamo in ufficio domattina, e non dimenticare il passaporto.»

Ferguson depose il ricevitore, andò a letto e spense la luce.

Tornato alla chiatta, Dillon mise il bollitore sul fuoco, poi versò un po' di whisky Bushmills in una tazza, aggiunse del succo di limone, zucchero e acqua bollente e se ne tornò nel saloncino, sorseggiando il suo ponce caldo.

Mio Dio, Martin Brosnan, dopo tutti quegli anni! La sua mente tornò ai vecchi tempi, con l'americano e Liam Devlin, il loro vecchio capo, Devlin, la leggenda vivente dell'IRA. Giorni ardenti e selvaggi, quando affrontavano faccia a faccia tutta la potenza dell'esercito britannico... Niente sarebbe mai più stato come allora.

C'era una pila di giornali londinesi sul tavolo, li aveva comperati all'edicola della Gare de Lyon poco prima. Il *Daily Mail*, l'*Express*, il *Times* e il *Telegraph*. Più di tutto lo interessavano le pagine politiche, e gli articoli erano molto simili: la crisi del Golfo, le incursioni aeree su Baghdad, le ipotesi sul prossimo inizio delle operazioni terrestri. E le foto, naturalmente, il primo ministro John Major sulla porta del Numero Dieci di Downing Street. La stampa britannica era straordinaria: c'erano discussioni sui Servizi di sicurezza, ipotesi su possibili attacchi di terroristi arabi e articoli che riproducevano persino mappe e carte stradali della zona immediatamente adiacente a Downing Street. E altre foto del Primo ministro e dei membri del governo che arrivavano per le riunioni quotidiane del Consiglio di guerra.

Londra, ecco dove si doveva fare il colpo, non vi era dubbio. Ripose ordinatamente i giornali, finì il suo ponce e andò a letto.

* * *

Appena arrivato nel suo ufficio, Ferguson dettò un altro breve rapporto per il Primo ministro, mettendolo al corrente e informandolo del suo viaggio a Parigi. Mary portò il testo alla stanza delle copiatrici. L'impiegata in servizio, che ormai era vicina alla fine del suo turno, era una vedova di guerra, Alice Johnson, il cui marito era rimasto ucciso alle Falkland. Si mise subito a dattilografare il rapporto e aveva appena finito di infilarlo nella fotocopiatrice, quando entrò Gordon Brown che aveva un orario spezzato: tre ore dalle dieci all'una e poi sei fino alle dieci di sera. Gordon depose la sua cartella e si tolse il cappotto.

«Puoi andartene quando vuoi, Alice. C'è qualcosa di speciale?»

«Questo rapporto per il capitano Tanner, è un lavoro per il Numero Dieci. Ho detto che l'avrei portato io stessa.»

«Lo porterò io per te», le propose Gordon. «Tu puoi andare.»

Alice Johnson gli passò le due copie del rapporto e cominciò a sgomberare la sua scrivania. Gordon non aveva alcuna possibilità di fare delle copie extra, ma almeno poteva leggere il messaggio, e così fece mentre si incamminava verso l'ufficio di Mary Tanner. La trovò seduta alla sua scrivania.

«Ecco il rapporto che desiderava, capitano Tanner. Devo chiamare un corriere?»

«No, grazie, Gordon, provvedo io.»

«C'è altro, capitano?»

«No, sto appunto sgomberando la scrivania. Il generale Ferguson e io partiamo per Parigi.» Diede un'occhiata all'orologio. «Devo affrettarmi, ci dobbiamo trovare all'aeroporto di Gatwick alle undici.»

«Bene, le auguro di divertirsi.»

Quando tornò alla stanza delle copiatrici, Alice Johnson era ancora lì. «Mi faresti un favore, Alice?» chiese. «Potresti restare qui ancora per un poco? Ho un impegno improvviso. Ti ricambierò il favore al più presto.»

«Per me va bene», rispose lei, «fa' pure con comodo.»

Gordon si infilò il cappotto, corse giù per le scale, sino al bar interno, ed entrò in una cabina telefonica. Tania Novikova era a casa, perché la notte prima se n'era andata dall'ambasciata a un'ora molto tarda.

«Ti avevo detto di non telefonarmi. Ti chiamerò io.»

«Devo vederti. Sono libero all'una.»

«Impossibile.»

«Ho visto un altro rapporto, sulla stessa faccenda.»

«Capisco. Hai fatto una copia?»

«No, mi è stato impossibile, ma l'ho letto.»

«Che cosa diceva?»

«Te lo dirò all'ora di colazione.»

Tania si rese conto che era ormai tempo di assumere il pieno controllo della situazione. La sua voce era fredda e dura, quando replicò: «Non farmi perdere tempo, Gordon, ho molto da fare. È meglio dare un taglio a questa conversazione. Magari ti chiamerò una volta o l'altra, ma adesso non posso».

Gordon fu preso dal panico. «No, lascia che ti dica, non c'è molto. I due criminali francesi implicati nell'affare sono stati assassinati, pensano che sia stato quel Dillon. Oh, il generale Ferguson con il capitano Tanner partono per Parigi a mezzogiorno, con il jet Lear.»

«Perché?»

«Sperano di persuadere quel tale, Martin Brosnan, a collaborare.»

«D'accordo», assentì la russa, «hai fatto davvero un buon lavoro, Gordon. Verrò a trovarti questa sera a casa tua. Alle sei, e porta il tuo orario di servizio per le prossime due settimane.» Riappese e Gordon tornò al piano di sopra ebbro di gioia.

* * *

Ferguson e Mary Tanner fecero un ottimo viaggio e atterrarono all'aeroporto Charles de Gaulle pochi minuti dopo l'una. Alle due venivano introdotti nell'ufficio di Hernu, nel quartier generale della DGSE in Boulevard Mortier.

Hernu abbracciò calorosamente Ferguson. «Charles, vecchia canaglia, quanto tempo è passato!»

«Su, su, piantala con le tue esuberanze francesi», replicò Ferguson. «Ci manca poco che mi baci sulle guance. Ti presento Mary Tanner, la mia assistente.»

Mary indossava un elegante completo di Armani marrone scuro e un paio di deliziosi stivaletti di Manolo Blahnik; orecchini di diamanti e un piccolo Rolex d'oro completavano il quadro. Per una ragazza che non era considerata particolarmente bella, aveva un aspetto affascinante. Hernu, che sapeva riconoscere una donna di classe quando la vedeva, le fece il baciamano. «Capitano Tanner, la sua fama l'ha preceduta.»

«Solo nel modo più favorevole, spero», replicò lei in perfetto francese.

«Bene», intervenne Ferguson, «ora che abbiamo esaurito i convenevoli, mettiamoci al lavoro. Che mi dici di Brosnan?»

«Gli ho parlato questa mattina, è d'accordo per vederci a casa sua alle tre. Abbiamo tempo per fare colazione; qui abbiamo un bar eccellente. Ci vengono tutti, a cominciare dal direttore.» Aprì la porta. «Seguitemi. Non sarà il cibo più raffinato di Parigi, ma è certamente il più economico.»

Nel salone della chiatta, Dillon si stava versando un bicchiere di Krug, mentre studiava una pianta di Londra. Intorno a lui, fissati con puntine ai pannelli di mogano, si vedevano articoli di giornale riguardanti lo svolgimento delle attività al Numero Dieci, la guerra del Golfo, l'opera di John Major. C'erano foto del più giovane Primo ministro del secolo, un gran numero di foto. I suoi occhi parevano seguirlo, era come se Major lo osservasse di continuo.

«E anch'io ti tengo d'occhio, compare», borbottò Dillon.

Ciò che più lo attirava erano le riunioni giornaliere del Consiglio di guerra inglese, al Numero Dieci di Downing Street. Tutti quei bastardi, tutti insieme nella stessa stanza. Che razza di bersaglio! Gli tornava in mente Brighton, l'operazione che aveva rischiato di spazzar via l'intero governo britannico. Ma davvero, prendere come bersaglio il Numero Dieci? Non sembrava possibile. Era stato soprannominato «Fortezza Thatcher», dopo le misure di sicurezza introdotte da quella temibile signora.

Si sentì rumore di passi in coperta. Dillon aprì il cassetto del tavolo, diede un'occhiata alla Smith & Wesson 38 e lo richiuse mentre Makeev entrava.

«Avrei potuto telefonare, ma ho pensato che era meglio parlarti di persona», cominciò il russo.

«Che cosa c'è adesso?»

«Ti ho portato un paio di foto di Brosnan, così com'è ora, scattate dai nostri servizi. Ah, e questa è la sua amica.»

«Bene. Che altro?»

«Ho parlato ancora con Tania Novikova. Pare che il generale Ferguson e la sua assistente, Mary Tanner, siano partiti in aereo per venire qui. Dovevano trovarsi a Gatwick alle undici.» Diede un'occhiata al suo orologio. «Direi che a quest'ora staranno parlando con Hernu.»

«E a che scopo?»

«Il vero scopo del loro viaggio è di vedere Brosnan. Cercare di persuaderlo a collaborare attivamente con loro nel darti la caccia.»

«Davvero?» Dillon fece un freddo sorriso. «Martin sta diventando un problema serio. Potrei trovarmi costretto a fare qualcosa.»

Makeev annuì osservando i ritagli fissati alle pareti. «La tua galleria privata?»

«Bisogna che cominci a conoscere il mio uomo», replicò Dillon. «Qualcosa da bere?»

«No, grazie.» D'improvviso Makeev si sentì a disagio. «Ho molte cose da fare. Mi terrò in contatto.»

Uscì e salì in coperta. Dillon si versò un altro mezzo bicchiere di champagne, ne sorseggiò un poco, poi si fermò. Andò in cucina e vuotò l'intera bottiglia nel lavello. Era un bello spreco, ma sentì che doveva farlo. Tornò nel salone, si accese una sigaretta e diede uno sguardo ai ritagli di giornale ma non aveva in mente che Martin Brosnan. Prese le foto che Josef Makeev aveva portato e le fissò alla parete accanto ai ritagli.

Anne Marie era in cucina, nell'appartamento del Quai de Montebello e Brosnan, seduto al tavolo, rileggeva il testo di una lezione che doveva tenere quando suonò il campanello. Anne si affrettò alla porta, asciugandosi le mani con una salvietta.

«Saranno loro, ci scommetto. Ora, non dimenticare la tua promessa.»

Gli sfiorò appena la nuca in una breve carezza e andò ad aprire. Ci fu un rumore di voci in anticamera e Ferguson, Hernu e Mary Tanner entrarono in gruppo.

«Vado a preparare il caffè», disse Anne Marie e sparì in cucina.

«Mio caro Martin.» Ferguson gli porse la mano. «Ne sono passati, di anni!»

«Curioso», rispose Brosnan, «noi ci incontriamo solo quando ti serve qualcosa.»

«Questa è una persona che non conosci ancora, la mia assistente Mary Tanner.»

Brosnan diede un rapido sguardo a quella ragazza minuta, con i capelli neri e la cicatrice sulla guancia sinistra, e gli piacque subito. «Non poteva proprio trovarsi un lavoro migliore di quello che ha da offrirle questa vecchia canaglia?» le chiese.

Stranamente Mary sentì accelerarsi il respiro davanti a quell'uomo di quarantacinque anni con i capelli ridicolmente lunghi e una faccia che aveva visto troppo dei lati peggiori della vita.

«Siamo in tempi di crisi, si deve prendere quello che offre la piazza», rispose stringendogli leggermente la mano.

«Bene. Sbrigate i convenevoli, e veniamo agli affari», intervenne Ferguson. Hernu andò ad appoggiarsi alla finestra, Ferguson e Mary sedettero sul divano di fronte a Brosnan.

«Max mi ha detto che ha parlato con te la notte scorsa, dopo l'assassinio dei fratelli Jobert.»

Anne Marie entrò con le tazzine su un vassoio e Brosnan rispose: «È vero».

«E mi dice che ti rifiuti di aiutarci?»

«Be', non è esattamente così. Io gli ho detto che avrei fatto tutto quello che potevo per aiutarlo, tranne impegnarmi attivamente di persona. E se sei venuto per convincermi a cambiare idea, stai perdendo il tuo tempo.»

Anne Marie versò il caffé nelle tazzine. Ferguson alzò gli occhi: «Lei è d'accordo con Martin, signorina?»

«Martin ha chiuso con quella vita un bel po' di anni fa, generale», rispose la donna scegliendo con cura le parole. «Non vorrei vederlo tornare indietro per nessuna ragione.»

«Ma senza dubbio lei si rende conto che un uomo come Dillon deve essere fermato?»

«Ma ci sono altri che possono fermarlo. Perché Martin, in nome di Dio?» Ora era sgomenta e in collera. «È il vostro lavoro, è compito di gente come voi. È così che vi guadagnate da vivere.»

Max Hernu si staccò dalla finestra e prese una tazza di caffé. «Vede signorina, il fatto è che il professor Brosnan si trova in una posizione particolare per quanto riguarda questo caso. Conosceva intimamente Dillon, ha lavorato con lui per anni. Potrebbe esserci di grande aiuto.»

«Io non voglio vederlo mai più con una pistola in pugno», affermò ostinatamente Anne Marie. «E finirebbe così, una volta rimesso piede su quella strada. Non ci sarebbe altra via di uscita.»

Era veramente sconvolta; si voltò e tornò in cucina. Mary Tanner la seguì e chiuse la porta. Anne Marie era appoggiata al lavello con le braccia strette al petto, come per sorreggersi, un'intensa sofferenza dipinta sul volto.

«Loro non capiscono, non vogliono capire ciò che sento!»

«Io sì», le disse Mary semplicemente. «Capisco benissimo quello che prova», e quando Anne Marie cominciò a singhiozzare in silenzio, le mise un braccio intorno alle spalle.

Brosnan spalancò la portafinestra, uscì sulla terrazza e si appoggiò all'impalcatura, inspirando lunghe boccate d'aria fredda. Ferguson lo raggiunse. «Mi spiace del turbamento che abbiamo causato alla signorina.»

«No, non ti dispiace affatto, tu guardi solo al tuo scopo. Lo hai sempre fatto.»

«Quello è un tipo pericoloso, Martin.»

«Lo so», convenne Brosnan. «E stavolta quella canaglia ha sollevato un vero vespaio. Ho bisogno di una sigaretta.»

Rientrò in salotto dove Hernu era seduto accanto al caminetto. Brosnan cercò un pacchetto di sigarette, esitò, poi aprì la porta della cucina. Anne Marie e Mary erano sedute una di fronte all'altra e si tenevano le mani attraverso il tavolo.

Mary si voltò. «Ora sta bene. Lasciateci sole per un po'.»

Brosnan tornò sulla terrazza, si accese una sigaretta e si appoggiò al parapetto. «Pare una vera signora, questa tua assistente, Ferguson. Quella cicatrice sulla guancia. Qual è la sua storia?»

«Era in servizio di pattuglia come tenente della polizia militare a Londonderry; un militante dell'IRA stava portando un'autobomba quando il motore si inceppò. Il tizio lasciò l'auto accostata al marciapiede e fuggì ma sfortunatamente si trovava accanto a un ospizio di vecchi. Mary stava passando su una Land Rover quando un civile diede l'allarme. Lei salì sull'auto, mollò il freno e riuscì a spingerla giù per la discesa verso un terreno incolto. La bomba esplose mentre stava correndo via.»

«Buon Dio!»

«Sì, l'hai detto. Quando uscì dall'ospedale ricevette un severo rimprovero per aver contravvenuto agli ordini e la Croce di San Giorgio per il suo atto di valore. L'ho presa con me appunto dopo il fatto.»

«Avete della gente in gamba.» Brosnan sospirò e gettò la sigaretta nel vuoto, mentre Mary li raggiungeva.

«È andata a sdraiarsi in camera da letto», annunciò.

«Bene, torniamo dentro.» Brosnan si accese un'altra sigaretta e tutti sedettero. «Riprendiamo il discorso. Che cosa volevate dirmi?»

Ferguson si rivolse a Mary. «È il tuo turno, mia cara.»

«Ho esaminato gli schedari, ho controllato tutto quello che il computer ci può dire.» Aprì la borsetta e ne trasse una foto. «Questa è l'unica che abbiamo trovato di Dillon, da una foto di gruppo presa all'Accademia d'arte drammatica, vent'anni fa. L'abbiamo fatta ingrandire da un esperto della sezione.»

La foto era sfocata, la grana grossa, la faccia totalmente anonima. Un giovane allievo qualsiasi.

Brosnan la restituì. «È inutile. Non lo riconoscerei neanch'io.»

«Oh, è lui certamente. L'uomo alla sua destra è diventato famoso alla televisione. Ora è morto.»

«Per mano di Dillon?»

«No, di cancro allo stomaco, ma è stato avvicinato da uno dei nostri uomini ancora nel 1981, e ha confermato che il ragazzo accanto a lui nella foto era Dillon.»

«È l'unica foto che abbiamo», si lagnò Ferguson, «e anche questa non serve a niente!»

«Sa che ha preso un brevetto da pilota? Pilota civile?» chiese Mary.

«No, questo non lo sapevo.»

«Secondo uno dei nostri informatori l'ha preso in Libano qualche anno fa.»

«Come mai i vostri si interessavano di Dillon nel 1981?»

«Be', questo è interessante», rispose Mary. «Lei ha detto

al colonnello Hernu che Dillon aveva rotto con l'IRA, era andato in Europa ed era entrato nel circuito del terrorismo internazionale.»

«Esatto.»

«Pare che l'IRA lo abbia ripreso nel 1981, avevano delle difficoltà con le unità operative in Inghilterra. Troppi arresti, questo genere di guai. Attraverso un nostro informatore nell'Ulster abbiamo appreso che Dillon da qualche tempo stava lavorando a Londra. Ci furono almeno tre o quattro incidenti attribuiti a lui: due autobombe e l'assassinio di un informatore della polizia nell'Ulster, che era stato trasferito con la sua famiglia a Maida Vale.»

«E non siamo mai riusciti a beccarlo», aggiunse Ferguson.

«Non avreste mai potuto», osservò Brosnan. «Lasciatemelo ripetere, Dillon è un attore eccellente, un genio. Può trasformarsi sotto i vostri occhi, utilizzando il linguaggio corporeo, dovreste vederlo per crederci. Immaginate che cosa può fare con i travestimenti, tingendosi i capelli e roba del genere. È alto solo uno e sessantacinque, ricordatevelo. L'ho visto, travestito da donna, ingannare i soldati di pattuglia a Belfast.»

Mary Tanner ascoltava con grandissima attenzione. «Vada avanti, la prego», chiese a mezza voce.

«Volete sapere un'altra ragione per cui non avreste mai potuto catturarlo? Si serve di una serie di identità diverse. Cambia il colore dei capelli, si trucca la faccia, poi si fa fare le relative fototessera, e così si procura passaporti e carte di identità false. Ne tiene una collezione, e quando ha bisogno di spostarsi si trucca secondo la faccia della foto.»

«Ingegnoso», osservò Hernu.

«Esattamente, così non possiamo sperare di trovare aiuto dalla televisione o dalla stampa o dalle ricerche del tipo 'chi l'ha visto'. Ovunque vada, sparisce. Se dovesse lavorare a Londra e avesse bisogno di qualcosa, aiuto, armi, cose del genere, gli basterebbe fingersi un criminale comune e rivolgersi al mondo della malavita.»

«Lei vuol dire che non ricorrerebbe a qualche contatto dell'IRA?» chiese Mary.

«Ne dubito. Al limite potrebbe servirsi di qualcuno rimasto in copertura profonda per anni, qualcuno di cui possa veramente fidarsi. E i tipi del genere sono piuttosto rari, in quel campo.»

«C'è un aspetto di tutta la faccenda che nessuno ha ancora preso in considerazione», intervenne Hernu. «Per chi lavora Dillon?»

«Be', certamente non per l'IRA», rispose Mary. «Abbiamo fatto un controllo al computer e siamo collegati tanto con il RUC quanto con i Servizi di informazione militare a Lisburn. Nessuna traccia di un attentato dell'IRA contro la signora Thatcher.»

«Oh, non stento a crederlo», osservò Brosnan. «Anche se non si può mai essere troppo sicuri.»

«C'è l'Iraq, naturalmente», aggiunse Ferguson. «Saddam sarebbe felicissimo di far saltare in aria qualcuno, in questo momento.»

«È vero, ma non dimentichiamo la Hezbollah, l'OLP, la Collera di Allah e compagnia bella. Dillon ha lavorato per tutti questi gruppi», ribatté Brosnan.

«Sicuro», convenne Ferguson. «Ma impegnare le nostre fonti a controllare questo panorama richiederebbe un sacco di tempo, tempo che noi non abbiamo.»

«Pensa che tenterà di nuovo?» chiese Mary.

«Niente di concreto, mia cara, ma lavoro in questo campo da anni e seguo il mio istinto. E l'istinto mi dice che non è ancora finita.»

«Bene, io non posso aiutarvi più di così. Ho fatto tutto quello che potevo.» Brosnan si alzò.

«Tutto quello che eri disposto a fare, vuoi dire?» osservò Ferguson amaramente.

Passarono in anticamera e Brosnan aprì la porta. «Suppongo che tornerete a Londra.»

«Oh, non so. Pensavo di restarmene a godere le delizie di

Parigi; non sono più entrato al *Ritz* da quando è stato restaurato.»

«Sarà un bel colpo per la nota spese», sorrise Mary, e porse la mano a Brosnan. «Arrivederci professore, è stato un piacere conoscerla di persona.»

«Il piacere è stato mio», disse galantemente Brosnan. Salutò Hernu e chiuse la porta.

Quando tornò in salotto, Anne Marie stava uscendo dalla camera da letto. Il suo viso era pallido e teso. «Hai preso una decisione?» chiese.

«Ti ho dato la mia parola. Li ho aiutati, per quello che potevo, ora se ne sono andati, e la faccenda è chiusa.»

Anne Marie aprì il cassetto del tavolo: conteneva un assortimento di penne, buste, carta da lettere, francobolli. E c'era anche una Browning 9 mm, una delle pistole più micidiali del mondo. Quella preferita dai Servizi di sicurezza, fra l'altro.

Non disse una parola, si limitò a chiudere il cassetto e lo guardò tranquillamente. «Farò un po' di caffè», mormorò, ed entrò in cucina.

Nella limousine, Hernu stava dicendo: «Lo hai perduto; non farà niente per noi».

«Non ne sarei troppo sicuro. Ne discuteremo a cena più tardi, al *Ritz*. Sarai con noi, spero? Alle otto, ti va bene?»

«Con molto piacere», rispose Hernu. «Il Gruppo Quattro dev'essere molto più generoso del mio avaro dipartimento, per quanto riguarda la nota spese.»

«Oh, tutto merito della nostra carissima Mary», sorrise Ferguson. «L'altro giorno mi ha infilato in tasca questo meraviglioso pezzetto di plastica che le aveva mandato l'American Express, la Platinum Card. Ci crederesti, colonnello?»

«Accidenti, generale!» protestò Mary.

Hernu si appoggiò all'indietro e scoppiò a ridere.

* * *

Tania Novikova uscì dalla stanza da bagno dell'appartamento di Gordon Brown pettinandosi i capelli. Lui si stava infilando una vestaglia.

«Devi già andare?» le chiese.

«Sì. Vieni in salotto.» Infilandosi il cappotto si voltò a guardarlo. «Non venire più a casa mia e non telefonarmi più. L'orario di servizio che mi hai fatto vedere, hai sempre l'orario spezzato. Perché?»

«Sono turni scomodi, soprattutto per gli impiegati che hanno famiglia. Per me, invece, non costituisce un problema, così li ho accettati, per il momento. Sono anche pagati meglio.»

«Così di solito finisci all'una e torni in servizio alle sei di sera?»

«Sì.»

«Hai una segreteria telefonica, di quelle che ti permettono di telefonare a casa e sentire i messaggi?»

«Sicuro.»

«Bene. Possiamo tenerci in contatto in questo modo.»

Si avviò alla porta e Gordon la prese per un braccio. «Ma quando ti rivedrò?»

«È difficile per il momento, Gordon, dobbiamo essere prudenti. Se non hai altro da fare, torna a casa negli intervalli fra i tuoi turni di servizio. Farò quello che potrò.»

Gordon la baciò avidamente. «Tesoro...»

Lei lo respinse. «Ora devo andare, Gordon.»

Aprì la porta, scese le scale e uscì in strada. Faceva ancora molto freddo e si rialzò il bavero del cappotto.

«Mio Dio, che cosa non faccio per la Madre Russia!» mormorò. Girò l'angolo e chiamò un taxi.

5

VERSO sera era più freddo che mai, un fronte glaciale che dalla Siberia aveva invaso l'Europa, persino troppo intenso perché nevicasse. Nel suo appartamento, poco prima delle sette, Brosnan aggiunse dell'altra legna al fuoco del caminetto.

Anne Marie, che era distesa sul divano, si stirò e si alzò a sedere. «Allora, restiamo a casa per cena?»

«Penso che sia meglio, è una notte orribile.»

«Bene. Vado a vedere che cosa posso fare in cucina.»

Brosnan accese il televisore sintonizzandosi sul notiziario: altri attacchi aerei su Baghdad, ma ancora nessun segno di operazioni terrestri. Spense l'apparecchio mentre Anne Marie emergeva dalla cucina prendendo il cappotto dalla sedia dove l'aveva lasciato.

«Il tuo frigo, come al solito, è quasi vuoto. A meno che tu non voglia farmi imbandire un pranzo a base di formaggio stantio, un solo uovo e un mezzo cartone di latte, dovrò andare alla salumeria dietro l'angolo.»

«Vengo con te.»

«Sciocchezze. Perché mai dovremmo soffrire tutti e due? Vado e torno.»

Gli gettò un bacio con la punta delle dita e uscì. Brosnan

andò ad aprire la portafinestra, uscì sulla terrazza, rabbrividendo, e si accese una sigaretta, mentre aspettava di vederla passare. Un attimo dopo Anne Marie emerse dal portone e si avviò lungo il marciapiede.

«'Addio amor mio!'» le gridò lui, con tono drammatico. «'Lasciarsi è una sì dolce pena!'»

«Scemo!» gli gridò lei di rimando. «Torna dentro, prima di prenderti una polmonite.» Si allontanò camminando cautamente sul marciapiede ghiacciato e sparì oltre l'angolo.

In quel momento suonò il telefono, Brosnan si voltò e si affrettò a entrare lasciando aperta la portafinestra.

Dillon aveva fatto uno spuntino frettoloso in un piccolo caffè che spesso frequentava. Era a piedi e, tornando alla sua chiatta, si trovò a passare accanto all'edificio dove abitava Brosnan. Si fermò dall'altra parte della strada, rabbrividendo di freddo a dispetto del pesante giaccone e del berretto di lana calcato sulle orecchie. Rimase lì fermo, agitando vigorosamente le braccia e guardando le finestre illuminate dell'appartamento.

Quando Anne Marie uscì dal portone, la riconobbe immediatamente e si ritirò nell'ombra. La strada era silenziosa, non c'era traffico e, quando Brosnan si affacciò al parapetto e la chiamò, Dillon udì ogni parola. Questo gli diede un'impressione del tutto sbagliata: che la donna se ne andasse per tutta la notte. Quando lei sparì oltre l'angolo, attraversò rapidamente la strada, controllò la Walther infilata nella cintura, diede un rapido sguardo a destra e a sinistra, per vedere se arrivava qualcuno, e cominciò ad arrampicarsi su per l'impalcatura.

Era Mary Tanner, al telefono. «Il generale Ferguson vuol sapere se potremmo venire a trovarla un'altra volta domattina, prima di partire.»

«Non vi servirà a niente», rispose Brosnan.

«È un sì o un no?»

«Va bene», rispose lui riluttante, «se proprio volete.»

«Capisco», disse Mary, «la capisco bene, creda. Come sta Anne Marie? Si è ripresa?»

«Ha una tempra di ferro, quella donna. Ha fatto più guerre che pranzi caldi, con me. Ecco perché ho sempre trovato strano il suo atteggiamento su queste cose, quando mi riguardano.»

«Ma senti un po'», ribatté Mary. «Voi uomini potete essere incredibilmente stupidi, in certe occasioni. Anne Marie è innamorata di lei, professore, è semplicissimo. Ci vediamo domattina.»

Brosnan depose il ricevitore. Ci fu un soffio d'aria fredda che ravvivò le fiamme del caminetto; si voltò e trovò Sean Dillon sulla soglia della portafinestra, con la Walther nella mano sinistra.

«Salute a tutti», disse.

La salumeria all'angolo, come molti negozi simili al giorno d'oggi, era gestito da un indiano, un tale signor Patel. Era particolarmente premuroso con Anne Marie e le reggeva il cestino mentre lei si aggirava fra i banchi. Deliziosi grissini francesi, latte, uova, formaggio *brie*, un'appetitosa *quiche*.

«Fatta da mia moglie, con le sue mani», le assicurò il signor Patel. «Bastano due minuti nel microonde. È un pasto perfetto.»

Anne Marie si mise a ridere. «Allora tutto quello che occorre ancora è una grossa latta di caviale e un po' di salmone affumicato, per completarlo.»

Il signor Patel le incartò accuratamente i cibi acquistati. «Li metto sul conto del professor Brosnan, come al solito.»

«Grazie.»

«È un piacere servirla, signorina.» Le aprì la porta con un inchino.

Anne Marie si avviò a passi svelti verso casa, sul marciapiede gelato, sentendosi all'improvviso inspiegabilmente allegra.

«Caspita, Martin, come porti bene i tuoi anni!» Dillon si tolse il guanto dalla mano destra con i denti e si frugò in tasca per trovare il pacchetto di sigarette. Brosnan, che era a un metro dal cassetto del tavolo dove si trovava la Browning, fece un cauto movimento. «Fermo, cattivello!» Dillon fece un gesto con la Walther. «Siedi sul bracciolo del divano e metti le mani dietro la testa.»

Brosnan non poté che obbedire. «Vedo che ti stai divertendo, Sean.»

«Sono fatto così. Come sta quella vecchia canaglia di Liam Devlin di questi tempi?»

«Sempre in gamba. Sta a Kilrea, fuori Dublino, ma questo lo sai anche tu.»

«Infatti.»

«La faccenda della signora Thatcher a Valenton», proseguì Brosnan. «Un lavoro mal combinato, Sean, mettersi con una coppia di mascalzoni come i Jobert. Stai proprio perdendo il tuo fiuto.»

«Credi davvero?»

«Presumo che ci fosse sotto un grosso compenso.»

«Molto grosso», confermò Dillon.

«Spero che tu abbia ricevuto i soldi in anticipo.»

«Spiritoso!» Dillon cominciava a seccarsi.

«C'è una cosa che mi incuriosisce», continuò Brosnan. «Che cosa vuoi da me, dopo tutti questi anni?»

«Oh, io so tutto di te», rispose Dillon. «Ti vogliono strappare delle informazioni su di me. Hernu, il colonnello del Servizio operativo, quel vecchio bastardo di Ferguson con quella sua assistente, la Tanner. Non c'è niente che mi sfugga. Ho gli amici giusti, vedi, Martin, quelli che hanno accesso dappertutto.»

«Ah, davvero! E chissà com'erano contenti quando hai fallito il colpo della signora Thatcher!»

«Bah, quello era solo un tiro di prova per tastare il terreno. Gli ho promesso un bersaglio alternativo. Tu sai come si opera in questo gioco.»

«Certo che lo so, e so anche che l'IRA non paga per certi colpi. Non lo ha mai fatto.»

«E chi ti dice che sto lavorando per l'IRA?» Dillon sogghignò. «C'è un sacco di altra gente, al giorno d'oggi, che ha delle buone ragioni per odiare gli inglesi.»

In quel momento Brosnan capì, o almeno credette di capire. «Baghdad?»

«Spiacente, Martin, puoi andare al creatore tenendoti quel dubbio per tutta l'eternità.»

«Andiamo, non essere scortese. Era un grosso colpo per Saddam, vero? La guerra puzza di marcio, l'arabo ha assolutamente bisogno di qualcosa che gli ridia tono.»

«Cristo, tu l'azzecchi sempre.»

«Il presidente Bush è rintanato là a Washington, così non restano che gli inglesi. E tu fallisci il colpo contro la più famosa dama del mondo, così adesso chi altro c'è? Il Primo ministro?»

«Adesso che stai per finire all'inferno, questo per te non ha più importanza, figliolo.»

«Ma ho ragione, vero?»

«Maledizione, Brosnan, sei sempre stato un bastardo intelligente!» esplose Dillon rabbiosamente.

«Non ce la farai mai, Sean.»

«Credi? E allora devo dimostrarti che sbagli.»

«Come ti ho detto, stai perdendo il tuo fiuto, Sean. Il pasticcio che hai combinato con la signora Thatcher mi fa pensare a un certo lavoro che il caro vecchio Frank Barry aveva progettato nel 1979 contro il ministro degli Esteri britannico, Lord Carrington, mentre passava per Saint Etienne. Sono piuttosto sorpreso che tu sia ricorso allo stesso piano; ma già, tu hai sempre avuto una venerazione per Barry, vero?»

«Era il migliore di tutti.»

«E alla fine dei conti, anche il più morto di tutti», aggiunse Brosnan.

«Be', certo chiunque l'abbia beccato deve averlo preso alle spalle!»

«Non è vero. Eravamo faccia a faccia, se ben ricordo.»

«Sei tu che hai ucciso Frank Barry?» mormorò Dillon quasi senza fiato.

«Qualcuno doveva pur farlo; è quello che capita di solito ai cani rabbiosi. Fra l'altro, lavoravo per Ferguson.»

«Lurido bastardo!» Dillon alzò la Walther e prese la mira. In quell'attimo la porta si aprì e Anne Marie entrò con le borse della spesa. Dillon si voltò di colpo e allora Brosnan gridò «Attenta!» e si abbassò, mentre Dillon faceva fuoco due volte contro il divano.

Anne Marie urlò, non per il terrore, ma per la rabbia, gettò a terra le borse e si precipitò contro di lui. Dillon cercò di ripararsi dai suoi colpi e indietreggiò verso la portafinestra, uscendo sulla terrazza. Dentro, Brosnan strisciò fino al tavolo e allungò la mano verso il cassetto. Anne Marie graffiò rabbiosamente la faccia di Dillon che imprecò e la spinse lontano da sé. Lei ricadde contro il parapetto, annaspò un attimo e precipitò. Brosnan intanto aveva aperto il cassetto; rovesciò la lampada sul tavolo facendo piombare la stanza nel buio. Mentre afferrava la Browning, Dillon sparò rapidamente tre volte e si tuffò verso la porta. Anche Brosnan fece fuoco, due volte, ma troppo tardi. Sentì sbattere la porta, si alzò e corse verso la terrazza. Anne Marie giaceva esanime sul marciapiede. Si voltò, si precipitò giù per le scale a due gradini per volta. Nevicava, quando uscì per la strada. Nessuna traccia di Dillon, ma il portiere di notte era inginocchiato accanto ad Anne Marie.

«C'era un uomo, professore, con una pistola. È corso giù per la strada.»

«Non importa.» Brosnan si chinò e prese Anne Marie fra le braccia. «Un'ambulanza. Fa' presto.»

La neve ora cadeva abbondante. Brosnan tenne la donna stretta al petto e aspettò.

Ferguson, Mary e Max Hernu, stavano trascorrendo una piacevolissima serata nella splendida sala da pranzo del *Ritz*. Erano già alla loro seconda bottiglia di champagne, un Louis Roederer Crystal, e il generale appariva in forma davvero smagliante.

«Chi ha detto che quando un uomo è stanco di champagne è stanco della vita?»

«Doveva essere certamente un francese», disse Hernu.

«È molto probabile, ma penso che sia venuto il momento di fare un bel brindisi al nostro anfitrione.» Sollevò il bicchiere. «A te, Mary, amor mio.»

Mary stava per rispondere, quando vide nello specchio che copriva la parete l'ispettore Savary che parlava con il capocameriere sulla porta. «Credo che sia venuto qualcuno per lei, colonnello», disse a Hernu.

Hernu si guardò intorno. «E ora che cosa succede?» Si alzò, passò a zigzag fra i tavoli e raggiunse Savary. Parlarono per qualche momento, gettando ogni tanto uno sguardo verso il tavolo.

«Non so lei, signore», disse Mary, «ma io ho un brutto presentimento.»

Prima che Ferguson potesse rispondere, Hernu era di ritorno con un'espressione grave. «Temo di avere delle brutte notizie.»

«Dillon?» chiese Ferguson.

«È andato a far visita a Brosnan poco fa.»

«E che cosa è successo?» chiese Ferguson. «Brosnan è salvo?»

«Oh, sì. C'è stata una sparatoria e Dillon è riuscito a squagliarsela.» Hernu sospirò. «Ma la signorina Audin è all'ospedale Saint Louis. Da quello che mi ha detto Savary, c'è poca speranza.»

* * *

Brosnan era nella sala d'attesa del secondo piano, quando arrivarono, passeggiava su e giù fumando una sigaretta. Nei suoi occhi c'era uno sguardo selvaggio, una rabbia che Mary Tanner non aveva mai visto.

Fu lei la prima a rivolgergli la parola. «Sono molto addolorata.»

Ferguson chiese: «Come è successo?»

Brevemente, freddamente, Brosnan raccontò i fatti. Quando finì di parlare, un uomo alto, dai capelli grigi, in camice bianco, venne verso di loro. Brosnan si rivolse subito a lui. «Come va, Henri?» E agli altri: «Il professor Henri Dubois, mio collega alla Sorbona».

«Non bene, amico mio. Le lesioni alla gamba sinistra e alla colonna vertebrale sono abbastanza gravi, ma molto più preoccupante è la frattura del cranio. Stanno preparandola per l'intervento: la opero immediatamente.»

Si allontanò e Hernu mise un braccio intorno alle spalle di Brosnan. «Andiamo a prendere un caffè, amico mio. Temo che sarà una lunga notte.»

«Ma io bevo solo tè», ribatté Brosnan, con il viso bianco come un lenzuolo, gli occhi incupiti dal dolore. «Non ho mai potuto sopportare il caffè. Non è una cosa buffa?»

C'era piccolo bar al pianterreno e, a quell'ora della notte, era poco frequentato. Savary si era recato a sistemare gli aspetti burocratici del caso, gli altri sedettero a un tavolino d'angolo.

«So che in questo momento hai altre cose per la mente», disse Ferguson, «ma c'è qualcosa che ci puoi riferire? Qualcosa che Dillon ti ha detto?»

«Oh, sì, molte cose. Lavora per qualcuno, e certamente non è l'IRA. Viene pagato per farlo, e dal modo come si vantava dev'essere una grossa somma.»

«Hai un'idea di chi sia il mandante?»

«Quando ho suggerito che fosse Saddam Hussein, lui si è infuriato. Ritengo che non dobbiate cercare molto lontano. C'è una cosa interessante: sapeva tutto di voi.»

«Tutto di noi?» chiese Hernu. «È proprio sicuro?»

«Oh, sì, e se ne vantava.» Si rivolse a Ferguson. «Sapeva persino che tu e il capitano Tanner eravate in città per strapparmi delle informazioni, così si è espresso. Ha detto di avere gli amici giusti.» Aggrottò la fronte, cercando di ricordare le parole esatte. «Quelli che hanno accesso dappertutto.»

«Davvero?» Ferguson gettò un'occhiata a Hernu. «Piuttosto preoccupante, questo fatto.»

«E avete sul gobbo anche un altro problema. Ha detto che l'affare Thatcher era solo un tiro di prova, che aveva un bersaglio alternativo.»

«Vai avanti.»

«Ho cercato di fargli perdere la calma, punzecchiandolo a proposito dell'affare di Valenton, dicendogli che era un gran pasticcio. Da quello che ho potuto capire, ha intenzione di colpire il Primo ministro inglese.»

«Ne è proprio sicuro?» chiese Mary.

«Oh, sì! Ho cercato di farlo parlare, dicendogli che non ci sarebbe mai riuscito; lui si è infuriato, e ha detto che allora mi avrebbe dimostrato che avevo torto.»

Ferguson lanciò un'occhiata a Hernu e sospirò. «Così ora lo sappiamo. Bisogna che corra all'ambasciata per avvertire i nostri a Londra.»

«Io farò lo stesso a Parigi», aggiunse Hernu. «Dopotutto, questo tizio dovrà lasciare il paese, prima o poi. Daremo l'allarme agli aeroporti e alle ferrovie. La solita routine, ma senza chiasso, naturalmente.»

Si alzarono e Brosnan riprese: «State perdendo il vostro tempo. Non riuscirete a fermarlo, non con i soliti mezzi. Non sapete nemmeno che faccia abbia l'uomo che cercate».

«Sarà così, Martin», replicò Ferguson, «ma dovremo pur fare del nostro meglio, no?»

Mary Tanner li seguì verso la porta. «Generale, se non ha bisogno di me, preferirei restare.»

«Ma certo, mia cara. Ci vediamo più tardi.»

Mary andò al bar e prese due tazze di tè. «I francesi sono dei tipi strani», osservò. «Pensano sempre che siamo pazzi a voler mettere il latte nel tè.»

«Questione di gusti», replicò Brosnan, offrendole una sigaretta. «Ferguson mi ha raccontato la storia della sua cicatrice.»

«Un ricordo della vecchia Irlanda.» Si strinse nelle spalle.

Brosnan cercava disperatamente di trovare qualcosa da dire. «E la sua famiglia? Vive a Londra?»

«Mio padre era un professore di medicina e chirurgia a Oxford, è morto qualche anno fa. Cancro. Mia madre è ancora viva, ha una tenuta nell'Herefordshire.»

«Fratelli e sorelle?»

«Avevo solo un fratello, di dieci anni maggiore di me. È stato ucciso in una sparatoria a Belfast, nel 1980. Capitano di marina. Era in missione speciale, un cecchino gli ha sparato da un tetto.»

«Oh, mi spiace.»

«È passato tanto tempo.»

«Capisco che non può essere ben disposta verso uomini come me.»

«Ferguson mi ha spiegato come lei si sia trovato coinvolto con l'IRA, dopo il Vietnam.»

«Un altro maledetto yankee sanguinario che mette il naso nei nostri affari, è questo che ha pensato, vero?» sospirò. «Mi sembrava la cosa giusta da fare in quel momento, e devo ammettere che era così. Ci sono stato dentro sino al collo per cinque dannati lunghi anni.»

«E adesso, che cosa ne pensa?»

«Dell'Irlanda?» ebbe una risata amara. «Che cosa ne penso? La vedrei sprofondare in mare con molto piacere.» Si alzò. «Andiamo a sgranchirci le gambe.» Si diresse alla porta e la condusse fuori.

* * *

Dillon era in cucina, sulla sua chiatta, e aveva appena messo il bollitore sul fornello quando squillò il telefono. Era Makeev. «La donna è all'ospedale Saint Louis. Abbiamo dovuto agire con circospezione, ma da quanto il mio informatore ha potuto sapere, è in condizioni critiche.»

«Al diavolo! Se solo avesse tenuto le sue maledette mani a posto!»

«Questo potrebbe suscitare un bel vespaio. È meglio che io venga da te, così ne parliamo.»

«Ti aspetto.»

Dillon versò l'acqua calda in un catino, poi passò nella stanza da bagno. Si tolse dapprima la camicia, quindi prese una piccola valigia dallo stipetto sotto il lavandino. Era esattamente come Brosnan aveva spiegato: conteneva una serie di passaporti, con foto in cui lui stesso appariva convenientemente trasformato. C'era anche un fornitissimo cofanetto per il trucco.

In quegli ultimi anni Dillon si era recato diverse volte dalla Francia in Inghilterra e viceversa, spesso passando per Jersey, nelle Isole della Manica. Jersey era territorio britannico. Da lì, un cittadino britannico non aveva bisogno del passaporto per prendere un aereo per Londra e non ne aveva bisogno nemmeno un turista francese in vacanza a Jersey. Dillon scelse un passaporto che portava il nome di Henri Jacaud, un commerciante di autovetture di Rennes.

Quindi trovò una patente di guida a nome di Peter Hilton, residente nella capitale dell'isola di Jersey, Saint Helier. Le patenti di Jersey, diversamente dalle solite patenti rilasciate in Gran Bretagna, portano la foto del titolare. Era sempre utile avere in tasca un documento di identificazione, Dillon lo sapeva. Per i piedipiatti non c'è niente di meglio che poter controllare una faccia su una foto. E le foto della patente di guida e del passaporto francese erano identiche, questo era il perno dell'affare.

Sciolse un po' di tintura nera nel catino pieno di acqua calda e cominciò ad applicarla ai suoi capelli biondi. Era sorprendente come si trasformava il suo aspetto semplicemente cambiando il colore dei capelli. Se li asciugò, li pettinò all'indietro con la brillantina, poi scelse nella valigetta un paio di occhiali con la montatura di tartaruga, leggermente scuri. Chiuse gli occhi, pensò intensamente al nuovo ruolo e quando li riaprì era Henri Jacaud che lo guardava dallo specchio. Era una cosa veramente straordinaria. Richiuse la valigetta, la ripose nell'armadietto, rimise la camicia e passò nel salotto portando il passaporto e la patente.

In quel preciso momento, Makeev scendeva dalla scaletta. «Buon Dio!» esclamò. «Per un attimo ho pensato di avere davanti un'altra persona.»

«Ma è così. Henri Jacaud, commerciante di autovetture di Rennes che si reca a Jersey per una breve vacanza invernale. In aliscafo da Saint-Malo.» Esibì la patente. «Il quale è anche un cittadino di Jersey, Peter Hilton, commercialista di Saint Helier.»

«Così non hai bisogno di passaporto per andare a Londra?»

«No, se sei residente a Jersey, che è territorio britannico. Sulla patente c'è la mia faccia, la gente è sempre lieta di riconoscerti da una foto. Gli sembra di sapere chi sei, compresi i piedipiatti.»

«Che è successo questa notte, Sean? Come sono andate le cose?»

«Avevo deciso che era tempo di occuparmi di Brosnan. Sai, Josef, lui mi conosce maledettamente bene, mi conosce come nessun altro al mondo, e questo potrebbe essere pericoloso.»

«Capisco. Un tipo in gamba, il professore.»

«E c'è di più, Josef. Lui capisce come mi muovo, sa come penso. È un animale della mia stessa razza, siamo vissuti nello stesso mondo, e gli uomini non cambiano. Per quanto lui pensi di essere cambiato, sotto sotto è sempre lo stesso uomo, il più temuto agente operativo che l'IRA avesse ai vecchi tempi.»

«Così avevi deciso di eliminarlo?»

«È stato un impulso del momento. Passavo vicino a casa sua e ho visto la donna che usciva. Lui l'ha chiamata dal balcone, pareva che lei se ne andasse per tutta la notte, così ho colto l'occasione e mi sono arrampicato per l'impalcatura.»

«E che cosa è avvenuto?»

«Oh, l'ho colto di sorpresa!»

«Ma non l'hai ucciso.»

Dillon sghignazzò, andò in cucina e tornò con una bottiglia di Krug e due bicchieri. Stappando la bottiglia riprese: «Andiamo, Josef, eravamo faccia a faccia, dopo tutti quegli anni. C'erano cose che andavano dette».

«Non gli hai detto per chi lavori?»

«Ma diamine, no», mentì allegramente Dillon e versò lo champagne. «Per chi mi prendi?»

Alzò il bicchiere alla salute di Makeev, che replicò: «Voglio dire, se sapesse che hai un bersaglio alternativo, che intendi far fuori John Major...» Si strinse nelle spalle. «Significherebbe che Ferguson verrebbe a saperlo. Questo renderebbe impossibile la tua missione a Londra e Aroun senza dubbio vorrebbe mandare a monte tutto l'affare».

«Bene, ma non lo sa.» Dillon sorseggiò il suo champagne. «Così Aroun può stare tranquillo; dopotutto, io lo voglio quel secondo milione. A proposito, ho controllato a Zurigo, il primo milione è stato depositato.»

Makeev si mosse a disagio sulla sedia. «Naturale. Così, quando conti di partire?»

«Domani o dopodomani, vedrò. Nel frattempo c'è qualcosa che puoi organizzare per me. Quella Tania Novikova, a Londra. Ho bisogno del suo aiuto.»

«Non c'è problema.»

«Anzitutto, mio padre aveva un cugino, un tizio di Belfast che ora vive a Londra, un tale Danny Fahy.»

«Dell'IRA?»

«Sì, ma non attivo, in copertura profonda. Un genio della tecnica. Era un ingegnere e faceva prodigi con le mani. Mi sono servito di lui nel 1981, quando ho fatto due o tre lavoretti per l'organizzazione a Londra. A quel tempo abitava al numero dieci di Tithe Street, a Kilburn. Voglio che la Novikova lo rintracci.»

«C'è altro?»

«Sì, ho bisogno di un posto dove alloggiare. Lei può pensare anche a questo, no? Non abita all'ambasciata, suppongo.»

«No, ha un appartamentino in Bayswater Road.»

«Però non vorrei restare a casa sua, non su base stabile, potrebbe essere sorvegliata. La Sezione speciale di Scotland Yard ha l'abitudine di tener d'occhio gli impiegati dell'ambasciata sovietica, no?»

«Oh, oggi non è come ai vecchi tempi!» Makeev sorrise. «Grazie a quel pazzo di Gorbaciov si suppone che siamo tutti amiconi, in questi giorni!»

«Comunque, preferirei un altro alloggio. Mi metterò in contatto con lei nel suo appartamento, niente di più.»

«C'è però un problema», aggiunse Makeev. «Per quello che riguarda attrezzatura, armi, roba del genere, che potrebbe occorrerti, temo che in questo non potrà aiutarti. Magari una pistola, ma nient'altro. Come ti ho detto quando ti ho parlato di lei, il suo capo, il colonnello Yuri Gatov, che dirige la sezione del KGB a Londra, è un uomo di Gorbaciov ed è molto ben disposto verso i nostri amici britannici.»

«Non importa, ho i miei contatti per questo genere di cose, ma ho bisogno di denaro contante per le spese. Se mi controllano alla dogana, sbarcando a Jersey, non posso farmi trovare con grosse somme di denaro addosso.»

«Sono sicuro che Aroun può provvedere.»

«Bene, allora. Mi piacerebbe rivederlo prima di partire. Domattina, magari. Ci pensi tu?»

«D'accordo.» Makeev si abbottonò il cappotto. «Ti terrò informato sulla situazione in ospedale.» Arrivò ai piedi della scaletta e si voltò. «Un'altra cosa. Ammesso che il colpo riesca, scatenerà la più feroce caccia all'uomo. Come conti di uscire dall'Inghilterra?»

Dillon sorrise. «È proprio quello che a cui devo pensare ora. Ci vediamo domattina.»

Makeev uscì. Dillon si versò un altro bicchiere di Krug, accese una sigaretta e sedette al tavolo, volgendo lo sguardo sui ritagli fissati alla parete. Prese la pila di giornali, li sfogliò per qualche minuto e trovò quello che gli occorreva. Una vecchia copia di *Paris Match* dell'anno prima. Sulla copertina c'era la foto di Michael Aroun e all'interno un articolo di sette pagine sulla sua vita e le sue abitudini. Dillon si accese un'altra sigaretta e cominciò a leggere.

Era l'una del mattino, e Mary Tanner era seduta da sola nella sala d'attesa quando entrò il professor Henri Dubois, con la faccia stanca, le spalle curve. Si lasciò cadere su una sedia e accese una sigaretta.

«Dov'è Martin?» chiese.

«Pare che l'unico parente stretto di Anne Marie sia il nonno. Martin sta cercando di mettersi in contatto con lui. Lei lo conosce?»

«E chi non lo conosce, signorina? Uno dei più ricchi e potenti industriali di Francia. Molto vecchio, ottantotto anni, credo. Una volta era un mio paziente, l'anno scorso ha avuto un infarto. Non credo che Martin potrà far molto. Il vecchio Audin vive nella tenuta di famiglia a Château Vercors. È a circa trenta chilometri da Parigi.»

Brosnan entrò in quel momento, con l'aspetto disfatto. Quando vide Dubois, chiese ansiosamente: «Come sta?»

«Non posso fingere con te, amico mio. Le sue condizioni non sono buone, niente affatto buone. Io ho fatto tutto il possibile, ora non ci resta che aspettare.»

«Posso vederla?»

«Non per il momento. Ti farò sapere.»

«Tu resti qui?»

«Oh, sì. Mi farò un paio d'ore di sonno sulla brandina del mio studio. Sei riuscito a parlare con Pierre Audin?»

«No, soltanto con il suo segretario, Fournier. Il vecchio è confinato su una sedia a rotelle, ora. Non distingue il giorno dalla notte.»

Dubois sospirò. «È quello che temevo. Bene, ci vediamo più tardi.»

Il medico uscì e Mary si rivolse a Brosnan. «Anche lei dovrebbe dormire qualche ora.»

Brosnan abbozzò un sorriso triste: «Da come mi sento ora non credo che potrò mai più dormire. Tutta colpa mia, in qualche modo». Sul suo viso era scolpita la disperazione.

«Come può dire una cosa simile!»

«È colpa di quello che sono, o meglio, di quello che ero. Se non fosse stato per questo, nulla di tutto ciò sarebbe accaduto.»

«Non parli così. La vita non funziona in questo modo.»

Il telefono sul tavolo suonò: Mary rispose e parlò brevemente. «Era Ferguson che si informava.» Gli pose una mano sulla spalla. «Andiamo, si sdrai sul divano, chiuda solo gli occhi. Io resto qui, e la sveglio appena si sa qualcosa.»

Pur riluttante, Brosnan si sdraiò e, sorprendentemente, dopo pochi istanti cadde davvero in un profondo sonno senza sogni. Mary Tanner restò accanto a lui, pensierosa, ascoltando il suo respiro tranquillo.

Erano da poco passate le tre quando entrò Dubois. Come se ne avesse percepito la presenza, Brosnan si destò di soprassalto e sedette sul divano. «Che cosa c'è?»

«Ha ripreso conoscenza.»

«Posso vederla?» Brosnan si alzò.

«Naturalmente.» Mentre Brosnan si dirigeva alla porta, Dubois gli pose una mano sul braccio. «Martin, le cose non vanno bene. Credo che dovresti prepararti al peggio.»

«Oh, no!» Brosnan quasi soffocava. «Non è possibile!»

Corse per il corridoio, aprì la porta della stanza di Anne Marie ed entrò. C'era una giovane infermiera seduta accanto al letto. Anne Marie era pallidissima, aveva la testa avvolta in bende, tanto che sembrava una giovane suora.

«Io aspetto fuori, signore.» L'infermiera uscì.

Brosnan sedette accanto al letto, le prese la mano e Anne Marie aprì gli occhi. Lo fissò un attimo con uno sguardo vacuo, poi lo riconobbe e sorrise.

«Martin, sei tu!»

«E chi altro?» Le baciò la mano.

Dietro di loro la porta si socchiuse con un leggero scatto e Dubois guardò dentro.

«I tuoi capelli, come sono lunghi. Ridicolmente lunghi.» Sollevò una mano a sfiorargli la testa. «Laggiù, in Vietnam, in quelle paludi, quando i Vietcong stavano per spararmi, sei uscito dalle canne come un guerriero medievale. Anche allora avevi i capelli troppo lunghi e portavi una fascia sulla fronte.»

Chiuse gli occhi e Brosnan le disse piano: «Riposa ora, non cercare di parlare».

«Ma io devo parlare.» Riaprì gli occhi. «Lascialo perdere, Martin, promettilo. Non ne vale la pena. Non voglio che tu torni a essere quello di una volta.» Gli prese una mano con forza inaspettata. «Prometti!»

«Ti do la mia parola», mormorò lui.

Anne Marie si riadagiò, fissando il soffitto. «Mio adorabile, selvaggio ragazzo irlandese! Ti ho sempre amato, Martin, nessun altro che te!»

I suoi occhi si chiusero dolcemente, il monitor accanto al letto cambiò ritmo. Henri Dubois entrò in un attimo. «Esci, Martin, aspetta di là.»

Lo spinse fuori e chiuse la porta. Mary era in piedi nel corridoio. «Martin?» disse.

Brosnan la fissò con aria assente. In quel momento la porta si riaprì e riapparve Dubois. «Sono dolente, amico mio. È finita.»

* * *

Sulla sua chiatta, Dillon si svegliò di colpo allo squillo del telefono. Makeev annunciò: «È morta, Sean».

«È un peccato», rispose Dillon. «Non era proprio mia intenzione.»

«E ora che farai?» chiese Makeev.

«Credo che partirò nel pomeriggio; è una buona idea, viste le circostanze. Che mi dici di Aroun?»

«Ci vedremo con lui alle undici.»

«Bene. Sa già che cosa è successo?»

«No.»

«Inutile dirglielo. Ci vediamo davanti a casa sua poco prima delle undici.»

Depose il ricevitore e tornò a sdraiarsi sui cuscini. Anne Marie Audin. Che peccato! Lui non era mai stato uno che uccide le donne. C'era stata quella informatrice della polizia, una volta, a Derry, ma se lo meritava. Stavolta invece era stato solo un incidente, ma gli parve un cattivo presagio e lo mise di malumore. Spense il mozzicone della sigaretta e cercò di riprendere sonno.

Erano da poco passate le dieci quando Mary Tanner fece entrare Ferguson e Hernu nell'appartamento di Brosnan. «Come sta?» chiese Ferguson.

«Ha cercato di tenersi occupato. Il nonno di Anne Marie è malato, quindi Martin ha dovuto sbrigare tutte le pratiche per il funerale con il segretario del vecchio.»

«Così presto?» chiese Ferguson.

«Domani, nella tenuta di famiglia a Vercors.»

Mary li introdusse in sala. Brosnan era in piedi vicino alla finestra e guardava fuori. Si voltò verso di loro, con le mani in tasca, la faccia pallida e tirata. «Ebbene?» chiese.

«Nulla di nuovo», rispose Hernu. «Abbiamo avvertito tutti i porti e gli aeroporti, con discrezione, si intende.» Esitò.

«Pensiamo che sarebbe meglio evitare di dare pubblicità alla faccenda, professore. Alla sfortunata morte della signorina Audin, voglio dire.»

Brosnan pareva curiosamente indifferente. «Non riuscirete a prenderlo. Londra è la città dove cercare, e al più presto. Forse si è già messo in viaggio, e a Londra avrete bisogno di me.»

«Vuoi dire che sei disposto ad aiutarci? Ti impegni con noi nel caso?» chiese Ferguson.

«Sì.»

Brosnan si accese una sigaretta, aprì la portafinestra e uscì sulla terrazza. Mary lo raggiunse. «Ma non può farlo, Martin. Lo ha promesso ad Anne Marie.»

«Mentivo», rispose calmo Brosnan. «Soltanto per renderle più facile l'ultimo momento. Non c'è nulla là fuori, solo buio.»

La sua faccia era dura come la pietra, i suoi occhi gelidi. Era la faccia di un estraneo. «Oh, mio Dio!» mormorò Mary.

«Lo farò fuori», affermò rabbiosamente Brosnan. «Fosse l'ultima cosa che faccio su questa terra, lo vedrò morto.»

6

Poco prima delle undici, Makeev arrivò davanti alla casa di Michael Aroun in Avenue Victor Hugo. L'autista accostò al marciapiede e spense il motore: la portiera si aprì e Dillon salì sul sedile posteriore.

«Sarebbe meglio che tu non portassi quelle scarpe di marca», disse a Makeev, «c'è fango dappertutto.»

Sorrise e Makeev allungò il braccio a chiudere il divisorio. «Sembri in gran forma, considerata la situazione.»

«Perché non dovrei esserlo? Volevo solo assicurarmi che tu non avessi detto niente ad Aroun sulla morte della donna.»

«No, naturalmente, no.»

«Bene.» Dillon sorrise. «Non vorrei che qualcosa venisse a rovinare la faccenda. Ora andiamo a parlare con lui.»

Rashid aprì la porta e una cameriera prese i loro cappotti. Aroun li aspettava nello splendido salone. «Valenton, signor Dillon. Una bella delusione.»

«Niente è mai perfetto in questa vita», ribatté Dillon, «lei dovrebbe saperlo. Le ho promesso un bersaglio alternativo e intendo mantenere la parola.»

«Il Primo ministro britannico?» chiese Rashid.

«Esatto. Parto per Londra questo pomeriggio. Pensavo di scambiare due parole con lei prima di partire.»

Rashid diede un'occhiata ad Aroun, che rispose: «Naturalmente, signor Dillon. Ora, che possiamo fare per lei?»

«Anzitutto, ho bisogno di altro denaro per le spese. Trentamila dollari. Voglio che lei combini la cosa con qualcuno a Londra. In contanti, naturalmente. Il colonnello Makeev si occuperà dei dettagli.»

«D'accordo», assentì Aroun.

«In secondo luogo, c'è il problema di come potrò squagliarmela a missione compiuta.»

«Lei sembra molto fiducioso, signor Dillon», intervenne Rashid.

«Sai, ci vuole ottimismo per andare avanti, vecchio mio. In un grosso colpo, come ho scoperto in molti anni di questo lavoro, quello che importa non è tanto portare a termine l'impresa, quanto portare in salvo la pelle dopo. Voglio dire, se liquido il primo ministro per voi, il problema grosso per me è uscire dall'Inghilterra. Ed è qui che interviene lei, signor Aroun.»

La cameriera entrò con le tazzine su un vassoio. Aroun aspettò che le deponesse sul tavolo e versasse il caffè. Quando la ragazza fu uscita chiese: «La prego, si spieghi».

«Una delle mie abilità secondarie è di saper pilotare un aereo. E l'ho in comune con lei, a quanto mi dicono. Secondo un vecchio articolo del *Paris Match* che mi è capitato di leggere, lei ha comperato una tenuta in Normandia, chiamata Château Saint-Denis, a una trentina di chilometri a sud di Cherbourg, sulla costa.»

«Precisamente.»

«L'articolo spiegava quanto lei ami quel posto, quanto sia isolato e intatto. Una vera isola del diciottesimo secolo.»

«Ma qual è esattamente il punto, signor Dillon?» chiese Rashid.

«Diceva anche che la tenuta ha una pista di atterraggio e

che talvolta il signor Aroun, quando ne ha voglia, arriva da Parigi, pilotando il suo aereo personale.»

«Verissimo», convenne Aroun.

«Bene, farà al caso nostro. Quando sarò vicino, diciamo, al momento dell'esecuzione, glielo farò sapere. Lei verrà in aereo alla tenuta di Saint-Denis. Io partirò in aereo dall'Inghilterra e la raggiungerò lì, dopo aver portato a termine il lavoro. Poi lei organizzerà il resto del mio viaggio.»

«Come?» chiese ancora Rashid. «Dove troverà l'aereo?»

«Ci sono un sacco di club aeronautici, vecchio mio, e di aerei da noleggio. Conto semplicemente di volare fuori dalla carta geografica, sparire, mettetela come volete. Essendo lei stesso un pilota, saprà sicuramente che uno dei più fastidiosi grattacapi delle autorità è l'immensa quantità di spazio aereo incontrollato. Una volta che io sia atterrato a Saint-Denis, lei potrà dar fuoco al dannato aereo.» Girò lo sguardo da Rashid ad Aroun. «Siamo d'accordo?»

Fu Aroun che rispose. «Perfettamente. Se c'è altro che possiamo fare, siamo pronti.»

«Makeev vi terrà al corrente. Io devo andare.» Si avviò alla porta.

In strada, si fermò accanto alla macchina di Makeev, sotto una leggera nevicata. «Bene, è tutto. Non ci vedremo più, almeno per un pezzo.»

Makeev gli passò una busta. «L'indirizzo di casa di Tania e il suo numero di telefono.» Diede un'occhiata all'orologio. «Non ho potuto parlarle questa mattina. Ho lasciato un messaggio dicendole che le volevo parlare a mezzogiorno.»

«Bene. Ti telefono da Saint-Malo prima di prendere l'aliscafo per Jersey, per avere conferma che tutto vada bene.»

«Ti accompagno a casa», si offrì Makeev.

«No, grazie. Mi va di camminare un po'.» Gli porse la mano. «Al nostro prossimo felice incontro.»

«Buona fortuna, Sean.»

Dillon sorrise. «Oh, tutti ne hanno sempre bisogno!» Si voltò e si allontanò.

* * *

Makeev parlò con Tania sulla linea segreta, a mezzogiorno. «Ho un amico che verrà a trovarti, probabilmente questa sera sul tardi. È quello di cui abbiamo parlato.»

«Mi occuperò di lui, colonnello.»

«Questo è il caso più importante che tu abbia mai trattato, credimi. A proposito, avrà bisogno di un alloggio. Trovane uno che sia vicino a casa tua.»

«D'accordo.»

«E voglio che tu cerchi di rintracciare una certa persona.»

Le dettò i dati di Danny Fahy. Quando ebbe terminato, Tania disse: «Non c'è problema. Qualcosa d'altro?»

«Sì, gli piacciono le Walther. Abbi cura di te, mia cara. Mi terrò in contatto.»

Quando Mary Tanner entrò nella suite al *Ritz*, Charles Ferguson stava prendendo il suo tè pomeridiano accanto alla finestra.

«Ah, eccoti qui. Mi domandavo che cosa mai ti avesse trattenuto. Dobbiamo partire.»

«Per dove?»

«Torniamo a Londra.»

Mary fece un profondo respiro. «Non io, generale. Io resto.»

«Tu resti?» Ferguson era stupito.

«Per il funerale, a Château Vercors, domattina alle undici. Dopotutto Brosnan è deciso a collaborare con noi. Non dobbiamo dimostrargli in qualche modo il nostro appoggio morale?»

Ferguson alzò una mano in cenno di difesa. «D'accordo, hai ragione. Tuttavia io devo tornare a Londra. Tu puoi restare, se vuoi, e ripartire domani nel pomeriggio. Farò venire il jet Lear a prendervi entrambi. Soddisfatta?»

«Non vedo perché non dovrei esserlo.» Sorrise e prese la teiera. «Un'altra tazza, generale?»

* * *

Sean Dillon prese un espresso fino a Rennes e cambiò per Saint-Malo alle tre. Non c'era molto traffico di turisti, non era la stagione adatta, e il tempo orribile che imperversava in tutta Europa aveva scoraggiato anche gli ultimi temerari. C'erano al massimo una ventina di passeggeri sull'aliscafo per Jersey. Sbarcò a Saint Helier sull'Albert Quay poco prima delle sei, e prese un taxi per l'aeroporto.

Capì di essere nei guai ancora prima di arrivare: più si avvicinavano, più la nebbia si infittiva. Era una situazione normale per Jersey, ma non era poi la fine del mondo. Quando ebbe conferma che entrambi i voli per Londra erano stati cancellati, uscì dall'aeroporto, prese un altro taxi e disse all'autista di portarlo a un buon albergo.

Trenta minuti dopo, telefonava a Makeev a Parigi. «Mi spiace, ma non ho avuto la possibilità di chiamarti da Saint-Malo, il treno era in ritardo e rischiavo di perdere l'aliscafo. Hai parlato con la Novikova?»

«Sì, tutto in ordine. Ti aspetta. Dove ti trovi ora?»

«A Jersey, in un albergo, l'*Hotel L'Horizon*. C'era troppa nebbia all'aeroporto. Spero di poter partire domani mattina.»

«Sono sicuro che ti sarà possibile. Tieniti in contatto.»

«Lo farò.»

Depose il ricevitore, poi si infilò la giacca e scese al bar. Aveva sentito dire che l'albergo aveva un eccellente ristorante. Dopo poco fu avvicinato da un prestante ed energico italiano, che si presentò come il capocameriere, Augusto. Dillon ricevette dalle sue mani il menu, ordinò una bottiglia di Krug e si rilassò.

Pressappoco alla stessa ora, il campanello in casa di Martin Brosnan, sul Quai de Montebello, suonò. Quando lui aprì la porta, con un grosso bicchiere di scotch in mano, si trovò davanti Mary Tanner.

«Salve», la salutò. «Una visita inaspettata.»

Lei gli prese di mano il bicchiere e lo vuotò nel vaso della pianta che stava vicino alla porta. «Questo non le può fare bene.»

«Se lo dice lei! Che cosa vuole?»

«Pensavo che fosse solo, e questo non va. Ferguson ha parlato con lei prima di partire?»

«Sì, mi ha detto che lei restava. Ha suggerito che partissimo insieme domani pomeriggio.»

«Infatti, ma questo non sistema le cose per stasera. Scommetto che non ha mangiato niente in tutto il giorno, così propongo di andare fuori a cena e non provi a dirmi di no.»

«Non me lo sogno neanche, capitano.» Brosnan le fece un ironico saluto militare.

«Non mi prenda tanto in giro. Ci dev'essere qui vicino un locale che le piace.»

«C'è, infatti. Mi faccia infilare il cappotto e sarò subito da lei.»

Era un tipico bistrò in una stradina secondaria, semplice e senza pretese; qualche séparé per favorire l'intimità e profumi squisiti dalla cucina. Brosnan ordinò champagne.

«Krug?» chiese lei quando arrivò la bottiglia.

«Qui mi conoscono.»

«Lei si tratta sempre a champagne?»

«Qualche anno fa sono stato ferito allo stomaco. Questo mi ha creato non pochi problemi e i medici mi hanno proibito assolutamente i liquori, e anche il vino rosso. Lo champagne invece mi è permesso. Ha notato il nome del locale?»

«*La Belle Aurore*?»

«È lo stesso nome del caffè di *Casablanca*. Humphrey Bogart? Ingrid Bergman?» Alzò il bicchiere. «Alla sua salute, signorina.»

Rimasero per un po' di tempo tranquilli in silenzio, poi Mary chiese: «Possiamo parlare di lavoro?»

«Perché no? Che cosa ha in mente?»

«Ora, che si fa? Voglio dire, Dillon sparisce nella nebbia, lo ha detto lei stesso. Come diavolo spera di rintracciarlo?»

«Ha un unico punto debole. Dillon non avvicinerà nessun contatto dell'IRA, per timore di essere tradito. Questo gli lascia una sola scelta: il mondo della malavita. Per qualunque cosa gli occorra, armi, esplosivi, anche aiuto personale, si rivolgerà al posto più logico, e sa qual è?»

«L'East End di Londra?»

«Sicuro, un posto romantico quasi come Little Italy o il Bronx a New York. I fratelli Kray, la coppia più vicina ai gangster dei film americani che l'Inghilterra abbia mai avuto, la banda Richardson. Lei conosce bene l'East End?»

«Pensavo che ormai fossero storie del passato.»

«Neanche per sogno. Molti dei capibanda, i 'governatori', come li chiamano loro, si sono messi in affari legittimi, fino a un certo punto, ma tutti i delitti di vecchio stampo, rapine a mano armata, alle banche, a furgoni portavalori, vengono commessi quasi sempre dallo stesso gruppo. Tutti professionisti, che lo considerano il loro normale mestiere, ma sono capacissimi di sparare a chiunque gli attraversi la strada.»

«Che bellezza!»

«Tutti sanno chi sono, compresi i poliziotti. È in questa bella confraternita che Dillon cercherà aiuto.»

«Mi scusi, ma dev'essere una comunità piuttosto chiusa.»

«Esatto, ma per combinazione io ho quella che si potrebbe chiamare una chiave.»

«E come diavolo fa ad averla?»

Brosnan le versò un altro bicchiere di champagne. «Nel Vietnam, nel 1968, durante gli anni selvaggi della mia pazza gioventù, ero nell'aviazione militare, paracadutista. Facevo parte di un distaccamento delle Forze speciali che operava in Cambogia, del tutto illegalmente devo aggiungere, ed era reclutato da tutti i settori dei servizi. Tutta gente con qualifiche specializzate. Fra noi c'erano persino alcuni marine, ed è così che ho incontrato Harry Flood.»

«Harry Flood?» Mary corrugò la fronte. «Per qualche ragione questo nome mi è familiare.»

«Facile, le spiegherò. Harry ha la mia stessa età; è nato a Brooklyn. Sua madre morì di parto e il bambino fu allevato dal padre, che morì quando Harry aveva diciotto anni. Harry si arruolò nei marine, per avere qualcosa da fare, fu mandato nel Vietnam e qui ci incontrammo.» Sorrise. «Non dimenticherò mai la prima volta. Immersi fino al collo in una fetida palude, nel delta del Mekong.»

«Pare un personaggio interessante.»

«Oh, altroché. Stella d'argento. Croce Navale. Nel 1969, quando io mi congedai, Harry doveva fare ancora un anno della sua ferma. Lo assegnarono a Londra, di guardia all'ambasciata. Aveva il grado di sergente, allora, quando avvenne il fatto.»

«Che fatto?»

«Incontrò una ragazza, una sera, in una sala da ballo. Si chiamava Jean Dark, solo una graziosa ragazza di vent'anni in un abitino di cotone. Ma c'era una bella differenza. I Dark erano una famiglia di gangster, come li chiamano nell'East End: vere canaglie. Il vecchio Dark aveva un suo piccolo impero sul fiume, e a modo suo era famoso come i fratelli Kray. Morì proprio quell'anno.»

«E poi che accadde?» Mary era del tutto affascinata.

«La madre di Jean cercò di mandare avanti gli affari di famiglia, la chiamavano tutti Ma Dark. Si trovò di fronte a grossi problemi, bande rivali, cose del genere. Harry e Jean si sposarono, lui si stabilì a Londra e fu risucchiato da quel mondo. Affrontò i rivali e così via.»

«Vuol dire che diventò un gangster?»

«Be', in un certo senso molto di più. Divenne uno dei più potenti 'governatori' dell'East End di Londra.»

«Mio Dio, ora mi ricordo. Possiede tutte quelle case da gioco e ha in mano tutta la speculazione edilizia lungo il Tamigi.»

«Esatto. Jean morì di cancro cinque o sei anni fa, la madre era già deceduta parecchio tempo prima. Harry porta avanti gli affari.»

«Ora è cittadino britannico?»

«No, non ha mai rinunciato alla nazionalità americana e le autorità non hanno mai potuto espellerlo perché ha la fedina penale pulita. Non ha mai fatto un solo giorno di prigione.»

«E continua a fare il gangster?»

«Dipende da che cosa lei intende con il termine. Ci sono un sacco di cose che ha fatto o che hanno fatto i suoi uomini ai vecchi tempi, quelli che si potrebbero chiamare crimini di vecchio stampo.»

«Oh, lei intende niente di sporco, come droga o prostituzione? Solo rapine, tangenti, cose del genere?»

«Non sia così aspra. Possiede le case da gioco, ha interessi nell'industria elettronica e nelle imprese edilizie. È proprietario di mezza Wapping, quasi tutta la zona sul fiume. Tutto perfettamente legale.»

«E resta sempre un gangster?»

«Diciamo che è ancora il 'governatore' per un sacco di abitanti dell'East End. Lo Yankee, lo chiamano. Le piacerà.»

«Mi piacerà?» Mary era sorpresa. «E quando dovrei conoscerlo?»

«Appena posso combinare l'incontro. Qualunque cosa si muova nell'East End, Harry o i suoi uomini vengono a saperlo. Se c'è qualcuno che può aiutarmi a mettere le mani su Dillon, è lui.»

Il cameriere comparve al loro tavolo e servì due fragranti scodelle di zuppa di cipolle. «Benissimo», disse Brosnan, «ora mangiamo. Muoio di fame.»

Era rannicchiato in un angolo della fossa, con le braccia strette al petto per conservare un po' di calore. Era nudo fino alla vita, a piedi scalzi, indossava solo un paio di pantaloni mimetici. La fossa era stretta, meno di un metro quadrato, e la pioggia scendeva incessante attraverso la griglia di bambù che la chiudeva, alta sopra la sua testa. Talvolta i Vietcong si affacciavano a sbirciare verso di lui: mostravano con orgoglio ai visitatori il cane yankee accovacciato in mezzo ai suoi escrementi, anche se lui si era ormai assuefatto al fetore.

Gli pareva di essere lì da sempre, e il tempo non aveva più senso per lui. Non aveva mai provato una disperazione così totale. Pioveva più forte, ora. L'acqua traboccava dall'orlo della fossa in una specie di cascata, e cresceva rapidamente sul fondo. Si alzò in piedi e poi d'improvviso l'acqua gli arrivava al collo e lui si dibatteva per respirare. L'acqua scendeva senza sosta dall'alto, i suoi piedi non toccavano più il fondo e lui scalciava per tenersi a galla, lottando per respirare, afferrandosi alle pareti della fossa. D'improvviso una mano lo afferrava, una mano forte, lo tirava fuori dall'acqua e lui ricominciava a respirare.

Harry Flood si svegliò di soprassalto e sedette sul letto. Quell'incubo lo assillava di tanto in tanto, dall'epoca del Vietnam, anche se ormai era passato un sacco di tempo. Di solito alla fine lui annegava, la mano che lo tirava fuori era un particolare nuovo.

Diede un'occhiata all'orologio: erano quasi le dieci. Faceva sempre un breve sonno verso sera, prima di visitare qualcuno dei suoi club, ma questa volta aveva dormito troppo. Corse nella stanza da bagno e fece una rapida doccia. C'era del grigio nei suoi capelli neri, osservò mentre si rasava.

«Succede a tutti, Harry», mormorò fra sé sorridendo.

A dire il vero era quasi sempre sorridente, anche se chi lo avesse osservato con attenzione, avrebbe visto una certa stanchezza della vita nella sua espressione. Il sorriso di chi aveva trovato la vita, nel complesso, deludente. Era un bell'uomo, con una certa durezza nell'aspetto, muscoloso, spalle larghe. Non male per i suoi quarantasei anni, e se lo ripeteva spesso, almeno una volta al giorno, a titolo di incoraggiamento. Indossò una camicia di seta nera, abbottonata al collo senza cravatta, e un completo di Armani morbido, di seta grezza marrone scuro. Controllò il suo aspetto nello specchio.

«Cominci a dimostrare i tuoi anni, ragazzo mio», si disse, e uscì.

Abitava in un enorme appartamento sopra un vecchio magazzino ristrutturato sul Cable Wharf. Le pareti in mattone del soggiorno erano imbiancate e il pavimento era di legno laccato con stuoie indiane sparse ovunque. Comodi divani, un bar, bottiglie di ogni genere allineate sul banco. Solo per gli ospiti: lui non beveva mai alcolici. Una grande scrivania contro la parete di fondo, scaffali colmi di libri. Aprì la portafinestra e uscì sulla terrazza che si affacciava sul fiume. Faceva molto freddo. Alla sua destra vedeva il Ponte della Torre, e dietro la Torre di Londra, illuminata a giorno dai riflettori. Sotto di lui una nave scendeva lungo il Tamigi con le luci che brillavano nel buio, così nitide che poteva scorgere gli uomini della ciurma al lavoro in coperta. Quella vista gli dava sempre un senso di euforia. Inspirò una lunga boccata di quell'aria fredda.

Si aprì la porta in fondo al soggiorno ed entrò Mordecai Fletcher. Alto un metro e ottanta, capelli grigi e baffetti ben curati, portava un abito su misura a doppiopetto e una cravatta di seta. Questa eleganza piuttosto convenzionale era mitigata dalle tracce di vecchie cicatrici intorno agli occhi, e dal naso appiattito che era stato rotto più di una volta.

«Già alzato», osservò semplicemente.

«Così pare», replicò Flood.

Mordecai era il suo braccio destro da quasi quindici anni: un ottimo pugile che aveva avuto il buonsenso di abbandonare il ring prima di avere il cervello completamente spappolato. Andò al bar, riempì un bicchiere di acqua minerale, vi aggiunse ghiaccio e limone e lo portò a Flood.

Questi lo prese senza ringraziare. «Mio Dio, come amo questo vecchio fiume! Successo niente?»

«Ha chiamato il tuo contabile, qualche carta da firmare per il progetto di costruzione del mercato. Gli ho detto di lasciare tutto pronto per domattina.»

«Nient'altro?»

«Maurice ha telefonato dall'*Embassy*. Dice che Jack Harvey è entrato a cenare da loro con quella puttana di sua nipote.»

«Ah, Myra.» Flood annuì. «E che cosa è successo?»

«Harvey ha chiesto se ti saresti fatto vedere in serata. Ha aggiunto che sarebbe tornato più tardi e avrebbe fatto un giro ai tavoli da gioco.» Esitò. «Tu sai che cosa cerca quel bastardo, Harry, e finora lo hai sempre evitato.»

«Noi non siamo più in quel giro, Mordecai, e non siamo certo disposti a entrare in società con lui. Jack Harvey è la più pericolosa canaglia dell'East End. In confronto a lui i fratelli Kray sembrano bambini dell'asilo.»

«Pensavo che il più pericoloso di tutti fossi tu, Harry.»

«Io non mi sono mai sporcato le mani con la droga, Mordecai, né con la prostituzione, tu lo sai. Certo, sono stato un bandito per qualche anno, lo siamo stati tutti e due.» Tornò nel soggiorno, alla scrivania, e prese la foto con la cornice d'argento che teneva sempre sul ripiano. «Quando Jean era ammalata, in tutti quei terribili mesi...» Scosse la testa. «Più nulla mi sembrava importante e tu lo sai che le ho fatto una promessa, sul letto di morte. Di uscirne fuori.»

Mordecai chiuse la finestra. «Lo so, Harry. Era una gran donna, Jean.»

«Ecco perché sono rientrato nella legge e tutte le mie attività sono assolutamente legali. E non ho avuto ragione? Tu sai a quanto ammonta il valore netto di tutta l'azienda? Circa cinquanta milioni. Cinquanta, Mordecai!» Ebbe un sorriso compiaciuto. «Quindi, lasciamo che Jack Harvey e gli altri come lui continuino pure a sporcarsi le mani, se vogliono!»

«Sì, ma per la gente dell'East End tu sei sempre il 'governatore', Harry, sei sempre lo Yankee.»

«E non me ne lamento.» Flood aprì un armadio e ne trasse un cappotto nero. «Ci sono dei momenti in cui mi torna utile, lo so. Adesso muoviamoci. Chi guida questa sera?»

«Charlie Salter.»

«Bene.»

Mordecai esitò. «Devo prendere una pistola, Harry?»

«Per amor di Dio, Mordecai, ora siamo rispettabili uomini d'affari, continuo a ripetertelo.»

«Ma Jack Harvey non lo è, questo è il guaio.»

«Lascia che ci pensi io a Jack Harvey.»

Scesero con il vecchio montacarichi sino al pianterreno, dove Charlie Salter li aspettava appoggiato alla Mercedes berlina leggendo un giornale: un uomo asciutto e vigoroso in un'uniforme grigia da autista. Ripiegò in fretta il giornale e aprì la portiera posteriore.

«Dove andiamo?»

«All'*Embassy* e guida prudente. Le strade sono ghiacciate stanotte. Dammi il giornale.»

Salter si mise al volante e Mordecai sedette accanto a lui e prese il telecomando del portone. I grandi battenti si aprirono e la Mercedes uscì sul molo. Flood aprì il giornale, si adagiò all'indietro e cominciò a leggere gli articoli sulla guerra del Golfo.

L'*Embassy* distava mezzo chilometro, in Wapping High Street. Era aperto solo da sei mesi ed era allestito anch'esso in un vecchio magazzino ristrutturato: un'altra iniziativa edilizia di Harry Flood. Il parcheggio si trovava su una strada laterale, sul retro, ed era quasi del tutto pieno. Il custode, un vecchio uomo di colore, era seduto nella sua guardiola.

«Le ho tenuto libero il suo posto, signor Flood», disse uscendo.

Flood scese dall'auto con Mordecai e, mentre Salter andava a parcheggiare la macchina, cavò di tasca il portafogli, ne trasse un biglietto da cinque sterline e lo diede al vecchio. «Non fare follie, Freddy.»

«Con questo?» Il vecchio sorrise. «Non potrei neanche pagarmi una donna nel retro di un pub malfamato, di questi tempi. L'inflazione galoppa, signor Flood.»

Flood e Mordecai ridevano ancora mentre percorrevano la strada laterale. Salter li raggiunse mentre svoltavano l'angolo, e insieme entrarono nel locale.

L'interno era caldo e lussuoso, un pavimento a piastrelle bianche e nere, pareti rivestite di legno di quercia con dipinti a olio. Mentre la guardarobiera riponeva i loro cappotti, un uomo snello in abito da sera si affrettò incontro a loro. Il suo accento era inconfondibilmente francese.

«Ah, signor Flood, che piacere! Cena qui da noi?»

«Direi di sì, Maurice. Darò prima un'occhiata intorno. Harvey si è fatto vivo?»

«Non ancora.»

Scesero una breve scalinata ed entrarono nella grande sala da pranzo. Ancora l'atmosfera tipica del club, pannelli di quercia alle pareti, dipinti a olio, séparé con sedie di pelle. La sala era quasi piena e i camerieri erano impegnatissimi. In un angolo, su una pedana, suonava un trio, e c'era anche una pista da ballo, non molto grande.

Maurice li precedette fra i tavoli e aprì una porta in cuoio imbottito, che dava accesso alla sala da gioco. Anche qui molta folla: i clienti si accalcavano alla roulette e ben presto alla maggior parte dei tavoli le sedie erano tutte occupate.

«Stiamo perdendo molto?» chiese Flood a Maurice.

«Alti e bassi, signor Flood. Pressappoco in pari, come al solito.»

«Ci sono un sacco di giocatori, comunque.»

«E non un arabo in vista», aggiunse Mordecai.

«Tengono giù la testa», replicò Maurice, «con la faccenda del Golfo.»

«E chi non lo farebbe?» Flood sogghignò. «Forza, andiamo a mangiare.»

Flood aveva il suo séparé personale in un angolo. Ordinò salmone affumicato, uova strapazzate e un'altra bottiglia di acqua minerale. Da un portasigarette d'argento tirò fuori una Camel: non aveva mai potuto soffrire le sigarette inglesi. Mordecai gliel'accese e si appoggiò alla parete. Flood rimase a meditare in silenzio, osservando la scena, in preda a uno di quei momenti di sconforto in cui ci si domanda a che cosa serva la vita, quando Charlie Salter comparve sulla porta, scese gli scalini e si affrettò fra i tavoli.

«Jack Harvey e Myra. Sono appena entrati», annunciò.

Harvey aveva circa cinquant'anni, di altezza media e in sovrappeso, un fatto che l'elegante abito blu non riusciva a nascondere, nonostante fosse stato fatto su misura in Savile Row. Era praticamente calvo e aveva la faccia carnosa e decadente del peggior tipo di imperatori romani.

Sua nipote Myra aveva trent'anni e pareva anche più giovane, con i suoi capelli nerissimi raccolti in una crocchia e trattenuti da un fermaglio di diamanti. Il suo viso era poco truccato, tranne le labbra, che erano rosso sangue. Portava un giacchino tempestato di lustrini, una minigonna nera di Versace e scarpe nere con il tacco altissimo, perché era molto piccola, poco più di un metro e cinquanta. Emanava un fascino straordinario e gli uomini si voltavano a guardarla. Inoltre, Myra era il braccio destro dello zio, aveva una laurea in Scienze economiche dell'università di Londra ed era spietata e senza scrupoli, proprio come lui.

Flood non si alzò. Rimase seduto ad attenderli. «Harry, vecchio mio», lo salutò Harvey e sedette. «Non ti dispiace se ci uniamo a te, vero?»

Myra si chinò a baciare Flood sulla guancia. «Ti piace il mio nuovo profumo, Harry? Costa una fortuna, ma Jack dice che è come un afrodisiaco, tanto è buono.»

«Che paroloni!» osservò Flood.

Myra sedette al suo fianco e Harvey tirò fuori un sigaro, lo spuntò e guardò Mordecai. «Avanti, dov'è il tuo dannato accendino?»

Mordecai prese l'accendino di tasca e lo accese senza mutare espressione. «Non ci sarebbe un drink?» chiese Myra. «Sappiamo che tu non bevi, Harry, ma pensa un po' a noi poveri diavoli.»

La sua voce aveva un leggero accento *cockney*, appena un'ombra, che aveva un certo fascino. Pose una mano sul ginocchio di Flood che ribatté: «Cocktail di champagne, è questo che ti piace, vero?»

«Vedrò di accontentarmi.»

«Non per me, non posso mandar giù quella specie di piscio», interloquì Harvey. «Scotch e acqua. Un bel bicchierone.»

Maurice, che aspettava discretamente in un angolo, parlò a un cameriere, poi mormorò all'orecchio di Flood: «Le sue uova strapazzate, signore?»

«Fammele portare.»

Maurice si allontanò e un momento dopo comparve un cameriere con un vassoio d'argento. Tolse il coperchio e pose il piatto di fronte a Flood che si mise subito a mangiare.

«Non ti ho mai visto fare un pasto decente, Harry», osservò Harvey. «Che cosa c'è di storto in te?»

«Proprio nulla. Il cibo non ha molta importanza per me, Jack. Quando ero giovane, nel Vietnam, fui prigioniero dei Vietcong per un certo tempo e imparai che si può andare avanti con molto poco. Più tardi mi hanno sparato nello stomaco. Ho perso quarantacinque centimetri di intestino.»

«Dovrai mostrarmi la cicatrice, una volta o l'altra», intervenne Myra.

«C'è sempre un lato buono delle cose. Se non fossi stato ferito, il corpo dei marine non mi avrebbe assegnato quel bel lavoretto comodo come guardia all'ambasciata di Londra.»

«E non avresti incontrato Jean», aggiunse Harvey. «Ricordo l'anno che vi siete sposati, Harry, l'anno che è morto il suo vecchio, Sam Dark.» Scosse la testa. «Era come un re senza corona nell'East End, dopo che i fratelli Kray finirono dentro. E Jean!» Scosse ancora la testa. «Che ragazza! I giovanotti facevano la coda davanti a lei! C'era persino un ufficiale della Guardia.» Si volse a Myra. «Un lord! Addirittura!»

«E invece ha sposato me», ribatté Flood.

«Avrebbe potuto capitare peggio, Harry. Voglio dire, tu l'hai aiutata a mandare avanti gli affari per un certo tempo, dopo che sua madre morì, tutti lo sappiamo.»

Flood spinse da parte il piatto e si pulì la bocca con il tovagliolo. «È la serata dei complimenti, Jack? Ora, perché sei venuto da me esattamente?»

«Sai bene che cosa voglio, Harry. Le case da gioco, che ormai sono quattro, e i club, quanti sono Myra?»

«Sei», rispose lei.

«E tutte queste imprese di costruzioni sul fiume», continuò Harvey. «Insomma, devi dividere la torta.»

«C'è solo un guaio, Jack», replicò Flood. «Io sono un rispettabile uomo d'affari, con attività assolutamente legali, e questo ormai da molto tempo, mentre tu...» Scosse la testa. «Canaglia una volta, canaglia sempre.»

«Bastardo di uno yankee!» esplose Jack Harvey. «Non puoi parlare a me in questo modo.»

«È proprio quello che ho fatto, Jack.»

«Noi entreremo in affari, Harry, che tu lo voglia o no.»

«E provaci!» ribatté Flood.

Salter era avanzato in silenzio attraverso la sala, e ora stava appoggiato alla parete accanto a Mordecai. Questi gli mormorò qualcosa all'orecchio e Salter si allontanò.

«Guarda che lui parla sul serio, Harry», intervenne Myra, «quindi sii ragionevole. Tutto quello che ti chiediamo è una fetta della tua attività.»

«Se voi vi associate a me, con fabbriche di computer, sviluppo edilizio, club e case da gioco», ribatté Flood, «questo significa che io mi trovo coinvolto con voi in faccende di droga, prostituzione e ricatti. Io mi faccio la doccia tre volte al giorno, dolcezza, e ancora non riuscirei a sentirmi pulito.»

«Bastardo!» sputò Myra furiosa, e alzò una mano. Flood l'afferrò per il polso.

Harvey si alzò. «Lascia andare, Myra, lascia andare. Vieni via. Ci rivediamo, Harry.»

«Spero di no», replicò Flood.

Uscirono e Mordecai si chinò verso di lui. «Che disgustosa canaglia. Mi ha sempre rivoltato lo stomaco, lui e i suoi amichetti!»

«C'è gente di tutte le risme, Mordecai. Non farti dominare dai pregiudizi, e portami una tazza di caffè.»

«Quel maiale!» grugnì Jack Harvey mentre lui e Myra si avviavano verso il parcheggio. «Lo vedrei volentieri all'inferno. Parlarmi in quella maniera!»

«Te l'avevo detto che era tutto tempo sprecato», ribatté Myra.

«Giusto.» Si infilò i guanti sulle grandi mani. «Ora dobbiamo dimostrargli che facciamo sul serio, no?»

In fondo alla strada era parcheggiato un furgone scuro. Mentre si avvicinavano, i fari lampeggiarono. Il giovanotto che era al volante si sporse verso di loro: circa venticinque anni, una faccia dura e pericolosa, un giubbotto di pelle nera e un berretto piatto. «Signor Harvey», disse.

«Sei un bravo ragazzo, Billy, giusto in tempo.» Harvey si rivolse alla nipote. «Non penso che tu conosca Billy Watson, Myra.»

«No, temo di non conoscerlo.» Myra lo scrutò da capo a piedi.

«Quanti uomini hai con te là dietro?» chiese Harvey.

«Quattro, signor Harvey. Dicono che Mordecai Fletcher sia un bestione grande e grosso.» Afferrò una mazza da baseball. «Questa dovrebbe calmargli i bollori.»

«Niente spari, intesi?»

«Sissignore, signor Harvey.»

«Carne su carne, questo è ciò che occorre, e magari un paio di gambe rotte. All'opera, ora, verrà pur fuori prima o poi quel bastardo.»

Harvey e Myra si allontanarono lungo il marciapiede. «Cinque?» disse la ragazza. «Pensi che saranno abbastanza?»

«Abbastanza?» Jack rise aspramente. «Ma chi si crede di essere quello? Sam Dark? Quello era un uomo! Ma questo dannato yankee... Gli romperanno le ossa. Lo metteranno sulle stampelle per sei mesi. Quei ragazzi sono dei duri, Myra.»

«Davvero?» chiese lei.

«Ora sbrighiamoci, e vediamo di ripararci da questo maledetto freddo.» Affrettò il passo e svoltò nel parcheggio.

Fu solo un'ora dopo che Harry Flood decise di lasciare l'*Embassy*. Mentre la guardarobiera lo aiutava a indossare il cappotto, disse a Mordecai: «Dov'è Charlie?»

«Oh, gli ho fatto cenno un paio di minuti fa. È andato avanti a scaldare il motore. Qui fa un freddo da Polo Nord, Harry. Finirà che avremo il Tamigi ghiacciato.»

Flood si mise a ridere e scesero i gradini, avviandosi lungo il marciapiede. L'attacco fu rapido e improvviso: le porte posteriori del furgone parcheggiato dall'altra parte della strada si spalancarono e i cinque uomini balzarono fuori e attraversarono correndo. Tutti impugnavano mazze da baseball. Il primo che li raggiunse sferrò un gran colpo, Mordecai si piegò, bloccò il braccio dell'aggressore, lo sollevò e lo scagliò giù dai gradini del seminterrato dietro di loro.

Gli altri quattro si fermarono e fecero cerchio, con le mazze pronte. «Questo non vi gioverà per niente», gridò Billy Watson. «Vi spezzeremo le gambe.»

Uno sparo dietro di loro lacerò l'aria gelida. Poi un altro. Si voltarono e Charlie Salter uscì dal buio ricaricando un fucile a canne mozze. «Giù i bastoni», gridò, «se non volete che vi riduca in poltiglia sul marciapiede.»

Le mazze caddero a terra e gli uomini rimasero immobili. Mordecai avanzò e li scrutò uno a uno, poi afferrò per i capelli il più vicino. «Per chi lavorate, ragazzo?»

«Non lo so, signore.»

Mordecai lo fece girare su se stesso e lo spinse contro la ringhiera con la faccia giusto sopra le punte. «Ho chiesto per chi lavorate!»

Il ragazzo crollò di colpo. «Jack Harvey. Era un lavoro a pagamento, è stato Billy a tirarci dentro.»

«Bastardo!» imprecò Billy. «Te la farò pagare.»

Mordecai diede un'occhiata a Flood, che annuì. Si volse a Billy: «Tu resta qui. Voialtri, fuori dai piedi!»

I quattro si voltarono e corsero via. Billy Watson rimase a fissarli, torvo in viso. «Questo stronzo ha proprio bisogno di un buon carico di ceffoni!» grugnì Salter.

D'improvviso, Billy si chinò a raccogliere una mazza e l'alzò in gesto di difesa. «Bene, vieni avanti, Harry Flood, grand'uomo. Prova un po' a difenderti da solo, se ce la fai.»

Mordecai fece per intervenire, ma Flood disse: «No». Fece un passo avanti. «Sta bene, ragazzo.»

Billy vibrò la mazza, Flood schivò il colpo chinandosi di lato e afferrò il polso destro dell'avversario, torcendolo. Billy urlò e lasciò cadere la mazza, e in quel momento l'americano fece un mezzo giro su se stesso e lo colpì violentemente con il gomito in mezzo alla faccia, mandandolo a finire in ginocchio sul pavimento.

Mordecai raccolse la mazza. «No, ha imparato la lezione», disse Flood. «Andiamocene via di qui.»

Si accese una sigaretta e mentre si avviavano verso il parcheggio Mordecai domandò: «Che cosa conti di fare con Harvey? Farlo fuori?»

«Ci penserò.»

Billy Watson si rialzò e rimase per un po' appoggiato alla ringhiera. Nevicava leggermente quando si voltò e zoppicò verso il furgone. Mentre si accingeva a salire, Myra Harvey uscì da un vicolo laterale stringendosi intorno alla gola il collo della pelliccia.

«Be', non è andata troppo bene, vero?»

«Signorina Harvey», borbottò Billy con voce rauca. «Credevo che fosse andata via.»

«Dopo che mio zio mi ha accompagnato a casa, ho preso un taxi e sono tornata. Volevo godermi la scena.»

«Che cosa vuol dire? Aveva previsto che sarebbe andata male?»

«Temo di sì, cocco bello. Mio zio certe volte sbaglia di grosso e si lascia sopraffare dalle emozioni. Tu davvero pensavi che cinque giovani pivelli come voi potessero prendere a calci Harry Flood?» Aprì la portiera e lo spinse dentro. «Passa dall'altra parte, guido io.»

Salì al volante, la pelliccia si aprì, e la minigonna salì vertiginosamente lungo le cosce.

Mentre accendeva il motore, Billy chiese: «Ma dove andiamo adesso?»

«Torniamo a casa mia. Quel che ti occorre è un bel bagno caldo, cocco bello.» Gli strinse forte la coscia con la mano sinistra, accese il motore e partì.

7

Il volo da Jersey arrivò al Terminal Uno di Heathrow poco dopo le undici del mattino successivo. Dillon dovette aspettare mezz'ora perché gli arrivasse la valigia, e restò pazientemente seduto a fumare e a leggere il giornale. Le notizie dal Golfo erano buone per le forze della coalizione; due o tre piloti abbattuti in Iraq, ma le incursioni aeree avevano avuto effetti terribili.

Quando arrivò la sua valigia si diresse alla dogana. C'era una gran folla di viaggiatori, perché diversi aerei erano arrivati pressappoco alla stessa ora. I doganieri pareva che non fermassero nessuno quella mattina e, in ogni caso, non gli avrebbero trovato niente addosso. La sua valigia conteneva un cambio d'abiti e articoli da toeletta, nient'altro, e anche nella ventiquattr'ore c'erano solo un paio di giornali. Aveva inoltre duemila dollari nel portafogli, in venti biglietti da cento. Tutto in perfetta regola. Aveva distrutto il passaporto francese nell'albergo di Jersey. Non poteva più tornare indietro, ormai. Per rientrare in Francia avrebbe seguito una via completamente diversa e fino a quel momento la patente di guida di Jersey, a nome di Peter Hilton, era l'unico documento d'identità che gli occorreva. Prese la scala mobile che conduceva al piano superiore e si mise in coda allo sportello di una banca, dove cambiò cinquecento dollari in sterline. Ripeté l'operazione in altre tre banche, poi scese al pianterreno a cercare un taxi, fischiettando piano fra sé.

Ordinò al tassista di farlo scendere alla stazione di Paddington, dove lasciò la valigia in un armadietto. Telefonò a Tania Novikova, al numero che Makeev gli aveva dato, ma rispose la segreteria telefonica. Non si preoccupò di lasciare un messaggio; uscì dalla stazione, chiamò un altro taxi e si fece portare a Covent Garden.

Con i suoi occhiali scuri, la cravatta a righe e l'impermeabile blu aveva un'aria assolutamente rispettabile.

«Un tempo orribile, signore», disse il tassista. «Credo che presto vedremo una nevicata fenomenale.»

«Non ne sarei sorpreso.» L'inglese di Dillon era impeccabile.

«Lei abita a Londra, signore?»

«No, resto in città per pochi giorni, per affari. Sono stato per molto tempo all'estero», rispose Dillon disinvolto. «A New York. Non vedo Londra da diversi anni.»

«Ci sono stati un sacco di cambiamenti, non è come prima.»

«Lo credo bene. Leggevo l'altro giorno che non si può più fare una passeggiata in Downing Street.»

«È vero, signore. La signora Thatcher ha fatto installare un nuovo sistema di sicurezza e dei cancelli all'imbocco della strada.»

«Davvero?» disse Dillon. «Mi piacerebbe vederli.»

«Possiamo passare di lì, se lei lo desidera. Scendo per Whitehall, poi tagliamo dentro per Covent Garden.»

«Benissimo.»

Dillon si adagiò all'indietro e si accese una sigaretta guardando fuori dal finestrino. Scesero da Trafalgar Square per Whitehall, passarono davanti alle guardie a cavallo, con i due cavalleggeri in servizio coperti di pesanti cappotti contro il freddo, le sciabole sguainate.

«Devono avere un freddo terribile, quei due cavalli», osservò il tassista, e poi aggiunse: «Eccoci arrivati, signore. Downing Street». Rallentò un poco. «Non posso fermarmi, altrimenti i piedipiatti arrivano subito a domandarmi che cosa voglio.»

Dillon fissò l'imbocco della strada. «Dunque quelli sono i famosi cancelli.»

«La follia della Thatcher, li chiamano certi sciocchi, ma se vuole sapere la mia opinione, ha avuto perfettamente ragione. Quei maledetti dell'IRA hanno fatto abbastanza guai a Londra in questi ultimi anni. Io gli sparerei a tutti, sa, a tutti quanti. Se la faccio scendere in Long Acre, per lei va bene?»

«Perfetto», rispose Dillon e si riadagiò contro lo schienale, pensando a quegli imponenti cancelli piazzati all'imbocco di Downing Street. Il tassista accostò al marciapiede e Dillon gli diede un biglietto da dieci sterline. «Tenga il resto», gli disse, e si avviò velocemente lungo Langley Street. L'intera zona di Covent Garden era affollata come al solito, con la gente tutta infagottata per il freddo, come se si fosse a Mosca e non a Londra. Dillon si incamminò fra la folla e infine trovò ciò che cercava, in un vicolo vicino al Neal's Yard, una bottega di articoli teatrali con la vetrina piena di vecchie maschere e oggetti per il trucco. Un campanello tintinnò quando aprì la porta, e dietro a una tenda in fondo al negozio comparve un anziano signore di una settantina d'anni, con i capelli bianchi e una faccia rotonda.

«In che cosa posso servirla?» chiese.

«Mi serve qualcosa per il trucco. Avete qualche scatola completa?»

«Ho qui delle cassette davvero eccellenti.» Ne prese una dallo scaffale e l'aprì sul banco. «Questa la usano al National Theatre. È anche lei del ramo?»

«Soltanto un dilettante, temo, filodrammatica parrocchiale.» Dillon controllò il contenuto della cassetta. «Benissimo.

Prendo un altro rossetto, rosso vivo, una tintura nera per capelli e anche una boccetta di solvente.»

«Si vede che lei è uno pratico. A proposito, io mi chiamo Clayton, le darò il mio biglietto da visita, nel caso le occorra qualcos'altro.» Andò nel retro a prendere gli articoli chiesti da Dillon, li mise nella cassetta e la chiuse. «Trenta sterline in tutto, e si ricordi, qualunque cosa le occorra...»

«Mi ricorderò», promise Dillon, e uscì fischiettando.

Nel villaggio di Vercors nevicava quando il piccolo corteo uscì dal castello. Nonostante il cattivo tempo, gli abitanti del villaggio erano schierati ai due lati della strada, senza cappello, quando Anne Marie Audin fu portata al luogo dell'eterno riposo. Solo tre auto seguivano il carro funebre, il vecchio Pierre Audin e il suo segretario nella prima, un gruppo di domestici nell'altra, infine Brosnan e Mary Tanner, con Max Hernu. Questi ultimi scesero, si avviarono verso le tombe e si fermarono ad aspettare che il vecchio Audin fosse portato fuori dalla macchina e sistemato nella sua sedia a rotelle. Fu spinto per primo in chiesa, gli altri lo seguirono.

Era una vecchia cappella, la tipica chiesa di paese, pareti intonacate di bianco, le stazioni della Via Crucis. Faceva molto freddo, Brosnan non si era mai sentito così gelato e se ne stava seduto sul suo banco tremando leggermente, senza quasi accorgersi di quello che veniva detto, alzandosi e inginocchiandosi meccanicamente quando lo facevano gli altri. Solo quando il servizio funebre fu terminato e i portatori sollevarono la bara e la trasportarono lungo la navata, si rese conto che Mary Tanner gli teneva una mano.

Si avviarono attraverso il cimitero sino alla tomba di famiglia. Aveva le dimensioni di una piccola cappella, costruita in granito grigio e marmo con un ripido tetto gotico. I battenti della porta di quercia erano aperti. Il sacerdote si fermò a dare l'ultima benedizione e la bara fu introdotta. Il segretario girò la sedia a rotelle e tornò indietro spingendola per il vialetto e il vecchio passò davanti a loro, tutto rannicchiato, con una coperta sulle ginocchia.

«Sono proprio addolorata per lui», mormorò Mary.

«Oh, non è il caso, ormai il vecchio non distingue più il giorno dalla notte.»

«Questo non è sempre vero.»

Si avvicinò alla macchina e pose una mano sulla spalla del vecchio, sempre raggomitolato nella sua sedia a rotelle. Poi tornò da loro.

«E così, amici miei, si torna a Parigi», disse Hernu.

«E poi Londra», aggiunse Brosnan.

Mary lo prese a braccetto mentre si avviavano verso la macchina. «Domani, Martin, domani mattina andrà benissimo, e non deve dirmi di no.»

«E sia», assentì Martin, «domani.» Salì a bordo, si sedette sul sedile posteriore e si adagiò allo schienale, improvvisamente esausto. Chiuse gli occhi e Mary sedette accanto a lui, mentre Hernu metteva in moto.

Erano appena passate le sei quando Tania Novikova sentì il campanello della porta. Scese al pianterreno e aprì. Sulla soglia c'era Dillon, con la valigia in una mano e la borsa da viaggio nell'altra. «Josef le manda i suoi saluti.»

Tania rimase sbalordita. Da quando Makeev le aveva parlato di Dillon, aveva consultato gli schedari del KGB a Londra, per scoprire tutto ciò che poteva su di lui. Con un curriculum così straordinario, si aspettava una specie di cupo eroe da leggenda. Si trovava invece davanti un uomo dall'aspetto molto comune, di media statura, con impermeabile, occhiali e cravatta a righe.

«Lei è Sean Dillon?»

«Precisamente.»

«Farà meglio a entrare.»

Le donne non avevano mai avuto molta importanza per Dillon. Servivano per soddisfare bisogni occasionali, ma non si era mai sentito emozionalmente coinvolto con nessuna. Mentre seguiva Tania Novikova su per le scale, pensò che aveva una bella figura e che i calzoni neri le stavano bene, e così i capelli raccolti sulla nuca con un nastro di velluto. Ma quando lei si girò verso di lui in piena luce, nel soggiorno, si accorse che dopotutto era piuttosto insignificante.

«Ha fatto buon viaggio?» gli chiese Tania.

«Abbastanza. Sono stato trattenuto a Jersey, la notte scorsa, a causa della nebbia.»

«Gradisce un drink?»

«Preferirei un tè.»

Tania aprì un cassetto, ne trasse una Walther, due caricatori di ricambio e un silenziatore Carswell. «La sua arma preferita, a quanto mi ha detto Josef.»

«Esattamente.»

«Ho pensato che anche questo potrebbe esserle utile.» Gli porse un piccolo fagotto. «Pare che possa fermare un proiettile da 45 mm sparato a bruciapelo. Nylon e titanio.»

Dillon aprì il pacchetto. Non era ingombrante come i soliti giubbotti antiproiettile, solo una specie di gilet chiuso con strisce di velcro.

«Eccellente», approvò e lo ripose nella borsa da viaggio insieme alla Walther e al silenziatore. Si tolse l'impermeabile, accese una sigaretta e si appoggiò alla porta della cucina, osservandola mentre preparava il tè. «Il suo appartamento è vicino all'ambasciata sovietica, vero?»

«Oh, sì, ci si può andare a piedi.» Portò il tè su un vassoio. «Le ho prenotato una stanza in un piccolo albergo qui all'angolo, sulla Bayswater Road. È di quelli dove pernottano i rappresentanti di commercio.»

«Benone.» Dillon sorseggiò il suo tè. «Veniamo agli affari. Che mi dice di Fahy?»

«Non ho avuto fortuna, finora. Qualche anno fa si è trasferito da Kilburn in una casa a Finchley. Vi è rimasto solo un anno e ha traslocato di nuovo, e qui ci siamo arenati. Ma lo troverò, ho messo una persona sulle sue tracce.»

«Deve trovarlo, è essenziale. La sezione londinese del KGB ha ancora un ufficio documenti?»

«Naturalmente.»

«Bene.» Dillon tirò fuori la sua patente di guida di Jersey. «Mi occorre un brevetto di pilota civile con lo stesso nome e indirizzo. Avrà bisogno di una foto.» Infilò un dito nella bustina di plastica della patente e prese un paio di foto identiche. «È sempre utile tenerne qualcuna di scorta.»

Tania ne prese una. «Peter Hilton, Jersey. Posso chiedere perché le occorre?»

«Perché quando verrà il momento giusto, il momento di tagliare la corda, voglio andarmene in aereo, e non noleggiano un aereo a chi non ha un brevetto rilasciato dal comando dell'Aviazione civile.» Si servì un'altra tazza di tè. «Dica al suo esperto che aggiunga le specifiche per volo strumentale e bimotore.»

«Prendo un appunto.» Tania aprì la borsetta, prese una busta, v'infilò dentro la foto e scrisse una nota sulla busta stessa. «C'è altro?»

«Sì, vorrei tutti i particolari dell'attuale Sistema di sicurezza al Numero Dieci di Downing Street.»

Tania trattenne un attimo il fiato. «Devo dedurre che è quello il suo obiettivo?»

«Non come edificio, ma l'uomo che c'è dentro. Sarà difficile procurarsi l'orario degli spostamenti quotidiani del Primo ministro?»

«Dipende da quello che lei vuole. Ci sono sempre alcuni appuntamenti fissi nella sua giornata; quello delle interpellanze alla Camera dei Comuni, per esempio. In questi giorni, naturalmente, le cose sono cambiate, a causa della guerra del Golfo. Il Consiglio di guerra si riunisce ogni mattina alle dieci.»

«A Downing Street?»

«Sicuro, nella sala del Consiglio dei ministri. Ma il Primo ministro ha altri appuntamenti durante la giornata. Solo ieri ha partecipato a una trasmissione sulla rete delle Forze armate britanniche, per le truppe che si trovano nell'area del Golfo.»

«Era una trasmissione della BBC?»

«No, hanno una loro emittente a Bridge House. È nei pressi della stazione di Paddington, non lontano da qui.»

«Interessante. Chissà come era composta la sua scorta?»

«Non doveva essere molto numerosa, mi creda. Un paio di agenti, non di più. Questi inglesi sono pazzi.»

«Una bella comodità per noi. Quel suo informatore, quello che le ha procurato le informazioni su Ferguson... Mi parli un po' di lui.» Tania lo fece, e quando ebbe finito Dillon osservò: «Allora lei se lo tira dietro come un cagnolino, quel tizio, no?»

«Presumo che si possa dire così.»

«Bene, continui a tenerlo in caldo.» Si alzò e s'infilò l'impermeabile. «È meglio che vada a registrarmi all'albergo.»

«Ha mangiato?» chiese Tania.

«No.»

«Avrei un'idea. Poco lontano dall'albergo c'è un eccellente ristorante italiano, *Da Luigi*. Uno di quei piccoli locali a conduzione familiare. Mentre lei si sistema all'albergo, io vado all'ambasciata, controllo quello che abbiamo sulle misure di sicurezza a Downing Street e vedo se è venuto fuori qualche cosa su Fahy.»

«E il mio brevetto di pilota?»

«Provvedo anche a quello.»

«In ventiquattro ore.»

«D'accordo.»

Tania si infilò un cappotto e una sciarpa, scese con lui in strada e si avviarono insieme. I marciapiedi erano ghiacciati e Tania portò la borsa da viaggio per lui e lo tenne a braccetto finché arrivarono all'albergo.

«Ci vediamo fra un'ora», disse e proseguì verso l'ambasciata sovietica.

In epoca vittoriana doveva essere stato un albergo di lusso con ristorante. Gli attuali proprietari, per mantenere intatto il suo decoro, avevano fatto del loro meglio, e non era molto. La sala da pranzo, a sinistra del foyer, era tutt'altro che invitante, e in quel momento vi pranzavano solo cinque o sei clienti. L'impiegato alla reception era un vecchio con una faccia simile a un teschio, che portava una scolorita uniforme marrone. Muovendosi con infinita lentezza registrò Dillon e gli diede la chiave. Niente facchini: ovviamente ci si aspettava che i clienti si portassero da sé le valigie.

La stanza era esattamente quella che si era aspettato. Due letti gemelli, copriletti scadenti, uno stanzino con la doccia, un televisore con la fessura per le monete; c'era anche una teiera con un cestino accanto, contenente bustine di caffè, di tè e di latte in polvere. Comunque, non doveva starci a lungo. Dillon aprì la valigia e cominciò a disfarla.

Fra le varie attività di Jack Harvey c'era anche un'impresa di pompe funebri a Whitechapel. Era un'azienda piuttosto importante e rendeva bene, perché, come soleva dire scherzando, i morti non mancano mai. Aveva sede in un imponente edificio vittoriano che lo stesso Harvey aveva ristrutturato. Myra abitava all'ultimo piano, allestito ad attico, e si occupava della gestione dell'impresa. Harvey aveva il suo ufficio al primo piano.

Harvey fece aspettare l'autista, salì i gradini e suonò il campanello. Rispose il portiere notturno.

«Mia nipote è in casa?»

«Credo di sì, signor Harvey.»

Harvey attraversò la sala principale, con le bare in esposizione, e imboccò il corridoio fiancheggiato dalle due piccole camere ardenti, dove i parenti potevano vegliare i defunti. Salì due rampe di scale e suonò il campanello della porta di Myra.

La ragazza era già quasi pronta, avvertita da una discreta telefonata del portiere: lo fece attendere qualche minuto e poi aprì la porta. «Zio Jack.»

Portava un corto abitino ornato di paillettes dorate, calze e scarpe nere. Harvey entrò e la scrutò. «Stai uscendo?»

«Vado in discoteca.»

«Be', scordatelo, adesso. Hai visto i contabili? C'è qualche modo per colpire Flood legalmente? Qualche problema di affitti, ipoteche, cose del genere?»

«Assolutamente niente, zio. Abbiamo passato ogni cosa al setaccio. Non c'è assolutamente nulla.»

«Bene, allora bisognerà ricorrere alle maniere forti.»

«Non mi pare che abbiano funzionato granché bene la notte scorsa, no?»

«Perché ho impiegato dei buoni a nulla, ecco perché. Un mucchio di giovani imbecilli che non valgono un fico secco.»

«E che cosa intendi fare?»

«Qualcosa mi verrà in mente.» Mentre faceva per uscire sentì un movimento nella camera da letto. «Ehi, chi c'è di là?» Spalancò la porta e vide Billy Watson in piedi con aria confusa. «Gesù!» esclamò Harvey rivolto a Myra. «Non sai proprio pensare ad altro!»

«Almeno noi lo facciamo nel modo giusto», lo rimbeccò la ragazza.

«Vai a farti fottere, sfacciata!»

«Certo, ci penserà lui.»

Harvey scese furioso giù per le scale. Billy la guardò. «Tu non perdi mai le staffe, vero?»

«Billy, tesoro mio, questa è la casa dei morti», gli rispose Myra prendendo la pelliccia e la borsetta. «Sono giù al pianterreno che giacciono nelle loro bare, e noi siamo vivi. È semplice, no? Allora cerchiamo di trarne il massimo frutto. Su, adesso andiamo.»

Dillon era seduto dietro un piccolo séparé, in un angolo del ristorante *Da Luigi*, e beveva l'unico champagne disponibile, un Bollinger non di annata abbastanza decoroso, quando comparve Tania. Il vecchio Luigi le andò incontro personalmente, come si fa con un cliente privilegiato, e lei sedette al tavolo di Dillon.

«Champagne?» le chiese quest'ultimo.

«Perché no.» Tania si voltò verso Luigi. «Ordineremo fra un po'.»

«Una cosa di cui non abbiamo parlato è il denaro che ho chiesto per le spese. Trentamila dollari. Aroun doveva provvedere», cominciò Dillon.

«Infatti ha provveduto. L'uomo in questione si metterà in contatto con me domani, è il commercialista di Aroun a Londra.»

«Sta bene. Ha qualche altra cosa per me?»

«Niente ancora a proposito di Fahy. Ho messo in moto gli ingranaggi per quel che riguarda il brevetto da pilota.»

«E il Numero Dieci?»

«Ho dato un'occhiata alla pratica. Il pubblico aveva sempre diritto di passare per Downing Street. Ma quando l'IRA è arrivata così vicino a far saltare in aria l'intero governo a Brighton, l'anno scorso, al congresso del Partito conservatore, i piani dei Servizi di sicurezza sono cambiati. La serie di attentati a Londra e le aggressioni contro singole personalità hanno accelerato le cose.»

«E allora?»

«Il pubblico una volta poteva mettersi di fronte al Numero Dieci, sull'altro lato della strada, per vedere entrare e uscire i grossi papaveri del governo, ora non più. Nel dicembre del 1989, la signora Thatcher ha ordinato nuove misure di sicurezza. Il posto ora è una vera fortezza. Un'inferriata d'acciaio alta tre metri. I cancelli, fra l'altro, sono in stile neovittoriano, un tocco raffinato da parte della Lady di Ferro.»

«Sì, li ho visti oggi.»

Luigi si avvicinò esitante e i due interruppero il discorso e ordinarono minestrone, spezzatino di vitello, patate fritte e insalata verde.

«Qualcuno ha anche accusato la signora Thatcher di essere vittima di manie di persecuzione», continuò Tania. «Sciocchezze, naturalmente, la Lady di Ferro è sempre stata lucidissima. Comunque, dall'altra parte dei cancelli c'è uno schermo d'acciaio che si alza di colpo se un veicolo non autorizzato cerca di passare.»

«E l'edificio stesso?»

«Le finestrc hanno dei vetri speciali antiproiettile. Oh, e le tendine di merletto sono un vero miracolo della scienza. Tendine a prova di bomba.»

«Siete bene informati!»

«Sembra incredibile, ma tutto quello che le ho riferito è stato riportato in qualche quotidiano o in qualche rivista inglese. La stampa britannica pone la propria libertà di informazione al di sopra di qualsiasi altra considerazione e rifiuta di adattarsi a limitazioni di sicurezza. Negli archivi di tutti i maggiori giornali inglesi lei potrà trovare ogni particolare sull'interno del Numero Dieci o sulla casa di campagna del Primo ministro a Chequers, o persino su Buckingham Palace.»

«Non sarebbe possibile infiltrarsi nel personale di servizio?»

«Questo è sempre stato un ottimo espediente. Perlopiù il servizio di buffet per i ricevimenti è svolto da ditte esterne, e anche una parte dei servizi di pulizia; ma adesso sono severissimi, con i controlli di sicurezza sul personale. Capita sempre qualche svista, naturalmente. Una volta un idraulico, che lavorava in casa del Cancelliere dello Scacchiere al Numero Undici, ha aperto una porta, e lo hanno trovato che gironzolava per il Numero Dieci cercando l'uscita.»

«Sembra una commedia francese.»

«Solo di recente si è scoperto che alcuni dipendenti di un'impresa di pulizie esterna, con tanto di autorizzazione dei Servizi di sicurezza, operavano sotto falsa identità. Alcuni erano anche autorizzati a lavorare per il ministero degli Interni e altri ministeri.»

«Sì, ma tutto quello che mi sta dicendo è solo che può sempre capitare un errore.»

«Questo è vero.» Tania esitò. «Lei ha in mente qualcosa di particolare?»

«Tipo un cecchino che spara a casaccio da un tetto a duecento metri di distanza, quando quello esce dalla porta? Direi proprio di no. In realtà non ho un'idea precisa al momento, ma mi verrà in mente qualcosa. Non resto mai all'asciutto.» Il cameriere portò il loro minestrone e Dillon osservò: «Questa roba ha un profumo invitante. Diamoci dentro e lasciamo stare il resto».

Dopo cena, Dillon la accompagnò a casa. Nevicava ancora e faceva un freddo cane. «Questo tempo deve ricordarle la patria.»

«La patria?» Lei lo fissò con uno sguardo assente, poi rise. «Mosca, vuol dire?» Si strinse nelle spalle. «È passato tanto tempo. Non vuole salire da me?»

«No, grazie, è tardi e ho bisogno di dormire. Resterò in albergo domattina, diciamo fino a mezzogiorno. Da quello che ho visto, non credo che potrei tollerare di mangiare in quel buco. Sarò di ritorno dopo le due, così lei sa quando trovarmi.»

«Bene.»

«Allora le auguro buonanotte.»

Tania chiuse la porta, Dillon si voltò e si allontanò. Solo dopo che ebbe girato l'angolo su Bayswater Road un'ombra uscì cautamente dal buio di un portone e Gordon Brown alzò gli occhi verso la finestra di Tania, dove si era accesa al luce. Restò per un po' a fissarla, poi si voltò e scomparve nella notte.

A Parigi, la mattina dopo, la temperatura salì di tre o quattro gradi e la neve cominciò a sciogliersi. Mary e Hernu, con la Citroën nera del colonnello, andarono a prendere Brosnan poco prima di mezzogiorno. Brosnan li aspettava sull'entrata del caseggiato di Quai de Montebello, portava l'impermeabile, un berretto di tweed e una valigia. L'autista mise la valigia nel baule e Brosnan salì nella macchina con gli altri due.

«Notizie?» chiese.

«Nessuna», rispose il colonnello.

«Come vi ho detto, probabilmente è già arrivato a Londra. Notizie da Ferguson?»

Mary diede un'occhiata all'orologio. «Probabilmente ora sta parlando con il Primo ministro per avvertirlo della gravità della situazione.»

«È tutto quello che può fare», commentò Brosnan. «E passare parola agli altri settori del Servizio di sicurezza.»

«Lei come pensa di procedere, amico mio?» chiese Hernu.

«Sappiamo che nel 1981 ha lavorato per l'IRA a Londra. Come ho detto a Mary, deve aver utilizzato i suoi contatti nella malavita per procurarsi ciò che gli occorreva. Fa sempre così, e sarà la stessa cosa anche questa volta. Ecco perché devo vedere il mio vecchio amico Harry Flood.»

«Ah, sì, il temibile signor Flood. Il capitano Tanner me ne ha parlato. Ma se neanche lui può aiutarci?»

«C'è anche un'altra strada. Ho un amico in Irlanda, Liam Devlin, che abita poco lontano da Dublino, a Kilrea. Non c'è nulla che Liam non sappia della storia dell'IRA in questi ultimi anni, e degli uomini che vi sono stati coinvolti.» Si accese una sigaretta e si appoggiò alla spalliera del sedile. «Prenderò quel bastardo. In un modo o nell'altro, lo prenderò.»

L'autista li portò in fondo all'aeroporto Charles de Gaulle, dov'erano parcheggiati gli aerei privati, e il Lear aspettava già sulla pista. Non ci furono formalità, tutto era già stato sistemato. L'autista portò le loro valigie là dove aspettava il secondo pilota.

«Capitano Tanner, buon viaggio», augurò Hernu e baciò Mary sulle guance. «E anche lei, amico mio.» Strinse la mano a Brosnan. «Si ricordi sempre che quando si parte per un viaggio al cui termine c'è una vendetta, è necessario prima scavare due fosse.»

«Pensieri filosofici? E alla sua età, per giunta?» ribatté Brosnan. «Suvvia, colonnello, stia bene e arrivederci.»

Si allacciarono le cinture di sicurezza, il secondo pilota ritirò la scaletta, chiuse il portello e andò a raggiungere il suo compagno nella cabina.

«Hernu ha ragione, sa», mormorò Mary.

«Lo so, ma non posso farci nulla.»

«La capisco, mi creda, la capisco», disse Mary mentre l'aereo rullava sulla pista di decollo.

Quando Ferguson fu introdotto nello studio del Numero Dieci, il Primo ministro era in piedi accanto alla finestra e stava bevendo una tazza di tè. Si voltò e sorrise. «La tazza che rinfresca le idee, generale.»

«Dicono che sia stato il tè a farci vincere la guerra, primo ministro.»

«Bene, purché mi aiuti anche a vincere la montagna di impegni che ho oggi. Abbiamo una riunione del Consiglio di guerra ogni mattina alle dieci, e tutti gli altri impegni urgenti che riguardano il Golfo.»

«Senza contare il compito quotidiano di governare il Paese!» aggiunse Ferguson.

«Sicuro. Bene, faremo del nostro meglio. Nessuno ha mai detto che la politica è una cosa facile, generale.» Il Primo ministro depose la sua tazza. «Ho letto il suo ultimo rapporto. Lei ritiene probabile che quel tizio, Dillon, si trovi qui a Londra?»

«Da quello che lui stesso ha detto a Brosnan, dobbiamo ritenere che sia così.»

«Ha già provveduto ad avvisare tutte le sezioni dei Servizi di sicurezza?»

«Naturalmente, ma non sappiamo che faccia abbia quell'uomo. Ah, sì, una descrizione ci sarebbe: di media statura, capelli biondi e così via, ma, come dice Brosnan, ormai avrà assunto un aspetto del tutto diverso.»

«Qualcuno ha suggerito che forse sarebbe utile passare la notizia alla stampa.»

«Potrebbe essere un'idea», ribatté Ferguson, «ma dubito molto che otterrebbe dei risultati. Che cosa potrebbero dire i giornali? Che ai fini di un'inchiesta in corso la polizia vorrebbe prendere contatto con un uomo di nome Sean Dillon, che adesso però non si chiama più così? Per quanto riguarda la descrizione, non sappiamo che faccia abbia e se anche lo sapessimo, lui stesso ora ne avrebbe una diversa.»

«Buon Dio, come lo ha detto bene, generale!» Il Primo ministro scoppiò a ridere.

«Naturalmente si potrebbero fare titoli più sensazionali. 'Sciacallo dell'IRA insidia il primo ministro'.»

«No, non voglio niente di tutte queste sciocchezze», affermò deciso il Primo ministro. «A proposito, per quanto riguarda l'ipotesi che dietro a questo affare possa esserci Saddam Hussein, devo dirle che gli altri suoi colleghi dei Servizi di informazione non sono d'accordo, sono fermamente convinti che sia una mossa dell'IRA e devo dirle che è questa la pista che seguono.»

«Bene, se gli uomini della Sezione speciale pensano di scovarlo in un pub irlandese a Kilburn, buona fortuna!»

Ci fu un colpetto alla porta e un assistente entrò. «Dobbiamo trovarci al *Savoy* fra quindici minuti, eccellenza.»

John Major rivolse a Ferguson uno dei suoi affascinanti sorrisi. «Un'altra di quelle interminabili colazioni di lavoro, generale. Cocktail di gamberetti per cominciare...»

«E insalata di pollo a seguire.»

«Lo trovi, generale», ripeté il Primo ministro. «Me lo scovi.» E l'assistente scortò Ferguson alla porta.

Tania, che aveva buone notizie per Dillon, sapeva che era inutile telefonargli all'albergo prima delle due, così tornò al suo appartamento e, mentre stava cercando la chiave nella borsetta, Gordon Brown attraversò la strada.

«Speravo tanto di poterti vedere», le disse.

«Per amor di Dio, Gordon, devi essere pazzo.»

«E che cosa devo fare quando salta fuori qualcosa di importante che tu devi sapere? Non posso aspettare che mi chiami tu, potrebbe essere troppo tardi, così è meglio che tu mi faccia salire da te.»

«Non puoi, devo tornare all'ambasciata fra mezz'ora. Posso prendere un drink con te, questo è tutto.»

Si voltò e si avviò verso il pub all'angolo della strada prima che Gordon potesse protestare. Si appartarono nella saletta interna, che era vuota. Vi arrivava, però, il frastuono dalla sala principale del bar. Brown prese una birra e Tania una vodka al *lime*.

«Che cos'hai per me?» chiese Tania.

«Sei tu che dovresti avere qualcosa da dare a me!»

Tania si alzò di scatto e lui le pose una mano sul braccio. «Scusami, non te ne andare.»

«Allora cerca di comportarti bene.» Sedette di nuovo. «Avanti, parla.»

«Ferguson ha avuto un incontro con il Primo ministro poco prima delle dodici. È tornato nel suo ufficio alle dodici e mezzo, prima che io finissi il mio primo turno di servizio, e ha dettato un rapporto ad Alice Johnson, una delle dattilografe che lavorano con me. Il rapporto era per l'archivio.»

«Ne hai una copia?»

«No, ma ho fatto come l'altra volta, mi sono offerto di portarlo all'ufficio di Ferguson e l'ho letto strada facendo. Il capitano Mary Tanner è rimasta a Parigi con Brosnan, per il funerale di una donna francese.»

«Anne Marie Audin?» suggerì Tania.

«Arrivano oggi in aereo. Brosnan ha assicurato la massima collaborazione e le altre sezioni dei Servizi segreti sono state informate su Dillon. Niente comunicazioni alla stampa, per espresso desiderio del Primo ministro. Ho avuto l'impressione che abbia dato istruzioni a Ferguson di andare avanti.»

«Bene», commentò Tania. «Benissimo. Continua a seguire il caso, Gordon. Ora devo andare.»

Mentre si alzava Gordon le prese il polso. «Ieri notte, saranno state più o meno le undici, ti ho vista tornare a casa con un uomo.»

«Stavi sorvegliando il mio appartamento?»

«Ci passo spesso, tornando a casa.»

Tania era veramente in collera, ma si frenò. «Allora, se eri là, saprai anche che il signore in questione, un collega dell'ambasciata, non è salito da me, ma mi ha semplicemente accompagnato a casa. Ora lasciami andare, Gordon.»

Liberò la mano e uscì dal pub e Brown, profondamente depresso, andò al bar e ordinò un'altra birra.

Quando Tania bussò alla porta della camera di Dillon, poco dopo le due, lui le aprì subito.

«Ha l'aria soddisfatta», le disse.

«Ne ho ben ragione.»

Dillon si accese una sigaretta. «Avanti, sentiamo.»

«Anzitutto, ho parlato con la mia talpa al Gruppo Quattro: Ferguson si è appena recato a parlare con il Primo ministro. Pensano che lei sia qui a Londra e tutte le sezioni dei Servizi segreti sono state avvertite. Brosnan e Mary Tanner sono in arrivo da Parigi. Brosnan ha offerto piena collaborazione.»

«E Ferguson?»

«Il Primo ministro non vuole pubblicità sulla stampa. Gli ha detto solo di fare di tutto per mettere le mani su di lei, Dillon.»

«È bello essere così desiderato.»

«Seconda cosa.» Aprì la borsetta e ne trasse un libretto, simile a un passaporto. «Brevetto di pilota rilasciato dalla direzione dell'Aviazione civile a un tale Peter Hilton.»

«È un miracolo», esclamò Dillon prendendo il libretto.

«Sì, l'uomo che fa queste cose per noi ha proprio bruciato le tappe. Gli ho esposto tutte le qualifiche da lei richieste e ha detto che le avrebbe confezionato un brevetto completo. Pare che lei sia anche istruttore di volo.»

Dillon controllò la foto e sfogliò le pagine. «Eccellente. Non potrebbe essere meglio.»

«E non è tutto. Lei voleva sapere l'indirizzo di un tale Daniel Maurice Fahy?»

«L'avete trovato?»

«Sicuro, ma non abita a Londra. Le ho portato una carta stradale.» La spiegò sul tavolo. «Ha una fattoria qui, in una località chiamata Cadge End, nel Sussex, a una quarantina di chilometri da Londra. Si prende la strada che passa per Dorking verso Horsham, poi si prosegue in aperta campagna.»

«Come lo ha saputo?»

«L'agente operativo a cui avevo affidato l'incarico è riuscito a rintracciarlo ieri pomeriggio, verso sera. È andato a ispezionare di persona il posto, poi è entrato nel pub del villaggio per fare qualche domanda, e così si è fatto tardi: non è riuscito a tornare a Londra se non dopo mezzanotte. Ho avuto il suo rapporto stamattina.»

«E che cosa dice?»

«La fattoria è molto fuori mano, sulle rive di un fiume chiamato Arun, un terreno acquitrinoso. Il villaggio si chiama Doxley, la fattoria si trova circa un chilometro e mezzo a sud del villaggio. C'è un cartello stradale.»

«Molto efficiente, il suo uomo.»

«Sì, è giovane e cerca di mettersi in luce. Da quello che ha sentito al pub, Fahy ha un piccolo gregge di pecore e a tempo perso si diletta di meccanica, perlopiù macchine agricole.»

Dillon annuì. «Capisco.»

«C'è una cosa che potrebbe essere una sorpresa per lei. Ha con sé una ragazza, sua nipote, pare. Il mio uomo l'ha vista.»

«E che cosa ha detto?»

«Che è entrata nel pub a prendere qualche bottiglia di birra. Sui vent'anni. Angel, la chiamavano, Angel Fahy. Dice che aveva l'aspetto di una contadina.»

«Splendido.» Dillon si alzò e prese la giacca. «Devo andarci subito. Lei ha una macchina?»

«Sì, ma è solo una Mini. È più facile da parcheggiare, a Londra.»

«Nessun problema. Ha detto che sono circa quaranta chilometri. Posso prenderla in prestito, allora?»

«Certamente. È nel garage in fondo alla mia strada, le faccio vedere.»

Dillon si infilò l'impermeabile, prese la Walther dalla valigetta, vi inserì un caricatore, la mise nella tasca sinistra e pose il silenziatore nella destra. «Se ce ne fosse bisogno...» spiegò, poi uscirono.

La macchina di Tania era proprio una Mini Cooper, efficiente, nera con rifiniture dorate. «Eccellente», disse Dillon. «Parto subito.»

Mentre si metteva al volante lei gli chiese: «Perché è così importante questo Fahy?»

«È un meccanico straordinario, capace di mettere le mani in qualunque meccanismo, un genio nel fabbricare bombe, ed è rimasto in copertura profonda per molti anni. Mi ha aiutato l'ultima volta che ho lavorato qui, nel 1981, e mi ha dato un appoggio prezioso. Aggiunga poi che è cugino di mio padre e che l'ho conosciuto quando ero bambino. A proposito, lei non mi ha detto niente del denaro che aspetto da Aroun.»

«Me lo portano questa sera alle sei. Una messinscena molto teatrale: una Mercedes si ferma all'angolo di Brancaster Street con Town Drive, non lontano da qui. Io devo dire: 'Fa molto freddo, anche per questa stagione', e l'autista mi consegna la valigetta.»

«Dio ci aiuti, deve aver visto troppi gialli in televisione», rise Dillon. «Bene, mi terrò in contatto.» E mise in moto.

* * *

Dopo l'incontro con il Primo ministro a Downing Street, Ferguson si era fermato un po' nel suo ufficio, al ministero della Difesa, per aggiornare la pratica dell'affare Dillon, e riordinare la scrivania. Come sempre, però, preferiva lavorare a casa sua, così tornò in Cavendish Square, si fece preparare da Kim una colazione a base di uova strapazzate e bacon e stava dando una scorsa al *Times* quando suonò il campanello. Un istante dopo Kim introduceva Mary Tanner e Brosnan.

«Mio caro Martin.» Ferguson si alzò e gli strinse la mano. «Eccoci ancora insieme.»

«Così pare.»

«È andato tutto bene al funerale?»

«Come vanno di solito i funerali», rispose piuttosto seccamente Brosnan e si accese una sigaretta. «E allora, a che punto siamo? Che cosa succede?»

«Ho visto di nuovo il Primo ministro. Non ci dev'essere pubblicità sulla stampa.»

«Quanto a questo, sono assolutamente d'accordo con lui», ammise Brosnan. «Sarebbe del tutto inutile.»

«Tutti i più importanti settori dei Servizi segreti, più la Sezione speciale, sono stati avvertiti. Faranno quello che potranno.»

«Che non è molto», replicò Brosnan.

«Un'altra cosa», intervenne Mary. «Sappiamo che quell'individuo minaccia il Primo ministro, ma non abbiamo nessuna idea del come o del quando. Potrebbe sferrare il colpo questa sera stessa, per quanto ne sappiamo.»

Brosnan scosse la testa. «No, penso proprio che ci vorrà parecchio tempo. Queste sono cose lunghe, credo di saperlo bene.»

«E allora, da dove conti di cominciare?» chiese Ferguson.

«Dal mio vecchio amico Harry Flood. Quando Dillon era qui, nel 1981, probabilmente si valeva di contatti con la malavita per procurarsi il necessario. Harry probabilmente è in grado di scovare qualche notizia.»

«E se non ci riesce?»

«Allora prenderò di nuovo in prestito il vostro jet Lear, andrò a Dublino e parlerò con Liam Devlin.»

«Ah, certo. È la cosa migliore.»

«Quando Sean Dillon venne a Londra, lavorava certamente agli ordini di qualcuno. Se Devlin riuscisse a scoprire chi era il mandante, questa potrebbe essere una traccia molto utile.»

«Mi pare una cosa logica. Allora, parlerai con Flood questa sera?»

«Penso di sì.»

«E dove conti di alloggiare?»

«Da me», intervenne Mary.

«A Lowndes Square?» Ferguson alzò le sopracciglia sorpreso. «Davvero?»

«Andiamo, generale, non faccia il vecchio parruccone con me. Ho quattro stanze da letto, lo sa, ciascuna con il suo bagno, e il professor Brosnan potrà occuparne una con il suo bravo catenaccio all'interno della porta.»

Brosnan scoppiò a ridere. «Forza, andiamocene di qui. Ci vediamo più tardi, generale.»

Presero la macchina di Ferguson; Mary chiuse il divisorio fra loro e l'autista e domandò: «Non sarebbe meglio che tu telefonassi al tuo amico e gli dicessi che vuoi vederlo?»

«Forse sì, ma devo controllare il numero.»

Mary prese un taccuino dalla borsetta. «Ce l'ho qui, è un numero fuori elenco. Ecco qui, Cable Wharf. È a Wapping.»

«Perfetta efficienza!»

«E qui c'è un telefono.»

Gli porse il telefono dell'auto e Brosnan compose il numero.

Fu Mordecai Fletcher che rispose. «Harry Flood, prego», chiese Brosnan.

«Chi lo desidera?»

«Martin Brosnan.»

«Il professore? Sono Mordecai. Non abbiamo più saputo

niente di lei, da... quanto? Tre o quattro anni? Cristo, sarà felice di sentirla!»

Un attimo dopo una voce disse: «Martin?»

«Harry?»

«Vecchia canaglia! Non posso crederci! Un fantasma dei tempi passati!»

8

Per Dillon, nella Mini Cooper, il viaggio da Londra fu abbastanza agevole. Anche se c'era una leggera coltre di neve sui campi e sulle siepi, le strade erano perfettamente sgombre e il traffico non troppo intenso. In una mezz'ora arrivò a Dorking, attraversò l'abitato, puntò verso Horsham e si fermò quindi a una stazione di servizio, sette od otto chilometri fuori del paese.

Mentre il benzinaio gli riempiva il serbatoio, Dillon tirò fuori la sua carta stradale. «Un posto chiamato Doxley, lo conosce?»

«A sette-ottocento metri lungo la strada, sulla destra, c'è un cartello per Grimethorpe. È un campo di aviazione, ma prima di arrivarci vedrà un altro cartello per Doxley.»

«Allora non è lontano da qui?»

«Quattro o cinque chilometri al massimo, ma sembra proprio fuori dal mondo.» Prese le banconote che Dillon gli porgeva. «Non c'è proprio niente là, signore.»

«Comunque, andrò a darci un'occhiata. Un amico mi ha detto che ci sarebbe da affittare un villino per i weekend.»

«Se c'è, non ne ho mai sentito parlare.»

Dillon giunse in pochi minuti al cartello per Grimethorpe,

seguì la strada di campagna che il benzinaio gli aveva indicato e il cartello per Doxley. Qui la strada si faceva ancora più stretta, incassata fra alte scarpate che impedivano la vista, finché arrivò sul ciglio di una bassa collina, da cui si vedeva un desolato paesaggio, qua e là spruzzato di neve.

C'era un boschetto, alcuni poderi cinti da siepi e poi una piatta zona acquitrinosa che scendeva verso un fiume, probabilmente l'Arun. Poco oltre, forse un paio di chilometri, si scorgeva una quindicina di case, con il tetto di tegole rosse e una piccola chiesa, evidentemente il villaggio di Doxley. Scese dalla collina verso la vallata sottostante e, giunto in fondo alla discesa, vide un cancello aperto con un'insegna di legno cadente, su cui si leggeva CADGE END FARM.

Un sentiero che attraversava il boschetto lo portò quasi subito alla fattoria: una mezza dozzina di galline che starnazzavano qua e là e una casetta con due grandi fienili adiacenti che delimitavano un cortile. Tutto appariva incredibilmente trascurato, come se nessuno ci avesse messo mano da molti anni, ma Dillon sapeva che spesso i contadini preferivano vivere così. Scese dalla Mini e si diresse alla porta principale: bussò e cercò di aprirla ma era chiusa a chiave. Andò verso il primo fienile le cui vecchie porte di legno erano spalancate. Dentro c'era un furgone Morris e un'automobile Ford senza ruote, appoggiata su mattoni; dappertutto erano sparsi attrezzi agricoli.

Dillon tirò fuori una sigaretta e, mentre se l'accendeva riparando la fiamma con le mani, una voce alle sue spalle domandò: «Chi è lei? Che cosa vuole?»

Si voltò e si trovò davanti una ragazza, in piedi sulla soglia. Portava un paio di pantaloni sformati, infilati in stivali di gomma, un pesante maglione sotto una vecchia giacca a vento e un berretto di lana lavorato ai ferri, di quelli che si possono trovare nei villaggi di pescatori sulla costa occidentale dell'Irlanda. Imbracciava con aria minacciosa un fucile a due canne e, quando Dillon fece un passo avanti, lei tolse la sicura.

«Resti là!» L'accento irlandese era molto pronunciato.
«Tu devi essere Angel Fahy.»
«Questi non sono affari suoi.»
L'uomo di Tania aveva visto giusto, la ragazza aveva davvero l'aspetto di una contadina: zigomi larghi, naso all'insù, un'aria di selvatica fierezza.
«Ma spareresti davvero con quell'arnese?»
«Certo, se fosse necessario.»
«È un peccato, dato che io voglio vedere solo il cugino di mio padre, Danny Fahy.»
La ragazza si accigliò. «E chi diavolo sarebbe lei, signor mio?»
«Mi chiamo Dillon. Sean Dillon.»
Lei scoppiò in un'aspra risata. «Questa è una dannata bugia, lei non è neanche irlandese, e Sean Dillon è morto, lo sanno tutti.»
Dillon passò subito al suo più spiccato accento di Belfast. «Per rubare la frase di un grand'uomo, cara ragazza, posso dire solo che i resoconti sulla mia morte sono stati grandemente esagerati.»
Il fucile si abbassò. «Madonna santa, lei sarebbe Sean Dillon?»
«In carne e ossa. Le apparenze possono ingannare.»
«Oh Dio, lo zio Danny parla continuamente di lei, ma erano solo vecchie storie, parevano leggende più che realtà, e ora ecco che lei è qui!»
«Dov'è Danny?»
«Ha fatto una riparazione all'auto del padrone del pub e gliel'ha portata al villaggio un'ora fa. Ha detto che sarebbe tornato subito, ma sarà senz'altro rimasto là a bere, ci scommetto.»
«A quest'ora? Il pub non è chiuso fino a sera?»
«Questa sarà la legge, signor Dillon, ma non a Doxley. Qui non chiudono mai.»
«Allora andiamo a prenderlo.»
La ragazza posò il fucile su una panca e salì nella Mini al

suo fianco. Mentre guidava verso il villaggio, Dillon le chiese: «Come mai vivi qui?»

«Sono cresciuta in una fattoria nel Galway. Mio padre Michael era nipote di Danny e morì sei anni fa, quando io avevo quattordici anni. Dopo un anno mia madre si è risposata.»

«Lasciami indovinare, Angel», la interruppe Dillon, «a te non piaceva il tuo patrigno e lui non aveva molta simpatia per te?»

«Qualche cosa di simile. Lo zio Danny era venuto al funerale di mio padre, così lo avevo conosciuto e mi era subito piaciuto. Quando a casa la situazione si fece troppo tesa, me ne andai e venni qui. Lo zio Danny fu magnifico in quella situazione: scrisse a mia madre e lei acconsentì a che io restassi con lui. Era ben lieta di liberarsi di me.»

Non c'era traccia di autocommiserazione nelle sue parole e Dillon provò subito simpatia per lei. «Dicono sempre che da ogni male può nascere qualche cosa di buono.»

«L'ho provato. Se lei è un cugino di Danny e io sono sua nipote, allora lei e io siamo parenti, no?»

Dillon rise. «In un certo senso.»

La ragazza parve entusiasta all'idea. «Io, Angel Fahy, parente del più famoso pistolero che i Provisionals dell'IRA abbiano mai avuto!»

«Be', qualcuno magari ci troverebbe da ridire», commentò Dillon mentre arrivavano al villaggio e si fermavano davanti al pub.

Doxley era un posto piccolo e squallido, non più di una quindicina di casupole piuttosto malandate intorno a una chiesa normanna, con il suo campanile e un cimitero invaso dalle erbacce. Il pub si chiamava *The Green Man* e persino Dillon dovette chinarsi per passare dalla porta. Il soffitto era molto basso, con grandi travi di legno, il pavimento era fatto di larghe lastre di pietra logorate dagli anni e le pareti erano intonacate di bianco. L'uomo dietro il bancone, in maniche di camicia, aveva almeno ottant'anni.

Alzò la testa al loro ingresso e Angel gli chiese: «Mio zio è qui?»

«Vicino al fuoco, si sta facendo una birra.»

Un bel fuoco ardeva in un grande camino di pietra, e davanti c'era una panca di legno con un tavolo; Danny Fahy era lì seduto e stava leggendo il giornale con un bicchiere di birra davanti. Era un uomo di sessantacinque anni, con una irsuta barba grigia, e portava un berretto di tela e un vecchio vestito di tweed.

«Ho portato qualcuno che vuole vederti, zio Danny», disse Angel.

L'uomo alzò la testa e guardò prima lei e poi Dillon, con aria perplessa. «Che cosa posso fare per lei, signore?»

Dillon si tolse gli occhiali. «Che Dio benedica tutti voi!» esclamò con il più puro accento di Belfast. «E in particolare te, vecchio bastardo!»

Fahy rimase talmente scosso che impallidì come un cencio. «Dio ci salvi, sei proprio tu, Sean, e io che pensavo che fossi da tanto tempo al cimitero!»

«E invece sono qui.» Dillon prese dal portafoglio un biglietto da cinque sterline e lo diede ad Angel: «Whisky per tutti e due, preferibilmente irlandese».

La ragazza tornò al bancone e Danny Fahy, con le lacrime agli occhi, gettò le braccia al collo di Dillon.

«Buon Dio Sean, non posso dirti quanto sono felice di vederti.»

Il soggiorno della fattoria era disordinato e ingombro di mobili, tutti molto vecchi. Dillon sedette sul divano, mentre Fahy accendeva il fuoco. Angel era in cucina e preparava qualcosa da mangiare; dalla porta aperta Dillon poteva vederla mentre si dava da fare.

«Come va la vita, Sean?» Fahy si riempì la pipa e l'accese. «Sono dieci anni che hai fatto quel bordello a Londra. Perdinci, ragazzo, ne hai dati di grattacapi agli inglesi!»

«Non avrei potuto farlo senza di te, Danny.»

«Che giorni erano quelli! E che cosa hai fatto dopo?»

«L'Europa, il Medio Oriente. Ho continuato a lavorare, ho fatto un sacco di cose per l'OLP; ho imparato persino a pilotare gli aerei.»

«Davvero?»

Angel entrò con tre piatti di uova e pancetta che posò sul tavolo. «Mangiate finché è caldo.» Tornò portando un grande vassoio con teiera e lattiera, tre tazze e un piatto di pane e burro. «Mi spiace di non avere niente di meglio da offrire, ma non aspettavamo visite.»

«Per me va benissimo», disse Dillon servendosi di gusto.

«E allora eccoti qui, Sean, e vestito come un gentiluomo inglese.» Fahy si rivolse ad Angel. «Non ti ho detto che quest'uomo era un grande attore? Non hanno mai potuto mettergli le mani addosso, neppure una volta.»

Angel annuì sorridendo a Dillon: tutta la sua persona era trasformata dall'emozione. «E adesso, signor Dillon, lei è qui per un lavoro? Un incarico dell'IRA?»

«Dovrà nevicare sulle fiamme dell'inferno prima che io mi rimetta in gioco con quella cricca di vecchie lavandaie», ribatté Dillon.

«Ma tu hai qualcosa per le mani, Sean. Io lo capisco», interloquì Fahy. «Andiamo, mettici al corrente.»

Dillon si accese una sigaretta. «E se ti dicessi che lavoro per gli arabi, Danny, per Saddam Hussein in persona?»

«Gesù, Sean, e perché no? E che cosa dovresti fare per lui?»

«Vuole qualcosa di grosso, un colpo spettacolare. L'America è troppo lontana, e così non resta che l'Inghilterra.»

«Non c'è niente di meglio!» Gli occhi di Fahy brillavano.

«La signora Thatcher l'altro giorno era in Francia, ospite di Mitterand. Avevo fatto un progetto su di lei, pensavo di sorprenderla mentre andava a prendere l'aereo. Un piano perfetto, un posto isolato, una tranquilla stradina di campagna... E poi, qualcuno di cui mi fidavo mi ha fregato.»

«Succede sempre così», commentò Fahy. «E allora stai cercando un nuovo bersaglio. E chi sarebbe, Sean?»

«Pensavo a John Major.»

«Il nuovo Primo ministro?» Angel era sbalordita. «Come può pensare...»

«E perché no?» ribatté Danny Fahy. «I ragazzi non sono forse stati a un passo dal far fuori l'intero gabinetto britannico a Brighton? Su, Sean, continua, qual è il tuo piano?»

«Non ho ancora un piano, Danny, questo è il guaio, ma per un'operazione del genere ci sarebbero un sacco di soldi, tanti che tu non potresti neanche crederci.»

«E questa è un'altra buona ragione per mettersi al lavoro. Così, sei venuto dallo zio Danny a cercare aiuto?» Fahy andò alla credenza, tornò con una bottiglia di Bushmills e due bicchieri e li riempì. «Non hai proprio nessuna idea?»

«Non ancora Danny. Tu lavori sempre per il movimento?»

«Stare in copertura profonda, questo è stato l'ordine di Belfast tanti anni fa. Da allora neanche una parola, così io mi annoiavo a morte e mi sono trasferito qui. È un buon posto, mi piace la campagna da queste parti, e mi piace la gente. Riservati, ciascuno se ne sta per conto suo. Ho messo su una piccola officina di riparazioni di macchine agricole e tengo una decina di pecore. Sono felice qui, insieme ad Angel.»

«Ma sempre annoiato a morte. A proposito, ti ricordi di Martin Brosnan?»

«Come no! Avevi una vecchia ruggine con lui!»

«Ho avuto uno scontro con lui a Parigi, di recente. Probabilmente verrà a Londra a cercarmi. Pare che lavori per i Servizi segreti britannici.»

«Il bastardo!» Fahy aggrottò la fronte mentre si ricaricava la pipa. «Mi pare di aver sentito una vecchia storia, che Brosnan, anni fa, si era infiltrato come domestico al Numero Dieci di Downing Street, e poi non aveva combinato un bel niente.»

«Anch'io ho sentito qualcosa del genere, ma dev'essere

tutta un'invenzione. Di questi tempi poi nessuno potrebbe entrare là, come domestico o altro. Sai che hanno chiuso la strada al pubblico? Il posto è come una fortezza, non c'è modo di entrare, Danny.»

«Oh, c'è sempre un modo, Sean! L'altro giorno leggevo in una rivista la storia di un gruppo di partigiani francesi, durante la seconda guerra mondiale, tenuti prigionieri in un comando della Gestapo. Le loro celle erano al pianterreno, gli alloggi della Gestapo al primo piano. La RAF mandò un tizio con un Mosquito che si abbassò a quindici metri dal suolo e sganciò una bomba che rimbalzò dalla strada, entrò dalla finestra del primo piano e fece fuori tutti i dannati tedeschi, così i partigiani al pianterreno tagliarono allegramente la corda.»

«Che cosa diavolo stai cercando di dirmi?»

«Io credo fermamente nel potere delle bombe e nella scienza balistica. Tu puoi mandare una bomba dove vuoi, se solo conosci il mestiere.»

«Che cos'hai in mente, Danny?»

«Avanti, zio Danny, faglielo vedere», interloquì Angel.

«Farmi vedere che cosa?» chiese Dillon.

Danny Fahy si alzò con la pipa in mano. «Andiamo allora.» E si avviò verso la porta.

Fahy aprì il portone del secondo fienile e li fece entrare. Era un locale enorme, sorretto da grandi travi di quercia che salivano fino a un alto soffitto a due spioventi. C'era un soppalco carico di fieno, con una scala a pioli per salirvi e intorno erano sparsi diversi attrezzi e accessori di macchine agricole, compreso un trattore. C'era anche una Land Rover quasi nuova, e una vecchia moto BSA 500cc in ottime condizioni, appoggiata sul cavalletto.

«È una vera bellezza!» esclamò Dillon con sincera ammirazione.

«L'ho comprata di seconda mano l'anno scorso. Pensavo

di rimetterla a posto e rivenderla per guadagnarci su, ma ora che ho finito mi piange il cuore all'idea di darla via. Sta alla pari con una BMW.» C'era un altro veicolo in un angolo buio del granaio: Fahy accese una luce e si vide un furgone Ford Transit bianco.

«Ebbene?» chiese Dillon. «Che cos'ha di speciale?»

«Aspetti un attimo, signor Dillon», disse Angel, «è davvero notevole.»

«Non è quello che sembra», aggiunse Fahy.

Aveva uno sguardo esaltato, una luce di orgoglio negli occhi, mentre apriva la portiera laterale. All'interno c'era una batteria di tubi di metallo, tre in tutto, fissati al pavimento e puntati verso il soffitto con una leggera inclinazione.

«Mortai, Sean, come quelli che i ragazzi usavano nell'Ulster.»

«Tu vuoi dire che questa roba funziona?»

«Diavolo, no, io non ho l'esplosivo; potrebbe funzionare, questo è quanto posso dire.»

«Spiegati meglio.»

«Ho saldato una piattaforma d'acciaio al pavimento, per resistere al rinculo, e ho anche saldato insieme i tubi. Si tratta di comune materiale di ghisa, che si può trovare dovunque. I timer elettrici sono semplicissimi, del tipo che si compra in qualsiasi negozio di 'fai da te'.»

«E come funzionerebbe?»

«Una volta acceso hai un minuto per uscire dal furgone e dartela a gambe. Ho tagliato il soffitto, il tettuccio è coperto solo da un foglio di politene. Vedi? E l'ho verniciato dello stesso colore. Questo dà via libera ai mortai. Ho persino montato uno strumento extra, collegato al timer, per l'autodistruzione del furgone, dopo che ha lanciato le bombe.»

«E dove sono?»

«Eccole qui.» Fahy si avvicinò a un bancone da lavoro. «Comuni bombole di ossigeno.» Ce n'erano diverse allineate insieme, dalle quali era già stata tolta la piastra del fondo.

«E che cosa ti servirebbe per far funzionare questo aggeggio, del Semtex?» chiese Dillon citando l'esplosivo cecoslovacco ben noto ai terroristi di tutto il mondo.

«Direi che ce ne vorrebbero circa sei chili in ogni bombola, ma non è facile procurarselo da queste parti.»

Dillon si accese una sigaretta e fece il giro del furgone, con un'espressione imperturbabile. «Sei un ragazzo cattivo, Danny. Il movimento ti ha ordinato di restare in copertura profonda.»

«Come ti ho detto Sean, quanti anni sono passati? Uno in questo modo diventa matto.»

«Così ti sei trovato qualcosa da fare, eh?»

«È stato facile, Sean. Lo sai che ho lavorato nell'ingegneria meccanica per anni.»

Dillon osservava attentamente il congegno. «Che ne pensa?» gli chiese Angel.

«Penso che sia un buon lavoro.»

«Il meglio che sia stato fatto nell'Ulster», aggiunse Fahy.

«Forse, ma i congegni di questo genere, tutte le volte che sono stati usati, non sono mai stati abbastanza precisi.»

«Hanno funzionato alla perfezione in quell'attacco alla centrale di polizia di Newry, sei anni fa. Hanno fatto fuori nove piedipiatti.»

«Già, ma non conti tutte le altre volte che non sono riusciti a colpire neanche il portone di un fienile. E qualcuno è anche saltato in aria insieme alle sue bombe a Portadown. Esploso e fallito il bersaglio.»

«Ma non è così che lavoro io. Traccio il piano su una mappa a grande scala, vado prima a piedi a ispezionare la zona, poi sistemo il furgone, e questo è tutto. Vedi, ho pensato che delle alette saldate ai cilindri possano contribuire alla precisione della traiettoria. Una bella parabola ampia e poi giù, e tutto esplode. Non c'è Servizio di sicurezza al mondo che possa impedirlo. Voglio dire, a che servono i cancelli, se tu ci passi sopra?»

«Ti riferisci a Downing Street?» chiese Dillon.

«E perché no?»

«Si riuniscono ogni mattina alle dieci nella Sala del Gabinetto, è quello che chiamano il Consiglio di guerra. Si potrebbe far fuori non solo il Primo ministro, ma praticamente tutto il governo.»

Fahy si fece il segno della croce. «Santa Madre di Dio, sarebbe il colpo del secolo!»

«E canterebbero in musica la tua impresa, Danny! Canterebbero le gesta di Danny Fahy in tutti i bar dell'Irlanda ancora fra cinquant'anni!»

Fahy batté un pugno chiuso contro il palmo dell'altra mano. «Ma questa è tutta aria fritta Sean, niente da fare senza il Semtex e, come ti ho detto, non è possibile procurarselo da queste parti.»

«Non esserne troppo sicuro, Danny», ribatté Dillon, «si potrebbe trovare una fonte. Adesso andiamo a farci un Bushmills e pensiamoci sopra.»

Danny Fahy aveva allargato sul tavolo una cartina di Londra e la stava esaminando con una lente di ingrandimento. «È questo il nostro posto», disse. «Horse Guards Avenue, venendo dal Victoria Embankment, a fianco del ministero della Difesa.»

«Sicuro», annuì Dillon.

«Se noi lasciamo il furgone all'angolo con Whitehall, e devo prima andare a farci un'ispezione per stabilire l'orientamento, calcolo che le bombe passerebbero sopra tutti questi tetti seguendo una grande parabola e piomberebbero dritte dritte sul Numero Dieci di Downing Street!» Mise giù la matita accanto al righello. «Dovrei proprio andare a darci un'occhiata, sai!»

«E lo farai!»

«Lei crede che possa funzionare, signor Dillon?» chiese Angel.

«Oh, sicuro, penso proprio che ce la faremo. Alle dieci del mattino, l'intero dannato Consiglio di guerra...» Cominciò a ridere. «Una meraviglia Danny, una meraviglia!» Gli strinse il braccio. «Allora, ti metti con me?»

«Certo.»

«Bene. E i soldi, Danny, un sacco di soldi. Sarai sistemato per la vecchiaia, e sistemato di gran lusso. Spagna, Grecia, dovunque tu voglia andare.» Fahy arrotolò la cartina e Dillon aggiunse: «Passerò la notte qui. Domani andremo a Londra a fare un sopralluogo». Sorrise ancora e si accese un'altra sigaretta. «La cosa si presenta bene, Danny, benissimo. Ora, dimmi un po' di questo campo di aviazione qui vicino, a Grimethorpe.»

«Bah, un posto molto malandato. È solo a quattro o cinque chilometri da qui. Perché ti interessa Grimethorpe?»

«Te l'ho detto che ho imparato a volare, nel Texas. È un buon sistema per battersela in fretta dai posti che scottano. Ora, com'è la situazione a Grimethorpe?»

«Risale a parecchio tempo fa, un club aeronautico degli anni Trenta. Poi la RAF lo ha usato come stazione di rifornimento durante la battaglia d'Inghilterra, così hanno costruito tre hangar. In seguito, qualcuno ha cercato di impiantarci un club aeronautico, c'è una pista di decollo in macadam al catrame. Comunque, quelli sono falliti. Tre anni fa è spuntato un tizio, un certo Bill Grant che tiene là due aerei; è tutto quello che so. La ditta si chiama Grant's Air Taxi. Recentemente ho sentito che si trovava in difficoltà, i suoi due meccanici lo avevano piantato, gli affari gli andavano male.» Sorrise. «C'è la recessione, Sean, e colpisce anche i ricchi.»

«Quel Grant abita lì al campo?»

«Sì», rispose Angel. «Aveva anche una ragazza, ma se ne è andata.»

«Mi piacerebbe conoscerlo», disse Dillon. «Potresti accompagnarmi, Angel?»

«Sicuro.»

«Bene, ma prima devo fare una telefonata.»

Chiamò Tania Novikova al suo appartamento. La donna rispose subito. «Sono io», disse Dillon.

«Tutto bene?»

«Ottimamente, le dirò domani. Ha avuto il denaro?»

«Certo, nessun problema.»

«Bene, sarò all'albergo a mezzogiorno. Passo la notte qui. Ci vediamo.»

Brosnan e Mary Tanner salirono con il montacarichi insieme con Charlie Salter e trovarono Mordecai che li aspettava. Strinse con effusione la mano a Brosnan. «Felice di vederla, professore. Non può immaginare che piacere ci fa la sua visita. Harry è impaziente di riabbracciarla.»

«Le presento Mary Tanner. La tratti con riguardo, è un capitano dell'esercito.»

«Piacere, signorina.» Mordecai le strinse la mano. «Io ho fatto il servizio militare nel reggimento dei granatieri, ma non sono mai arrivato oltre il grado di caporale.»

Li condusse nel soggiorno dove Harry Flood era seduto alla scrivania a controllare dei conti. Alzò gli occhi e balzò in piedi. «Martin!» Corse incontro a Brosnan e lo abbracciò ridendo di gioia.

«Questa è Mary Tanner», presentò Brosnan. «Un alto ufficiale dell'esercito, Harry, quindi stai in guardia. Io lavoro per il generale Charles Ferguson dei Servizi segreti britannici, e lei è la sua assistente.»

«Prometto di comportarmi bene.» Flood le strinse la mano. «Ora andiamo a prenderci un drink e tu mi racconterai tutta la storia, Martin.»

Sedettero su comodi divani, nell'angolo allestito a salotto, e Brosnan espose tutta la questione nei minimi particolari. Mordecai, appoggiato alla parete, ascoltava impassibile.

«E allora», chiese Flood quando Brosnan ebbe finito, «che cosa vorresti da me, Martin?»

«Dillon lavora sempre con la malavita ed è lì che va a

cercare ciò che gli occorre. Non solo aiuto personale, ma armi, esplosivi. Adesso farà nello stesso modo, lo so.»

«Quindi vorresti sapere a chi si rivolgerà?»

«Esattamente.»

Flood, perplesso, guardò Mordecai. «Che cosa ne pensi?»

«Non so proprio, Harry, c'è una quantità di mercanti d'armi, legali o no... Ma qui cerchiamo qualcuno che sia disposto a rifornire l'IRA.»

«Qualche idea?»

«Non proprio. La maggior parte dei nostri malviventi, qui nell'East End, sono affezionati a Maggie Thatcher e hanno la bandiera nazionale stampata sulle mutande. Non gli piacciono i pazzi irlandesi che lanciano bombe da Harrods. Naturalmente possiamo fare qualche domanda in giro.»

«Bene, allora facciamolo», decise Flood. «Fa' circolare la voce, ma con discrezione.»

Mordecai uscì e Harry Flood prese una bottiglia di champagne. «Tu sei sempre astemio?» chiese Brosnan.

«Io non bevo, vecchio mio, ma non c'è ragione perché non lo faccia tu. Raccontami intanto le tue vicende di questi ultimi anni, poi ce ne andremo all'*Embassy*, uno dei miei club più rispettabili, a mangiare qualcosa.»

Pressappoco a quell'ora, Sean Dillon e Angel Fahy si dirigevano per una malandata strada di campagna che conduceva da Cadge End a Grimethorpe. La luce dei fari faceva brillare i leggeri fiocchi di neve nell'aria e la brina sulle siepi laterali.

«È bello, no?» disse Angel.

«È bello.»

«A me piace qui, la campagna e tutto il resto. Sono molto affezionata allo zio Danny, è veramente buono con me.»

«Come è giusto. Tu sei cresciuta in campagna, là nel Galway.»

«Ma non era la stessa cosa. Lì la terra è povera, bisognava

spaccarsi le ossa per cavarne da vivere; e questo si vedeva anche nella gente, come mia madre, per esempio. Era come se fossero andati in guerra, avessero perduto e non avessero più alcuna speranza nel futuro.»

«Te la cavi bene con le parole, ragazza mia.»

«Lo diceva anche la mia insegnante d'inglese; diceva che se avessi studiato e mi fossi impegnata, avrei potuto combinare qualcosa di buono.»

«Una bella soddisfazione.»

«Non mi ha giovato molto, il mio patrigno mi considerava una specie di bracciante senza paga. È per questo che me ne sono andata.»

Alla luce dei fari comparve un cartello di legno con la vernice tutta scrostata, su cui era scritto: CAMPO DI AVIAZIONE DI GRIMETHORPE. Dillon svoltò in un'angusta strada asfaltata, ma piena di buche e pochi minuti dopo arrivarono alla pista. C'erano tre hangar, una vecchia torre di controllo e un paio di baracche prefabbricate. A una finestra si vedeva la luce accesa. Lì accanto era parcheggiata una jeep: Dillon accostò e si fermò dietro di essa. Mentre uscivano dalla macchina, una porta si aprì e un uomo avanzò verso di loro.

«Chi siete?»

«Sono io, signor Grant, Angel Fahy; ho con me qualcuno che vuole vederla.»

Grant, come la maggior parte dei piloti, era piuttosto basso, snello e nervoso. Pareva avere circa quarantacinque anni, portava un paio di jeans e un vecchio giaccone da aviatore, del tipo usato dagli americani nella seconda guerra mondiale. «Allora farete meglio a entrare.»

L'interno della baracca era caldo, grazie a una stufa a carbone il cui tubo usciva dal soffitto. Grant usava quella stanza come soggiorno: c'era un tavolo su cui apparivano ancora gli avanzi di un pasto e una vecchia poltrona vicino alla stufa, di fronte al televisore. Sotto le finestre, sull'altro lato, un altro lungo tavolo dal piano inclinato con alcune carte geografiche.

«Questo è un amico di mio zio», disse Angel.

«Hilton, Peter Hilton», si presentò Dillon.

Grant tese la mano con un'espressione diffidente. «Bill Grant. Io non le devo del denaro, vero?»

«Non che io sappia.» Dillon si calò immediatamente nella parte.

«Bene, questa è una piacevole novità. Che cosa posso fare per lei?»

«Devo prendere un aereo a noleggio, fra tre o quattro giorni. Sono venuto solo a vedere se lei me lo poteva fornire, prima di rivolgermi ad altri.»

«Bene, dipende.»

«Da che cosa? Lei dispone di un aereo, presumo?»

«Ne ho due. L'unico problema è per quanto tempo la banca me ne lascerà la proprietà. Vuol dare un'occhiata?»

«Perché no?»

Uscirono sulla pista, l'attraversarono fino a uno degli hangar e Grant aprì la porta di servizio per farli entrare. Quando accese la luce, si videro due aeroplani, fianco a fianco, entrambi bimotori.

Dillon si accostò al più vicino. «Questo lo conosco, un Cessna Conquest. Che cos'è l'altro?»

«Navajo Chieftain.»

«Se la situazione è così critica come dice, come stanno a benzina?»

«Io tengo sempre i miei aerei riforniti, signor Hilton, sempre con il serbatoio pieno. Sono troppo vecchio del mestiere per farmi cogliere alla sprovvista, non si sa mai in che momento può presentarsi un lavoro.» Sorrise come scusandosi. «Vede, sarò franco. Con questa crisi non c'è più molta gente che viene a noleggiare un aereo. Dove vorrebbe che l'accompagnassi?»

«Veramente pensavo di andare a fare un giro da solo, uno di questi giorni. Non sono sicuro quando.»

«Lei ha il brevetto?» Grant appariva dubbioso.

«Oh, certo.» Dillon esibì il suo brevetto di pilota.

Grant lo esaminò rapidamente e poi glielo restituì. «Lei potrebbe pilotare uno qualsiasi di questi due, ma vorrei venire anch'io, per essere più sicuro.»

«Non c'è problema», disse Dillon conciliante. «Pensavo alla regione occidentale, la Cornovaglia. C'è un campo di aviazione a Land's End.»

«Lo conosco. Pista d'erba.»

«Ho degli amici laggiù. Probabilmente dovrò restare per la notte.»

«Per me va bene.» Grant spense le luci e tornarono alla baracca. «Che genere di affari tratta lei, signor Hilton?»

«Oh, finanza, commercio, cose del genere.»

«Ha un'idea del giorno in cui vorrebbe andare? Devo avvertirla che questo tipo di noleggio può essere piuttosto costoso, circa duemilacinquecento sterline. Con una mezza dozzina di passeggeri non è poi così caro, ma per lei solo...»

«Per me va bene.»

«Poi ci sarebbero le spese per me. Sa, il pernottamento all'albergo e così via.»

«Non c'è problema.» Dillon prese dal portafoglio dieci biglietti da cinquanta sterline e li mise sul tavolo. «Cinquecento di anticipo. Prenotazione per i prossimi quattro o cinque giorni. Le telefonerò io per farle sapere il giorno preciso.»

Il viso di Grant si illuminò quando intascò le banconote. «Benissimo. Posso offrirle un caffè o qualcosa prima che se ne vada?»

«Perché no?» disse Dillon.

Grant entrò in cucina e lo sentirono riempire il bollitore. Dillon si portò un dito alle labbra, fece un cenno ad Angel, e si avvicinò al tavolo con le carte. Le scorse rapidamente e ne trovò una con la regione della Manica e la costa francese. Angel si pose di guardia al suo fianco, mentre lui percorreva con il dito la costa della Normandia. Trovò Cherbourg e scese a sud. Eccolo, Saint-Denis, con la sua pista di atterraggio chiaramente segnata. Rimise in ordine le carte una sull'altra. Dalla cucina, Grant li sorvegliava attraverso la porta socchiusa. Quando l'acqua bollì, versò il caffè in tre tazze e le portò in soggiorno.

«Com'è il tempo in questi giorni? Ci sono problemi con queste nevicate?» chiese Dillon.

«Ce ne saranno, se la neve si ferma. Poterebbero esserci delle difficoltà su quella pista d'erba a Land's End.»

«Allora dovremo fare gli scongiuri e sperare in bene.» Dillon depose la sua tazza sul tavolo. «Ora è tempo di tornare a casa.»

Grant li accompagnò alla porta e li salutò con la mano mentre si allontanavano sulla Mini. Poi rientrò, si diresse al tavolo ed esaminò le carte. Doveva essere la terza o quarta, ne era sicuro. La regione della Manica e la costa francese.

Aggrottò la fronte e mormorò fra sé: «Allora, qual è il tuo gioco, caro signore?»

Mentre tornavano alla fattoria per le stradine della campagna buia, Angel osservò: «Non è proprio Land's End, signor Dillon, non è là che lei conta di andare. È quel posto, Saint-Denis, in Normandia, vero?»

«È il nostro segreto.» Dillon pose una mano su quella della ragazza, continuando a tenere il volante con l'altra. «Posso chiederti di promettermi una cosa?»

«Qualunque cosa, signor Dillon.»

«Teniamo la faccenda per noi, almeno per ora. Non voglio che Danny lo sappia. Tu sai guidare la macchina, vero?»

«Se so guidare? Ma certo, sono io che porto le pecore al mercato con il furgone.»

«Dimmi, ti piacerebbe farti un viaggetto fino a Londra domattina, con me e con Danny?»

«Eccome, se mi piacerebbe!»

«Bene. Allora è deciso.»

Mentre correvano verso casa nella notte, gli occhi della ragazza brillavano.

9

Era una mattina fredda e limpida, decisamente invernale, ma le strade erano sgombre, mentre Dillon guidava alla volta di Londra. Angel e Danny Fahy lo seguivano con il furgone. Angel guidava con molta perizia, Dillon la osservava nello specchietto retrovisore mentre lo seguiva abilmente per tutto il percorso fino a Bayswater Road. Nella sua mente si stava già formando un piano.

Fermò la Mini Cooper accanto al marciapiede, scese e aprì la porta del garage di Tania. «Metti dentro il furgone», disse ad Angel, che si era fermata dietro la Mini Cooper. Quando lei e Danny tornarono fuori richiuse la porta. «Ricorderete la strada e il garage, nel caso mi perdeste di vista, vero?»

«Certo, signor Dillon, non si preoccupi», rispose Angel.

«Bene, è importante. Ora salite nella Mini, andiamo a fare un giro.»

Harry Flood era seduto alla scrivania, nel suo appartamento di Cable Wharf e controllava i conti delle case da gioco della notte precedente, quando Charlie Salter gli portò il caffè su un vassoio. Suonò il telefono e Salter rispose, poi porse il ricevitore a Flood.

«Il professore.»

«Martin, come va?» chiese Flood. «Splendida serata, ieri. La signorina Tanner è una persona davvero speciale.»

«Hai qualche notizia per me? Sei riuscito a sapere qualcosa?»

«Non ancora, Martin. Aspetta un minuto.» Flood mise una mano sul ricevitore e poi si rivolse a Salter: «Dov'è Mordecai?»

«È in giro per la città, come ha ordinato lei, per spargere la voce con discrezione.»

Flood tornò a Brosnan. «Mi dispiace, vecchio mio, facciamo tutto quello che possiamo, ma temo che ci vorrà del tempo.»

«È proprio quello che non abbiamo», ribatté Brosnan. «Bene, Harry, so che farai del tuo meglio. Mi terrò in contatto.»

Era accanto alla scrivania di Mary Tanner nel soggiorno dell'appartamento di Lowndes Square. Si avvicinò alla finestra e si accese una sigaretta.

«Novità?» chiese Mary attraversando la stanza per andargli vicino.

«Temo di no; come Harry mi ha appena detto, ci vorrà tempo. Sono stato uno sciocco a sperare che fosse così semplice.»

«Cerca di portare pazienza, Martin.» Gli mise una mano sul braccio.

«Ma non posso», ribatté lui. «Ho questa sensazione di pericolo, è difficile da spiegare. È come essere in mezzo a una tempesta e aspettare quel tremendo scoppio di tuono, che si sa che deve venire. Io conosco Dillon, Mary. Si muove molto in fretta, sono sicuro.»

«E allora, che cosa vorresti fare?»

«Ferguson sarà a Cavendish Square questa mattina?»

«Penso di sì.»

«Bene, andiamo a trovarlo.»

* * *

Dillon parcheggiò la Mini vicino a Covent Garden. Si rivolse dapprima a una libreria, dove gli indicarono un negozio non lontano, specializzato in carte geografiche e mappe di ogni genere. Fece un'accurata ricerca fra le carte topografiche ufficiali del centro di Londra, finché ne trovò una della zona di Whitehall.

«Ci sono tutti i particolari, in questa carta», gli sussurrò all'orecchio Fahy. «Si potrebbero calcolare le misure del giardino del Numero Dieci con l'approssimazione di un centimetro.»

Dillon acquistò la carta, che il commesso arrotolò con cura e infilò in un tubo protettivo di cartone. Pagò e tornarono alla macchina.

«Ora che si fa?» chiese Danny.

«Facciamo un giro. Diamo un'occhiata alla zona.»

«Ottima cosa.»

Angel prese posto sul sedile posteriore e Danny sedette accanto a Dillon. Puntarono verso il fiume e svoltarono in Horse Guards Avenue. Dillon rallentò un poco sull'angolo, prima di svoltare in Whitehall e avviarsi verso Downing Street.

«Un sacco di piedipiatti, qui intorno», osservò Danny.

«È per evitare che la gente parcheggi qui.» Alla loro sinistra un'altra macchina si era accostata al marciapiede e videro che il guidatore stava consultando una carta stradale.

«Un turista, credo», disse Angel.

«E guardate un po' che cosa succede», soggiunse Dillon.

Due poliziotti si avviarono con passo tranquillo verso la macchina, scambiarono qualche parola a bassa voce con il conducente e la macchina ripartì.

«Non perdono tempo», osservò Angel.

«Ecco qui Downing Street», annunciò Dillon un momento dopo.

«Ma guarda un po' quei cancelli!» esclamò Danny meravigliato. «Mi piace quel tocco gotico, hanno proprio fatto un bel lavoro.»

Dillon proseguì seguendo il traffico intorno a Parliament Square e tornò su Whitehall in direzione di Trafalgar Square. «Ora torniamo a Bayswater. Osservate bene la strada che ho scelto.»

Evitò il traffico caotico di Trafalgar Square passando per Admiralty Arch, proseguì per il Mall fiancheggiando Buckingham Palace, e per Constitution Hill, infine imboccò Park Lane fino al Marble Arch e svoltò in Bayswater Road.

«È semplicissimo», osservò Danny.

«Bene», concluse Dillon, «adesso andiamoci a prendere una buona tazza di tè in quel mio orribile albergo.»

«Ti vedo stranamente irrequieto, Martin», notò Ferguson.

«È l'attesa. Flood fa del suo meglio, lo so, ma il tempo lavora contro di noi.»

Ferguson voltò le spalle alla finestra e sorseggiò un po' del suo tè. «E allora, che cosa pensi di fare?»

Brosnan esitò, diede un'occhiata a Mary. «Vorrei andare a trovare Liam Devlin a Kilrea. Lui potrebbe avere qualche idea.»

«Le idee non gli sono mai mancate.» Ferguson si rivolse a Mary. «Tu che ne dici?»

«Penso che sia una cosa ragionevole, signore. Dopotutto, un viaggio a Dublino non è un'impresa così terribile. Un'ora e un quarto da Heathrow, con l'Aer Lingus o con le British Airways.»

«E la casa di Liam a Kilrea è solo a una mezz'ora dalla città», aggiunse Brosnan.

«Bene», disse Ferguson. «Vedo che siete d'accordo tutti e due, ma partirete da Gatwick con il jet Lear, in caso succeda qualche cosa e dobbiate tornare qui in tutta fretta.»

«Grazie, signore», rispose Mary.

Mentre si avviavano alla porta Ferguson aggiunse: «Darò

un colpo di telefono a quel vecchio birbante, giusto per fargli sapere che andate da lui». E allungò la mano verso il telefono.

Mentre scendevano le scale Brosnan sospirò: «Grazie a Dio, finalmente sento che stiamo facendo qualcosa».

«E io finalmente conoscerò il grande Liam Devlin», replicò Mary e si avviò verso la limousine.

Nel piccolo bar dell'albergo, Dillon, Angel e Fahy erano seduti a un tavolino d'angolo a bere il tè. Fahy teneva la carta topografica parzialmente aperta sulle ginocchia. «Straordinario tutto quello che c'è segnato qui. Ogni minimo particolare.»

«Credi che si potrebbe fare, Danny?»

«Oh, senz'altro. Ti ricordi quell'angolo di Horse Guards Avenue con Whitehall? Quello dovrebbe essere il posto, leggermente di traverso. Me lo immagino già. Su questa mappa posso misurare esattamente la distanza fra quell'angolo e il Numero Dieci.»

«Sei sicuro di poter passare sopra gli edifici che ci sono in mezzo?» chiese Dillon.

«Oh, certo! Come ti ho già detto, la balistica è una scienza esatta.»

«Ma non possiamo fermarci lì», obiettò Angel, «abbiamo visto che cosa è successo a quella macchina di turisti. I poliziotti gli sono arrivati addosso in pochi secondi.»

Dillon si rivolse a Fahy. «Danny?»

«Bene, pochi secondi è tutto quello che occorre. Tutto cronometrato in precedenza, Angel. Si preme il bottone per attivare il circuito, si salta fuori dal furgone e i mortai cominciano a sparare entro un minuto. Nessun piedipiatti potrebbe accorrere tanto rapidamente da fermarli.»

«Ma a te, poi, che cosa succede?»

Fu Dillon che rispose. «Ascolta bene: noi partiamo da Cadge End la mattina presto. Tu, Danny, nel Ford Transit,

Angel e io nel Morris. Teniamo la moto BSA pronta nel furgone. Angel parcheggia il Morris, come oggi, nel garage al termine della strada. Metteremo una rampa di discesa sul retro, perché io possa tirar fuori la moto.»

«E tu mi segui in moto, è così?»

«Io ti sto alle calcagna. Quando arriviamo all'angolo di Horse Guards Avenue con Whitehall, tu schiacci il bottone, scendi dal Ford Transit e salti sul sellino posteriore della moto. E noi ce la squagliamo a tutta birra. Il Consiglio di guerra si riunisce ogni mattina alle dieci, con un po' di fortuna li facciamo fuori tutti.»

«Gesù, Sean, non sapranno mai chi è stato!»

«Puntiamo dritti su Bayswater, dove Angel ci aspetta nel garage con il Morris. Infiliamo la moto nel furgone e partiamo. Saremo a Cadge End quando ancora quelli staranno cercando di spegnere il fuoco.»

«Brillante, signor Dillon!» esclamò Angel.

«Tranne per una cosa», obiettò Fahy. «Senza quel dannato esplosivo non avremo nessuna bomba.»

«A questo penso io», rispose Dillon. «Ti procuro tutti gli esplosivi che vuoi.» Si alzò. «Ora ho altre cose da fare. Voi tornate a Cadge End e aspettate, io mi metterò in contatto con voi.»

«Quando, Sean?»

«Presto, molto presto.» Dillon sorrise mentre uscivano dal bar.

Tania bussò alla sua porta a mezzogiorno preciso. Dillon aprì e chiese subito: «Ha avuto il denaro?»

Tania aprì sul tavolo la valigetta che portava nella mano destra: conteneva i trentamila dollari che Dillon aveva richiesto.

«Bene», convenne Dillon, «avevo giusto bisogno di diecimila dollari per andare avanti.»

«E che cosa farà con il resto?»

«Li deposito qui all'albergo, possono conservare la valigetta nella cassaforte.»

«Mi pare che lei abbia in mente qualcosa.» Tania aveva l'aria eccitata. «Che cosa ha fatto laggiù, a Cadge End?»

Dillon le espose l'intero piano nei minimi particolari. «Che cosa ne pensa?» le chiese infine.

«È incredibile, il colpo del secolo. Ma come farà per gli esplosivi? Avrà bisogno del Semtex.»

«Nessun problema per questo. Quando lavoravo a Londra, nel 1981, avevo un contatto con un tizio che poteva procurarsi il Semtex.» Fece una risata. «In realtà poteva procurarsi qualsiasi cosa!»

«E chi è quest'uomo? Come fa a essere sicuro di poterlo trovare?»

«È una vecchia canaglia, un tale Jack Harvey, e sono certo che è ancora da queste parti, ho dato già un'occhiata.»

«Un'occhiata? Non capisco.»

«Tra le altre cose ha un'impresa di pompe funebri a Whitechapel. Ho guardato sull'elenco telefonico, è ancora là. A proposito, la sua Mini, posso usarla ancora?»

«Certamente.»

«Bene. La parcheggerò da qualche parte in strada. Ho bisogno che il suo garage sia vuoto.»

Prese il cappotto e se lo infilò. «Venga, andiamo a mangiare un boccone, poi andrò a trovare Harvey.»

«Hai letto il fascicolo che riguarda Devlin, suppongo», chiese Brosnan a Mary Tanner, mentre attraversavano il centro di Dublino in una limousine dell'ambasciata con autista. Attraversarono il fiume Liffey all'altezza del Quay Saint George e passarono dall'altra parte della città.

«Certo che l'ho letto. Ma è tutto vero? Anche la storia che fosse coinvolto nel tentativo tedesco di uccidere Churchill durante la guerra?»

«Oh, sì.»

«Ed è lo stesso uomo che ti ha aiutato a evadere dalla prigione francese nel 1979?»
«Sempre Devlin.»
«Ma, Martin, hai detto che affermava di avere settant'anni. Deve averne di più.»
«Pochi anni in più o meno non fanno differenza, quando si tratta di Devlin. Diciamo pure che stai per incontrare l'uomo più straordinario che tu possa conoscere in tutta la tua vita. Letterato, poeta e combattente dell'IRA.»
«Quest'ultima qualifica non è una raccomandazione per me.»
«Lo so. Ma non far mai l'errore di confondere Devlin con quel tipo di gentaglia che l'IRA manovra al giorno d'oggi.»
Brosnan tacque e si chiuse in se stesso, improvvisamente incupito, mentre la macchina si inoltrava nella silenziosa campagna irlandese lasciandosi la città alle spalle.

Il posto era chiamato Kilrea Cottage, all'estremità del villaggio, accanto a un convento. Era una casa d'epoca a un solo piano, con finestre gotiche a vetrate colorate su entrambi i lati del portico. Si ripararono qui dalla pioggia leggera ,mentre Brosnan tirò il cordone di un campanello di antica foggia. Ci fu un rumore di passi, la porta si aprì.
«*Cead míle fáilte*», li salutò Liam Devlin in irlandese. «Centomila volte benvenuti», e abbracciò Brosnan.

L'interno della casa era molto vittoriano. La maggior parte dei mobili era di mogano, la tappezzeria era una riproduzione di William Morris, ma i dipinti alle pareti, tutti Atkinson Grimshaws, erano autentici.
Liam Devlin uscì dalla cucina con la teiera e le tazze su un vassoio. «La mia governante viene solo al mattino, è una delle buone sorelle del convento qui vicino. Hanno bisogno di denaro anche loro.»

Mary Tanner era veramente stupita. Si era aspettata un vecchio rudere e si trovava di fronte a questo snello personaggio senza età, in camicia italiana di seta nera, pullover nero, calzoni grigi all'ultima moda. C'era ancora molto colore nei capelli che una volta erano stati neri e il viso era pallido, ma si capiva che era sempre stato così. Gli occhi azzurri avevano una luce straordinaria e sulle sue labbra aleggiava un perpetuo sorriso ironico, con cui irrideva se stesso non meno del mondo.

«Così, lei lavora per Ferguson, ragazza mia?» chiese a Mary mentre le versava il tè.

«Precisamente.»

«Quell'affare a Derry, l'anno scorso, quando ha spostato quella macchina con la bomba. Un fatto memorabile.»

Mary si accorse di arrossire. «Niente di speciale, signor Devlin, in quel momento mi pareva la cosa giusta da fare.»

«Oh, tutti siamo in grado di capire quand'è il momento, ma poi è l'azione che conta.» Si rivolse a Brosnan. «Anne Marie. Che cosa triste, ragazzo mio.»

«Voglio quel bastardo, Liam.»

«Per te o per la causa in generale?» Devlin scosse la testa. «Lascia da parte i fatti personali, Martin, o commetterai degli errori. E questa è una cosa che non ti puoi permettere con Sean Dillon.»

«Sì, lo so», assentì Brosnan, «lo so.»

«Quel bastardo dunque conta di fare il colpo contro John Major, il primo ministro?»

«E, secondo lei, quale sarà il suo modo di procedere, signor Devlin?» chiese Mary.

«Be', da quello che ho sentito dire sulle misure di sicurezza che hanno instaurato a Downing Street di questi tempi, credo proprio che non potrebbe fare molto.» Guardò Brosnan e sorrise. «Vede, Mary, mia cara figliola, io ricordo un giovanotto di mia conoscenza, un certo Martin Brosnan, che neppure dieci anni fa è entrato al Numero Dieci nei panni di un cameriere a un ricevimento, lasciando una rosa sul tavolo del Primo ministro. Allora il Primo ministro era una signora, naturalmente.»

«Cose passate, Liam», replicò Brosnan. «Che cosa facciamo adesso?»

«Oh, il bastardo lavorerà come ha sempre fatto, con i suoi contatti nella malavita.»

«Non l'IRA?»

«Dubito molto che l'IRA abbia qualcosa a che fare con questa faccenda.»

«Ma era per l'IRA che ha lavorato a Londra dieci anni fa.»

«E con questo?»

«Pensavo che se riuscissimo a sapere chi era l'uomo che lo reclutò allora, questo potrebbe esserci utile.»

«Capisco: sarebbe una specie di traccia per sapere con chi lavorava allora a Londra?»

«Esatto. Non è molto, ma è l'unica cosa che abbiamo in mano, Liam.»

«C'è sempre il tuo amico Flood, a Londra.»

«L'ho visto, ha promesso che farà tutto il possibile, ma ci vorrà tempo, e noi non ne abbiamo.»

Devlin annuì. «D'accordo, figliolo, lascia che ci pensi io e vedrò quello che posso fare.» Diede un'occhiata all'orologio. «È l'una. Facciamoci un panino e magari un Bushmills insieme, e poi vi consiglio di ritornare al vostro Lear e ripartire per Londra. Mi farò sentire, sta' sicuro, appena avrò qualcosa in mano.»

Dillon parcheggiò l'automobile dietro l'angolo dell'edificio che ospitava l'impresa di pompe funebri di Jack Harvey, a Whitechapel, e si avviò a piedi con la valigetta in una mano. Il suo atteggiamento era assolutamente discreto, fino al sommesso rintocco del campanello che richiamò il portiere sulla soglia.

«Il signor Harvey? Mi sta aspettando», mentì allegramente Dillon.

«In fondo all'atrio, oltre le due cappelle. Salga le scale, il suo ufficio è al primo piano. Che nome ha detto, signore?»

«Hilton.» Dillon si guardò intorno, osservando le bare in esposizione, i fiori. «Non c'è molto movimento.»

Il portiere si strinse nelle spalle. «Il lavoro si fa sul retro.»

Dillon attraversò l'atrio e gettò un'occhiata in una delle camere ardenti, osservando i fiori e le candele. Entrò per un attimo a guardare la salma di un uomo di mezza età, in abito nero, le mani giunte sul petto, il viso ritoccato da un leggero trucco.

«Povero bastardo», mormorò, e proseguì su per le scale.

Al banco della reception il portiere sollevò il telefono. «Signorina Myra? C'è un visitatore. Un certo signor Hilton, dice che ha un appuntamento.»

Dillon aprì la porta dell'anticamera di Harvey ed entrò. Non c'erano mobili da ufficio, solo un paio di piante in vaso e diverse poltrone. La porta dell'ufficio si aprì e apparve Myra che indossava un paio di calzoni neri che le aderivano al corpo come una seconda pelle, stivali neri e una corta tunica scarlatta. Faceva colpo.

«Signor Hilton?»

«Precisamente.»

«Sono Myra Harvey. Lei ha detto che aveva appuntamento con mio zio.»

«Ho detto così?»

Myra gli lanciò un'occhiata indifferente, mentre dietro di lei la porta si apriva ed entrava Billy Watson. La cosa evidentemente era stata predisposta. Billy si appoggiò alla porta, con un aspetto convenientemente minaccioso, di vestito nero, le braccia conserte.

«Allora, qual è il suo gioco?»

«Questo riguarda il signor Harvey.»

«Billy, buttalo fuori», ordinò la ragazza, e si voltò verso la porta.

Billy pose sgarbatamente una mano sulla spalla di Dillon. Questi alzò un piede, girò di colpo su se stesso e vibrò di lato il pugno chiuso che andò a colpire la tempia di Billy. Il giovanotto urlò di dolore e ricadde all'indietro su una delle poltrone.

«Non è molto in gamba, vero?» osservò tranquillamente Dillon.

Aprì la valigetta, ne trasse una mazzetta di dieci biglietti da cento dollari, tenuti insieme da un elastico e la gettò a Myra. Lei non riuscì ad afferrarla al volo e dovette chinarsi per raccoglierla da terra. «Ma guarda un po'! Nuovi di zecca!» disse rialzandosi.

«Sì, i soldi nuovi hanno sempre un odore così buono. Ora, vai a dire a Jack che un vecchio amico vorrebbe vederlo con un altro po' della stessa roba.»

Myra lo fissò per qualche attimo, stringendo gli occhi, poi si voltò e aprì la porta dell'ufficio di Harvey. Billy fece per alzarsi e Dillon lo guardò. «Non te lo consiglio proprio, ragazzo.»

Billy tornò ad accasciarsi sulla poltrona e in quel momento la porta si riaprì. «Bene, può entrare», annunciò Myra.

L'ufficio aveva un'aria incredibilmente seria, pareti rivestite di quercia, un tappeto verde di seta georgiana e un fuoco a gas che pareva quasi vero in un cestino di acciaio nel caminetto. Harvey, seduto dietro una massiccia scrivania di quercia, fumava un sigaro.

Aveva i mille dollari davanti a sé e guardò Dillon senza scomporsi. «Il mio tempo è limitato, quindi veniamo al sodo, figliolo.» Prese in mano le banconote. «Un altro po' di questa roba?»

«Esatto.»

«Io non ti conosco. Hai detto a Myra di essere un vecchio amico, ma io non ti ho mai visto prima.»

«Tanto tempo fa, Jack, dieci anni, per essere precisi, allora avevo una faccia diversa. Ero venuto da Belfast per un lavoro. Abbiamo fatto affari insieme, tu e io. E ne hai ricavato un gruzzolo niente male, se ben mi ricordo. Tutti quei bei dollari raccolti dai simpatizzanti dell'IRA in America.»

«Coogan!» disse Harvey. «Michael Coogan!»

Dillon si tolse gli occhiali. «In persona, vecchio mio!»

Harvey annuì lentamente e disse alla nipote: «Myra, un vecchio amico, il signor Coogan di Belfast».

«Capisco», disse lei. «Uno di quelli.»

Dillon si accese una sigaretta e sedette deponendo la valigetta sul pavimento accanto a sé. «Sei passato per Londra come Attila, il Flagello di Dio, quella volta», aggiunse Jack Harvey. «Avrei dovuto farti pagare di più per tutta quella roba.»

«Tu hai detto un prezzo, io l'ho pagato», ribatté Dillon. «Che cosa può esserci di più onesto?»

«E di che cosa si tratta, questa volta?»

«Ho bisogno di un po' di Semtex, Jack. Posso arrangiarmi con venti chili, ma è il minimo. Sarebbe meglio venticinque.»

«Non chiedi molto, vero? Ma sai che quella roba è come oro? Controlli governativi tremendamente rigorosi.»

«Cazzate. Passa dalla Cecoslovacchia in Italia, in Grecia, e di lì in Libia. Si trova ovunque, Jack, lo sai tu e lo so io, quindi non stiamo a perdere tempo. Ventimila dollari.» Posò la valigetta sulle ginocchia, l'aprì e gettò il resto dei diecimila dollari, pacchetto per pacchetto, sulla scrivania. «Dieci adesso e dieci alla consegna.»

La Walther con il silenziatore Carswell già avvitato sulla canna era lì pronta nella valigetta. Dillon attese, tenendo sollevato il coperchio, e Harvey sorrise. «D'accordo, ma ti costerà trentamila.»

Dillon chiuse la valigetta. «Non va, Jack. Posso arrivare a venticinque, ma non di più.»

Harvey annuì. «D'accordo. Per quando ti occorre?»

«In ventiquattr'ore.»

«Credo di poterlo fare. Dove ti trovo?»

«Ti sbagli, Jack, sono io che vengo a trovarti.»

Si alzò e Harvey gli sorrise, tutto cortesia: «Che altro posso fare per te?»

«Veramente ci sarebbe un'altra cosa. Un segno di buona

volontà, per così dire. Mi farebbe comodo una pistola di scorta.»

«Ma certo, vecchio mio, offre la ditta.» Harvey aprì il secondo cassetto alla sua destra. «Scegli pure.»

C'erano una 38 Smith & Wesson, una Cesca cecoslovacca e una Beretta italiana. Fu appunto quella che Dillon scelse; controllò il caricatore e se la infilò in tasca. «Questa andrà benissimo.»

«Un'arma da donna», osservò Harvey, «ma sono affari tuoi. Allora, ci vediamo domani.»

Myra gli aprì la porta. «È stato un piacere, signorina.» Passò davanti a Billy senza neppure degnarlo di uno sguardo e uscì.

«Mi piacerebbe rompergli le gambe, a quello stronzo!» grugnì Billy.

Myra gli diede un buffetto sulla guancia. «Lascia andare, cocco bello, quando sei in piedi non servi a niente; è in posizione orizzontale che vali. Ora va' a giocare con il tuo motorino o fa' quello che vuoi, ma fuori dai piedi.» E tornò nell'ufficio dello zio.

Dillon si fermò in fondo alle scale e infilò la Beretta nella valigetta.

L'unica cosa che sia meglio di una pistola sono due pistole. È sempre un asso nella manica, pensava tornando a passo svelto alla Mini Cooper.

Myra era in piedi accanto alla scrivania dello zio. «Non mi fiderei neanche un briciolo di quel tipo.»

«Una canaglia, ma è un duro. Quando era qui per l'IRA, nel 1981, gli ho fornito armi, esplosivi, tutto. Tu eri al college allora, non eri ancora in affari, così probabilmente non ti ricordi.»

«Coogan è il suo vero nome?»

«Naturalmente no. Ma ti assicuro che è un vero demonio. In quei giorni io avevo un sacco di guai a causa di George Montoya, là a Bermondsey, quel tipo che chiamavano George lo Spagnolo. Coogan lo ha fatto fuori per me, una sera, lui e suo fratello, vicino a un bar chiamato *Flamenco*. E me lo ha fatto gratis.»

«Davvero?» chiese Myra. «Allora, dove andiamo a prendere il Semtex per lui?»

Harvey rise, aprì il primo cassetto della scrivania e prese un mazzo di chiavi. «Adesso ti faccio vedere.» La condusse lungo il corridoio e aprì una porta. «Una cosa che neanche tu sapevi, mia cara.»

La stanza era tappezzata di scaffali pieni di raccoglitori di cartone. Harvey appoggiò la mano sullo scaffale centrale della parete di fondo e la parete si spalancò rivelando un caveau dove erano accumulate armi di ogni genere.

«Mio Dio!» disse Myra.

«Tutto quello che puoi desiderare, qui lo trovi. Pistole, fucili, M15.» Schioccò la lingua. «E Semtex.» C'erano tre scatole di cartone su un tavolino. «Venticinque chili in ogni scatola.»

«Ma allora perché gli hai detto che ci voleva tempo?»

«Per tenerlo un po' sulla corda.» Uscì con lei e richiuse. «Per cavargli qualche bigliettone in più.»

Tornarono nell'ufficio e Myra chiese: «Che cosa pensi che stia progettando?»

«Che cosa vuoi che me ne importi! Comunque, non hai da preoccuparti. Non sei mica diventata una dannata patriota, o qualcosa di simile?»

«Non è questo, sono solo curiosa.»

Jack Harvey spuntò un altro sigaro. «Ascolta, mi è venuta un'idea. Sarebbe un bel colpo se riuscissi a convincere quella piccola canaglia a far fuori Harry Flood per me.» E scoppiò in una risata.

Ferguson stava per lasciare il suo ufficio al ministero della Difesa, poco dopo le sei, quando suonò il telefono. «Allora, vecchio furfante», disse Devlin, «ho qualcosa per te.»

«Sputa subito fuori!»

«Il controllo di Dillon a Belfast nel 1981 era un tizio di nome Tommy McGuire. Te ne ricordi?»

«Ricordo benissimo. Non gli hanno sparato qualche anno fa? Una specie di faida interna dell'IRA?»

«Così si è detto, ma in realtà lui è vivo e vegeto, sotto altra identità.»

«E quale sarebbe?»

«Questo devo ancora scoprirlo. Dovrò vedere della gente a Belfast, ci vado in macchina stanotte. A proposito, presumo che se mi impegno in quest'affare divento un agente speciale del Gruppo Quattro, no? Voglio dire, non è che rischio di finire in prigione, alla mia età!»

«Sarai completamente coperto, hai la mia parola. Ora, che cosa dobbiamo fare noi?»

«Pensavo che se Brosnan e il capitano Tanner intendono partecipare all'azione, potrebbero partire domattina con quel tuo jet Lear per Belfast e aspettarmi all'*Hotel Europa*, al bar. Di' a Brosnan di presentarsi al capo portiere. Io mi metterò in contatto con loro probabilmente verso mezzogiorno.»

«Sarà fatto», assicurò Ferguson.

«Un'altra cosa. Non pensi che tu e io stiamo diventando un po' troppo vecchi, per un'azione del genere?»

«Parla per te!» ribatté Ferguson e riappese.

Restò seduto per un po' a riflettere, poi chiamò una segretaria al citofono. Mentre l'aspettava telefonò a Mary Tanner, al suo appartamento di Lowndes Square. Mentre le parlava entrò Alice Johnson, con penna e taccuino. Ferguson le fece cenno di sedersi e continuò a parlare con Mary.

«Così, partenza domattina presto. Ancora Gatwick, credo. Sarete là in un'ora con il Lear. Pranzi fuori, questa sera?»

«Henry Flood ha suggerito il *Savoy*, gli piace l'orchestrina del locale.»

«Mi pare divertente.»

«Non vorrebbe unirsi a noi, signore»

«Sì, in effetti potrei.»

«Allora ci vedremo là, alle otto.»

Ferguson depose la cornetta e si rivolse ad Alice Johnson. «Una breve nota. Al Primo ministro, strettamente confidenziale.» Dettò rapidamente un rapporto per aggiornare il ministro, includendovi un resoconto della sua conversazione con Devlin. «Una copia per il Primo ministro, e chiami un corriere. La solita copia per me e l'archivio. Faccia presto, e mi porti il tutto per la firma. Conto di andarmene fra poco.»

La donna tornò in fretta al suo ufficio. Gordon Brown si trovava accanto alla fotocopiatrice quando lei sedette alla macchina per scrivere. «Credevo che se ne fosse già andata», osservò.

«Anch'io, ma mi ha appena dato un lavoro extra, un altro rapporto strettamente confidenziale per il Primo ministro.»

«Davvero!»

Alice Johnson cominciò a battere furiosamente a macchina e finì in due minuti. «Ho finito, ma Ferguson dovrà attendere, devo andare alla toilette.»

«Faccio io le fotocopie per te.»

«Grazie, Gordon.»

Uscì nel corridoio e stava aprendo la porta della toilette quando si accorse di aver dimenticato la borsetta sulla scrivania. Si voltò e tornò di corsa nell'ufficio. La porta era semiaperta e poté vedere Gordon che leggeva una copia del rapporto in piedi accanto alla copiatrice. Con suo grande stupore vide il collega piegare il foglio, infilarselo in tasca e fare in fretta un'altra copia.

Alice era sconvolta: non sapeva che cosa fare, allora tornò alla toilette e cercò di riprendersi. Dopo qualche minuto era di ritorno in ufficio.

Il rapporto e la copia per l'archivio erano sulla sua scrivania. «Tutto fatto», annunciò Gordon Brown. «Ho anche già chiamato un corriere.»

Lei cercò di sorridere. «Glieli porto per la firma.»

«Bene, pensavo di scendere al bar. Ci vediamo più tardi.»

Alice corse per il corridoio, bussò alla porta di Ferguson ed entrò. Ferguson era seduto alla scrivania e stava scrivendo qualcosa. «Ah, benissimo. Firmo subito e lei può mandare la copia per il Primo ministro direttamente a Downing Street.» La donna stava tremando e Ferguson aggrottò la fronte. «Mia cara signora Johnson, che cos'ha?»

Allora lei gli raccontò tutto

Ferguson l'ascoltò, scuro in viso, e quando la donna ebbe terminato afferrò il telefono. «Mi chiami la Sezione speciale, l'ispettore Lane. Sono il generale Ferguson del Gruppo Quattro. Priorità assoluta, urgente. Passi la comunicazione al mio ufficio.»

Depose il telefono. «Ora, signora, ecco quello che deve fare. Torni al suo ufficio e si comporti come se nulla fosse accaduto.»

«Ma Gordon non è là, generale, è andato al bar.»

«Al bar? E perché diavolo c'è andato?»

Quando Tania sentì la voce di Gordon al telefono montò immediatamente in collera. «Ti avevo detto di non chiamarmi qui, Gordon.»

«Sì, ma è urgente.»

«Dove sei ora?»

«Al bar del ministero, ho un altro rapporto.»

«Importante?»

«Molto.»

«Leggimelo.»

«No, te lo porto io quando finisco il mio turno alle dieci.»

«Verrò a trovarti a casa tua, Gordon, te lo prometto, ma voglio sapere subito quello che hai lì. Se ti rifiuti, non scomodarti a telefonarmi mai più.»

«No, no, va bene, te lo leggo.»

Gordon lesse e quando ebbe finito lei disse: «Sei un bravo ragazzo, Gordon. Ci vediamo più tardi».

Lui riappese e si voltò, ripiegando la copia del rapporto. La porta della cabina telefonica si aprì di colpo e Ferguson gli strappò il rapporto dalle mani.

10

DILLON si trovava nella sua stanza d'albergo quando Tania gli telefonò. «Ho notizie scottanti. Quelli che le danno la caccia stanno per trasferire le loro ricerche a Belfast.»

«Mi dica tutto.»

La russa espose quello che aveva appena saputo e concluse: «Tutto questo ha qualche significato per lei?»

«Certo. Quel tizio, McGuire, era un nome importante allora fra i Provos.»

«Ed è morto, vero, o è ancora in giro?»

«Devlin in questo ha ragione. È stato dato per morto, in seguito a lotte interne al movimento, ma era solo uno stratagemma per aiutarlo a sparire dalla scena.»

«Se lo trovassero, sarebbe un problema per lei?»

«Forse, ma non se lo trovo io per primo.»

«E come conta di fare?»

«Conosco il suo fratellastro, un tizio di nome Macey. Lui dovrebbe sapere dove si trova.»

«Ma questo significa che lei deve andare a Belfast.»

«Non sarebbe così difficile. Un'ora e un quarto con le British Airways. Non so a che ora parte stanotte l'ultimo aereo, devo controllare.»

«Aspetti un minuto, ho qui un orario.» Aprì un cassetto, trovò l'orario e cercò la pagina di Belfast. «L'ultimo aereo è alle otto e trenta. Non ce la farà mai. Adesso sono le sette meno un quarto. È un inferno andare a Heathrow con il traffico dell'ora di punta, e il cattivo tempo peggiora le cose. Ci vorrebbe almeno un'ora, o un'ora e mezzo.»

«Lo so. E le partenze di domattina?»

«Alla stessa ora, otto e trenta.»

«Be', dovrò solo alzarmi presto.»

«Ma sarà prudente?»

«Che cosa lo è, nella vita? Lasci fare a me e non si preoccupi. Ci risentiamo.»

Depose il telefono, restò un momento a riflettere, poi chiamò le British Airways e prenotò un posto per l'aereo del mattino, con ritorno libero. Si accese una sigaretta e andò alla finestra. «Sarà prudente?» aveva detto la donna. Cercò di ricordare che cosa sapeva di lui Tommy McGuire nel 1981. Niente su Danny Fahy, questo era sicuro, perché nessuno sapeva che Fahy era al lavoro in quei giorni, era stata una cosa del tutto personale. Ma Jack Harvey no, era un'altra questione. Dopotutto, era stato McGuire che lo aveva indirizzato a Harvey come trafficante di armi.

Si infilò la giacca, prese l'impermeabile dall'armadio e uscì. Cinque minuti dopo chiamava un taxi all'angolo e diceva al tassista di portarlo a Covent Garden.

Gordon Brown era seduto davanti alla scrivania di Charles Ferguson, nella penombra dell'ufficio. Non era mai stato così terrorizzato in vita sua. «Non volevo fare nulla di male, generale, glielo giuro.»

«E allora perché ha preso una copia del rapporto?»

«È stata solo una fantasia improvvisa. Stupida, lo so, ma ero così incuriosito, vedendo che era destinato al Primo ministro...»

«Lei si rende conto di quello che ha fatto, Gordon, con il

suo stato di servizio? Tutti quegli anni passati nell'esercito, e questo potrebbe costarle la pensione.»

L'ispettore Lane, della Sezione speciale, era sui quarant'anni e, con i suoi occhiali e il suo abito di tweed spiegazzato, pareva un maestro di scuola. «Glielo chiedo ancora, signor Brown», insistette piegandosi sulla scrivania. «Lei ha mai preso in passato delle altre copie come questa?»

«Assolutamente no, lo giuro.»

«Non le è mai stato chiesto da un'altra persona di fare una cosa simile?»

Gordon cercò di apparire convenientemente scioccato. «Dio Santo, ispettore, ma questo sarebbe tradimento! Io ero maresciallo dell'Intelligence Corps!»

«Sì, signor Brown, questo lo sappiamo.»

Suonò il telefono interno e Ferguson rispose. Era il sergente di Lane, Mackie. «Sono qui fuori, generale, torno ora dall'appartamento di Camden. Credo che lei dovrebbe venire qui con l'ispettore.»

«Grazie.» Ferguson depose il ricevitore. «Bene, Gordon, le daremo un po' di tempo per riflettere. Ispettore?»

Fece un cenno a Lane e uscirono insieme dall'ufficio. Mackie era nell'anticamera, ancora con il cappello e l'impermeabile addosso e un sacchetto di plastica in mano.

«Ha trovato qualche cosa, sergente?» Chiese Lane.

«Può ben dirlo, ispettore.» Mackie prese una cartella di cartone dal sacchetto e l'aprì. «Una collezione piuttosto interessante.»

La cartella conteneva, disposte in bell'ordine, le copie dei rapporti confidenziali al Primo ministro, i più recenti sopra gli altri.

«Cristo, generale, è un bel po' di tempo che la cosa va avanti!» osservò Lane.

«Così pare», rispose Ferguson. «Ma per quale ragione?»

«Lei pensa che Brown lavori per qualcuno, signore?»

«Senza dubbio. L'operazione in cui sono attualmente impegnato è estremamente delicata. C'è stata un'aggressione contro un uomo che lavora per me a Parigi e una donna è morta. E noi ci domandavamo come mai il cattivo fosse al corrente delle loro mosse. Lei mi segue, ispettore? Ora lo sappiamo. I particolari di questi rapporti venivano passati a una terza parte. Deve essere andata così.»

Lane annuì. «Allora dovremo lavorarcelo ancora un po'.»

«No, non ne abbiamo il tempo. Proviamo un altro sistema: lo lasciamo andare. È un sempliciotto, e penso che farà la cosa più semplice.»

«Giusto, signore.» Lane si rivolse a Mackie. «Se lo perdi di vista, ti rispedisco a dirigere il traffico in periferia, e così finirò anch'io, perché vengo con te.»

Uscirono e Ferguson tornò nel suo ufficio e sedette alla scrivania. «Brutta faccenda, Gordon.»

«E ora, che cosa mi capiterà, generale?»

«Ci devo pensare.» Ferguson prese in mano la copia del rapporto. «Una cosa incredibilmente stupida da fare!» sospirò. «Vada a casa, Gordon, vada a casa, la farò chiamare domattina.»

Gordon Brown non poteva credere alla sua fortuna. Riuscì a stento ad aprire la porta e si affrettò per il corridoio verso lo spogliatoio del personale. Se l'era cavata per il rotto della cuffia! Avrebbe potuto essere il disastro completo. Non solo la fine della sua carriera e la perdita della pensione, ma anche il carcere. Ma ora basta: non avrebbe più mosso un dito, e Tania doveva rassegnarsi. Scese al parcheggio infilandosi il cappotto, raggiunse la sua macchina e pochi minuti dopo svoltava in Whitehall. Mackie e Lane gli stavano alle calcagna nella Ford Capri del sergente.

Dillon sapeva che Covent Garden era la zona dove si andava a fare compere la sera tardi. C'era ancora in giro moltissima gente, nonostante il freddo, quando si diresse a passo svelto verso la bottega di articoli teatrali di Clayton, vicino a Neal's Yard. La luce della vetrina era accesa e la porta si aprì subito alla spinta della sua mano, con il solito tintinnio del campanello.

Clayton uscì da dietro la tenda di perline e sorrise. «Oh, è lei? In che cosa posso esserle utile?»

«Una parrucca.»

«Ne ho un bell'assortimento, qui.» Aveva ragione, c'era di tutto: corte e lunghe, lisce e ricce, bionde e ramate. Dillon ne scelse una di capelli grigi, lunghi fino alle spalle.

«Capisco», disse Clayton. «Un costume da nonnina?»

«Qualcosa di simile. E per gli abiti? Niente di troppo costoso, roba di seconda mano.»

«Venga qua.»

Clayton passò al di là della tenda di perline e Dillon lo seguì. C'erano scaffali e scaffali di vestiti e un mucchio di occasioni in un angolo. Dillon si mosse in fretta, scelse una lunga gonna marrone con l'elastico in vita e un impermeabile piuttosto malandato che gli arrivava quasi alle caviglie.

«Che parte deve fare, questa volta?» chiese Clayton. «La Vecchia Mamma Riley o una mendicante?»

«Resterebbe sorpreso, se sapesse...» Dillon aveva visto dei jeans in cima al mucchio nell'angolo. Li prese, poi frugò in mezzo a un mucchio di scarpe, lì vicino, e scelse un paio di scarpe da ginnastica che avevano visto giorni migliori.

«Queste mi vanno bene», disse. «Oh, e anche questo.» Prese un vecchio foulard da uno scaffale. «Mi metta tutto in un paio di sacchetti di plastica. Quanto le devo?»

Clayton cominciò a impacchettare gli acquisti. «Veramente dovrei essere io a ringraziarla di portarsi via questa robaccia, ma tutti dobbiamo vivere. Dieci sterline ed è tutto suo.»

Dillon pagò e prese i sacchetti. «Grazie mille.»

Clayton gli aprì la porta. «In bocca al lupo, amico, e li faccia restare tutti a bocca aperta!»

«Oh, lo farò!» S'incamminò con passo veloce fino all'angolo, chiamò un taxi e si fece riportare all'albergo.

* * *

Quando Tania Novikova scese ad aprire la porta e si trovò davanti Gordon Brown, intuì per istinto che qualcosa era andato storto.

«Che cosa succede, Gordon? Ti avevo detto che sarei venuta io a casa tua.»

«Dovevo vederti, Tania, è essenziale. È successo qualcosa di terribile.»

«Calmati, non ti agitare. Vieni su e dimmi tutto.»

L'ispettore Lane e Mackie avevano parcheggiato l'auto all'imbocco della strada: Lane aveva già in mano il telefono cellulare e stava chiamando Ferguson per dargli l'indirizzo.

«Il sergente Mackie ha fatto un rapido controllo alla porta, signore. La targhetta dice 'Signorina Tania Novikova'.»

«Oh, cielo!» disse Ferguson.

«La conosce, signore?»

«Una presunta segretaria dell'ambasciata sovietica, ma in realtà è un capitano del KGB.»

«Allora lavora per il colonnello Yuri Gatov; è lui che dirige la sezione di Londra.»

«Non ne sono completamente sicuro. Gatov è un uomo di Gorbaciov, molto filoccidentale. Invece ho sentito dire che la Novikova è sempre stata alla destra di Genghis Khan. Sarei sorpreso se Gatov fosse al corrente del caso attuale.»

«Lei pensa di informarlo, signore?»

«Non ancora. Vediamo prima che cosa ha da dire la donna. Ora stiamo solo cercando di appurare i fatti.»

«Dobbiamo entrare, signore?»

«No, aspettate che arrivi io. Sarò lì fra venti minuti.»

Tania sbirciò cautamente attraverso uno spiraglio delle tende. Vide Mackie in piedi accanto alla macchina, all'imbocco della strada, e le bastò. Poteva fiutare un poliziotto in qualsiasi angolo del mondo: a Mosca, a Parigi, a Londra. Erano sempre gli stessi.

«Gordon, ripetimi ancora esattamente quello che è successo.»

Restò pazientemente seduta mentre Brown le riferiva i fatti. Infine annuì. «Siamo stati fortunati, Gordon, veramente fortunati. Vai in cucina, e preparami una tazza di caffè, io devo fare un paio di telefonate.» Gli strinse il braccio. «Dopo, ci concederemo un'oretta speciale insieme.»

«Davvero?» La faccia di Gordon si illuminò, mentre entrava in cucina.

Tania prese il telefono e chiamò Makeev nel suo appartamento a Parigi. Attese a lungo e stava per chiudere quando sentì sollevare il ricevitore all'altra estremità della linea.

«Josef, sono Tania.»

«Stavo facendo la doccia», rispose lui, «sto sgocciolando acqua per tutto il tappeto.»

«Ho solo qualche attimo, Josef. Volevo solo dirti addio, sono bruciata. La mia talpa si è fatta scoprire; mi aspetto che sfondino la porta da un momento all'altro.»

«Mio Dio!» esclamò Makeev. «E Dillon?»

«È al sicuro. Tutto il piano funziona. Quello che farà quell'uomo darà fuoco al mondo.»

«Ma tu, Tania?»

«Non ti preoccupare, non lascerò che mi prendano. Addio, Josef.»

Depose il telefono, si accese una sigaretta, poi chiamò Dillon nella sua stanza all'albergo. Dillon rispose subito. «Qui Tania», disse lei. «Siamo nei guai.»

Lui rimase calmissimo. «Che tipo di guai?»

«Hanno scoperto la mia talpa, lo hanno lasciato andare e il povero idiota è venuto direttamente qui. Gli uomini della Sezione speciale sono già all'imbocco della mia strada.»

«Capisco. Che cosa conta di fare?»

«Non si preoccupi, non sapranno niente da me. C'è una cosa. Sanno che Gordon mi ha comunicato il contenuto del rapporto di stanotte. Era nella cabina del telefono, al bar del ministero, quando Ferguson lo ha arrestato.»

«Ah.»

«Mi prometta una cosa.»

«Che cosa?»

«Li faccia saltare tutti per aria. Tutti.» Suonò il campanello. «Ora devo andare. Buona fortuna, Dillon.»

Mentre deponeva il ricevitore, Gordon stava entrando con il caffè. «Era il campanello?»

«Sì, fammi un piacere, Gordon, va' a vedere chi è.»

Gordon aprì la porta e cominciò a scendere le scale. Tania trasse un profondo respiro. Morire non era difficile. La causa in cui credeva era sempre stata la cosa più importante della sua vita. Spense la sigaretta, aprì un cassetto della scrivania e ne trasse una pistola Makarov. Si sparò alla tempia destra.

Gordon Brown, che era a metà delle scale, si girò di colpo e risalì a precipizio, irrompendo nella stanza. Quando la vide a terra ai piedi della scrivania, con la pistola ancora nella destra, gettò un grido terribile e cadde in ginocchio.

«Tania, amore mio», gemette.

Capì subito che cosa doveva fare mentre udiva qualcosa di pesante cozzare contro la porta esterna. Strappò la Makarov dalla mano di Tania e la sollevò con mano tremante. Fece un respiro profondo per darsi forza e schiacciò il grilletto, nello stesso momento in cui la porta esterna si spalancava e Lane e Mackie correvano su per le scale seguiti da Ferguson.

All'imbocco della strada si era radunata una piccola folla, spinta dalla solita curiosità. Dillon si infilò fra la gente, con il bavero rialzato e le mani in tasca. Cominciava a nevicare leggermente quando aprirono le portiere posteriori dell'ambulanza e caricarono le due barelle coperte da un lenzuolo. L'ambulanza ripartì. Ferguson rimase qualche momento sul marciapiede a parlare con Lane e Mackie. Dillon riconobbe subito il generale dalle foto che aveva visto diversi anni prima. Gli altri due, ovviamente, dovevano essere poliziotti.

Dopo un po' Ferguson salì nella sua macchina e partì e anche Lane se ne andò. Mackie, invece, tornò nell'appartamento. Lo stratagemma era evidente: Mackie doveva aspettare nel caso in cui comparisse qualcun altro. Una cosa era certa: Tania Novikova era morta, e con lei il suo amico. Dillon si rese conto che, grazie al loro sacrificio, lui ora era al sicuro.

Tornò in albergo e telefonò a Makeev a Parigi. «Ho cattive notizie, Josef.»

«Tania?»

«Come lo sai?»

«Mi ha telefonato. Che è successo?»

«Era bruciata o piuttosto, lo era la sua talpa. Si è uccisa, Josef, piuttosto che lasciarsi prendere. Una donna piena di abnegazione.»

«E la talpa? Quel suo amico?»

«Ha fatto la stessa cosa. Ho visto caricare i due corpi sull'ambulanza. Ferguson era presente.»

«E questo influirà sui tuoi piani?»

«Nemmeno per sogno. Parto per Belfast domattina, per togliere di mezzo ogni possibilità di traccia che possa restare.»

«E poi?»

«Ti lascerò sbalordito, Josef, tu e il tuo amico arabo. Che ne diresti dell'intero Consiglio di guerra britannico?»

«Dio Santo, non stai parlando sul serio!»

«Oh, sono fin troppo serio. Mi farò sentire presto.»

Depose il ricevitore, si infilò la giacca e scese al bar dell'albergo fischiettando.

Ferguson era in attesa del colonnello Yuri Gatov in un séparé dell'elegante bar di Kensington Park Gardens, proprio di fronte all'ambasciata sovietica. Quando il russo comparve, sembrava agitato: era un uomo alto, dai capelli bianchi, e indossava un cappotto di cammello. Vide Ferguson e si affrettò verso di lui.

«Charles, non posso crederlo! Tania Novikova morta! Perché?»

«Yuri, tu e io ci conosciamo da più di vent'anni e spesso siamo stati avversari. Ma adesso sarei pronto a scommettere che anche tu vuoi vedere un cambiamento della situazione e la fine del conflitto est-ovest.»

«Certo, e tu lo sai bene.»

«Sfortunatamente, non tutti nel KGB sono d'accordo con te, e Tania era una di quelli.»

«È vero, era una sostenitrice della linea dura, ma che cosa vorresti farmi capire, Charles?»

Ferguson lo mise al corrente di tutto: Dillon, l'attentato contro la signora Thatcher, Gordon Brown, Brosnan.

«Allora», osservò Gatov, «questo sicario dell'IRA intende attentare alla vita del Primo ministro? È questo che stai cercando di dirmi? E Tania era coinvolta?»

«Oh, c'era dentro in pieno!»

«Ma, Charles, io non ne sapevo assolutamente nulla, te lo assicuro.»

«E io ti credo, vecchio mio, ma lei doveva avere un collegamento con qualcuno. Era riuscita a trasmettere informazioni di importanza vitale a Dillon a Parigi. Ecco perché quello era al corrente di Brosnan e di tutto il resto.»

«Parigi?» replicò Gatov. «Fammi pensare. Sai che Tania aveva lavorato tre anni a Parigi prima di essere trasferita a Londra? E sai chi è il direttore della sezione parigina del KGB?»

«Ma certo, Josef Makeev.»

«Tutt'altro che favorevole a Gorbaciov. È ancora uno della vecchia guardia.»

«Questo spiega molte cose», osservò Ferguson. «Ma non potremo mai provarlo.»

«È vero.» Gatov annuì. «Comunque, gli darò un colpo di telefono, giusto per mettergli un po' di paura.»

* * *

Makeev non aveva osato allontanarsi troppo dal telefono e sollevò il ricevitore al primo squillo.

«Sono Makeev.»

«Josef? Yuri Gatov. Ti telefono da Londra.»

«Yuri, che sorpresa!» disse Makeev, subito in allarme.

«Ho una triste notizia, Josef. Tania. Tania Novikova.»

«Che cosa le è successo?»

«Si è tolta la vita. Questa sera, insieme a un suo amico, un impiegato del ministero della Difesa inglese.»

«Dio del cielo!» esclamò Makeev, cercando di sembrare convincente.

«Lui le passava informazioni riservate. Ho appena avuto un colloquio con Charles Ferguson del Gruppo Quattro. Tu conosci Charles?»

«Ma certo.»

«Sono rimasto allibito. Devo dirti che non avevo la più pallida idea delle attività di Tania. Lei ha lavorato tre anni per te, Josef, per cui tu la conosci meglio di chiunque altro. Hai qualche idea sulla faccenda?»

«Proprio nessuna, temo.»

«Capisco. Se ti viene in mente qualcosa fammelo sapere.»

Makeev si versò uno scotch e si affacciò a contemplare le strade parigine strette nella morsa del gelo. Per un attimo, ebbe il fuggevole impulso di telefonare a Michael Aroun, ma a che cosa sarebbe servito? Tania gli era parsa così sicura. Darà fuoco al mondo, erano state le sue parole.

Alzò il bicchiere. «A te, Dillon», mormorò, «facci vedere di che cosa sei capace.»

Erano quasi le undici, nella sala affacciata sul fiume del *Savoy*, l'orchestrina suonava ancora e Harry Flood, Brosnan e Mary stavano ormai pensando di tornarsene a casa, quando finalmente Ferguson fece la sua comparsa.

«Se mai ho avuto bisogno di un drink, mi occorre adesso. Scotch, e abbondante.»

Flood chiamò un cameriere, mentre Mary gli chiedeva: «Che cosa diavolo è successo?»

Ferguson fece un rapido riassunto degli avvenimenti della serata. Quando ebbe terminato, Brosnan osservò: «Questo spiega un sacco di cose, ma purtroppo non ci porta più vicino a Dillon».

«Devo dire un'altra cosa», riprese Ferguson. «Quando ho arrestato Brown, nel bar del ministero, era al telefono e aveva il rapporto in mano. È probabile che stesse parlando con quella Novikova.»

«Capisco che cosa intende dire», disse Mary. «Lei pensa che la Novikova, a sua volta, abbia potuto trasmettere le notizie a Dillon?»

«È possibile.»

«E allora, che cosa dovremmo pensare?» chiese Brosnan. «Che Dillon andrà anche lui a Belfast?»

«Forse», rispose Ferguson, «se per lui è abbastanza importante.»

«Allora diamoci da fare.» Brosnan si rivolse a Mary. «Partiamo domattina presto. È meglio che ci muoviamo.»

Mentre attraversavano il locale verso l'uscita, e Brosnan e Ferguson camminavano davanti a loro, Mary chiese a Flood: «Lei ha una grande opinione di lui, vero?»

«Di Martin? Perbacco! I Vietcong mi tenevano da settimane in fondo a una fossa. Quando pioveva forte, la fossa si riempiva d'acqua e dovevo stare in piedi tutta la notte per non annegare. Sanguisughe, vermi, bestie schifose di ogni tipo, e poi un giorno, nel momento peggiore, una mano scese dall'orlo della fossa e mi tirò fuori, ed era Martin, con i capelli lunghi fino alle spalle, una fascia sulla fronte e la faccia dipinta come un Apache. Martin è davvero un uomo speciale.»

Mary lanciò uno sguardo a Brosnan. «Sì, credo che sia proprio così.»

* * *

Dillon ordinò a un taxi di andarlo a prendere all'albergo alle sei. Lo aspettò sugli scalini, con la valigia in una mano e una ventiquattr'ore nell'altra; portava l'impermeabile, la cravatta e gli occhiali di Peter Hilton, e aveva in tasca la patente di guida di Jersey e il brevetto di pilota, come documenti di identità. La valigia conteneva una borsetta da toeletta e i capi di vestiario che aveva acquistato da Clayton a Covent Garden, tutti piegati in bell'ordine, e vi aveva aggiunto un asciugamano dell'albergo, calzini e biancheria. Il tutto aveva un aspetto estremamente normale e la parrucca poteva essere facilmente spiegata.

La corsa fino a Heathrow fu rapida, a quell'ora del mattino. Andò a ritirare il biglietto allo sportello delle prenotazioni, fece passare la valigia e prese la carta d'imbarco. Non aveva armi con sé: non sarebbe stato possibile, con le severe misure di sicurezza in vigore sui voli per Belfast.

Acquistò tre o quattro giornali, salì alla galleria del ristorante e ordinò una colazione all'inglese, quindi sfogliò i giornali, per vedere come procedeva la guerra del Golfo.

A Gatwick c'era una leggera spruzzata di neve sui lati della pista, quando il jet Lear decollò. Dopo qualche istante, Mary chiese: «Martin, come ti senti?»

«Non so neanch'io. Sono passati tanti anni da quando mi trovavo a Belfast. Liam Devlin, Anne Marie. Dio mio, quanto tempo!»

«E Sean Dillon?»

«Non ti preoccupare, non lo dimentico, non potrei mai.»

Si voltò e il suo sguardo si perse in lontananza, mentre il jet Lear si levava al di sopra delle nubi e puntava verso nordovest.

* * *

Anche se Dillon non lo sapeva, Brosnan e Mary erano già atterrati e si dirigevano verso l'*Hotel Europa* quando il suo aereo rullò sulla pista di arrivo dell'aeroporto Aldergrove, alla periferia di Belfast. Dovette aspettare una mezz'ora, per recuperare il suo bagaglio, poi seguì la coda verso la dogana. I doganieri fermarono alcuni passeggeri, ma Dillon non fu uno di loro e in cinque minuti fu fuori dell'aeroporto e a bordo di un taxi.

«Lei è inglese?» chiese il tassista.

Dillon sfoggiò il suo più puro accento di Belfast. «E che cosa glielo fa pensare?»

«Gesù, mi scusi!» disse il tassista. «Dove vuole andare?»

«Vorrei un albergo sulla Falls Road. Nelle vicinanze di Craig Street.»

«Non troverà niente di buono, da quelle parti.»

«I luoghi della mia gioventù», spiegò Dillon. «Lavoro a Londra da molti anni, sono qui per affari solo fino a domani. Pensavo di andare a rivedere le strade dei vecchi ricordi.»

«Benissimo. C'è il *Deepdene*, ma non è niente di speciale, l'avverto.»

In quel momento stava passando un'autoblindo e, svoltando nel viale principale, videro una pattuglia dell'esercito. «Sempre la stessa solfa», osservò Dillon.

«Sicuro, e la maggior parte di quei ragazzi non erano neppure nati quando la faccenda è cominciata», borbottò il tassista. «Io mi domando, che cosa facciamo? Un'altra guerra dei cent'anni?»

«Lo sa il buon Dio», disse Dillon con un'aria quasi devota e aprì il suo giornale.

Il tassista aveva ragione, il *Deepdene* non era niente di speciale, un alto edificio vittoriano in una stradina laterale nei pressi di Falls Road. Dillon pagò l'autista, scese e si trovò in uno squallido atrio con un tappeto consunto. Quando suonò il campanello, comparve una matrona affabile e corpulenta.

«Che posso fare per lei, mio caro?»

«Vorrei una stanza, per una sola notte.»

«Benissimo.» Gli spinse davanti un registro e staccò una chiave dal gancio. «Primo piano, numero nove.»

«Devo pagare subito?»

«Crede che non sappia riconoscere un gentiluomo a prima vista?»

Dillon salì le scale ed entrò nella stanza che era squallida come si era aspettato. Un letto d'ottone a una piazza e un armadio. Depose la valigia sul tavolo e uscì di nuovo, chiudendo la porta a chiave, poi percorse il corridoio nella direzione opposta da cui era venuto e trovò la scala di servizio sul retro. In fondo alla scala si apriva una porta che dava su un cortiletto sporco e ingombro, al di là del quale passava un vicolo fiancheggiato da catapecchie cadenti. Ma la scena non lo avvilì minimamente. Era una zona che conosceva come le sue tasche. Un posto dove, ai suoi tempi, aveva fatto vedere i sorci verdi all'esercito britannico. Scese per il vicolo sorridendo, immerso nei suoi ricordi, e sbucò su Falls Road.

11

«RICORDO quando hanno aperto questo albergo nel 1971», disse Brosnan a Mary. Era in piedi presso la finestra della stanza, al sesto piano dell'*Hotel Europa* in Great Victoria Street, vicino alla stazione ferroviaria. «Per qualche tempo è stato il principale bersaglio delle bombe dell'IRA, quei fanatici smaniosi di far saltare qualsiasi cosa, piuttosto che niente.»

«Tu non eri fra quelli, naturalmente.»

Nella voce di Mary c'era una leggera punta sarcastica, che Brosnan preferì ignorare. «Certo che no. Devlin e io apprezzavamo troppo il bar, venivamo qui molto spesso.»

Mary rise stupita. «Che assurdità! Vuoi farmi credere che con l'esercito britannico che vi dava la caccia per tutta Belfast, tu e Devlin ve ne stavate tranquillamente seduti al bar dell'*Europa*?»

«Anche al ristorante, talvolta. Vieni, te lo farò vedere. Meglio che prendiamo i cappotti, nel caso ci arrivi un messaggio quando siamo da basso.»

Mentre scendevano con l'ascensore, Mary gli chiese: «Non sei armato, vero?»

«No.»

«Bene, preferisco così.»

«E tu?»

«Io sì», rispose lei, tranquilla. «Ma per me è diverso: io sono un ufficiale delle Forze armate britanniche in servizio attivo.»

«E che cosa porti?»

Lei aprì la borsetta e gli fece dare una rapida occhiata all'arma, una piccola automatica.

«Che cos'è?» chiese Brosnan.

«Un'arma piuttosto rara, una vecchia Colt 25. L'ho trovata in Africa.»

«Non pare un'arma per la caccia all'elefante!»

«No, ma fa il suo dovere.» Sorrise con aria assente. «Almeno se uno è in grado di sparare.»

Le porte dell'ascensore si aprirono e i due attraversarono l'atrio.

Dillon camminava a passo veloce per la Falls Road. Non era cambiato niente, tutto era rimasto come ai vecchi tempi. Incontrò un paio di pattuglie di ronda, affiancate da soldati, e vide passare due autoblindo militari, ma nessuno fece caso a lui. Trovò infine quello che cercava, in Craig Street, a circa un chilometro e mezzo dall'albergo. Era un negozietto con le vetrine protette da inferriate. Sull'entrata pendevano le tre sfere di ottone di un banco di pegni, con l'insegna PATRICK MACEY.

Aprì la porta ed entrò. Il vecchio locale silenzioso e scarsamente illuminato era ingombro di una quantità di oggetti accumulati alla rinfusa: televisori, videoregistratori, orologi; c'era persino un fornello a gas e un orso impagliato in un angolo.

Dietro al bancone c'era un uomo seduto su un alto sgabello, che stava lavorando a un orologio, con una lente da gioielliere su un occhio. Alzò la testa: un viso terreo, logorato dagli anni, sulla sessantina.

«In che cosa posso servirla?»

«Non è cambiato proprio niente, Patrick», disse Dillon allegramente. «Questo posto ha lo stesso puzzo di una volta.»

Macey si tolse la lente dall'occhio e aggrottò la fronte. «Dovrei conoscerla?»

«E perché no, Patrick? Non ti ricordi quella notte di giugno del 1972, quando abbiamo dato fuoco al magazzino di Stewart, quel protestante, e abbiamo sparato a lui e ai due nipoti mentre scappavano? Vediamo un po', eravamo in tre.» Dillon si mise in bocca una sigaretta e l'accese con gesti lenti e precisi. «C'eravate tu e il tuo fratellastro, Tommy McGuire, e io.»

«Santa Madre di Dio, Sean Dillon! Sei proprio tu?»

«In carne e ossa, Patrick.»

«Gesù, Sean, non avrei mai pensato di rivederti a Belfast. Credevo che tu fossi...»

Si interruppe e Dillon chiese: «Dove credevi che fossi, Patrick?»

«A Londra», terminò in fretta Patrick Macey. «O in qualche posto del genere», aggiunse impacciato.

«E da dove ti sarebbe venuta questa idea?» Dillon andò alla porta, la chiuse e tirò giù la veneziana.

«Ma che cosa fai?» chiese Macey allarmato.

«Voglio soltanto scambiare quattro chiacchiere in privato, Patrick, vecchio mio.»

«No, Sean, niente di tutto questo, non sono più legato all'IRA, da tanto tempo.»

«Sai quello che dicono loro, Patrick. Una volta dentro, mai più fuori. E come sta Tommy, a proposito?»

«Ah, Sean, credevo che tu lo sapessi. Sono cinque anni che il povero Tommy è morto, gli ha sparato uno dei suoi. Una stupida lite fra i Provos e uno dei gruppuscoli scissionisti. L'INLA, si sospettò allora.»

«Ah, davvero?» Dillon annuì. «E tu vedi ancora qualcuno dei vecchi? Liam Devlin, per esempio?»

E qui lo colse in fallo, perché Macey non riuscì a nascondere un fulmineo sguardo di allarme. «Liam? Non lo vedo dagli anni Settanta.»

«Sul serio?» Dillon sollevò la ribalta all'estremità del bancone e girò dall'altra parte. «Sei uno schifoso bugiardo.» Lo schiaffeggiò forte sulla faccia. «Adesso entra lì.» Lo spinse al di là della tenda, nel retrobottega.

Macey era terrorizzato. «Io non so proprio niente.»

«Di che? Non ti ho ancora fatto nessuna domanda, ma ti dirò un paio di cose. Primo, Tommy McGuire non è morto, vive da qualche parte in questa bella città, sotto falso nome, e mi dirai dove sta. Secondo, Liam Devlin è venuto a trovarti. Ho ragione su entrambi i punti, vero?» Macey era paralizzato dal terrore e Dillon lo schiaffeggiò ancora. «È vero?»

L'altro crollò. «Ti prego, Sean, ti prego. Il cuore! Sono malato, potrei avere un attacco.»

«E l'avrai, se non parli, te lo garantisco.»

«Sì, Liam Devlin è stato qui questa mattina a domandarmi di Tommy.»

«E vuoi che ti spieghi quello che ti ha detto?»

«Ti prego, Sean.» Macey era scosso da un tremito convulso. «Sono malato.»

«Ti ha detto che quel vecchio furfante di Sean Dillon era a Londra, e lui voleva trovarlo, e nessuno poteva dargli informazioni meglio del vecchio compare di Dillon, Tommy McGuire. Ho ragione?»

Macey annuì debolmente. «Sì.»

«Bene, vedo che stiamo concludendo qualcosa.» Dillon si accese un'altra sigaretta e accennò alla grande cassaforte antiquata che stava in un angolo. «È là che tieni le armi?»

«Quali armi, Sean?»

«Avanti, non fare lo stronzo con me, traffichi in armi da anni. Apri.»

Macey tirò fuori una chiave dal cassetto del banco e andò ad aprire la cassaforte. Dillon lo spinse da parte. Dentro c'erano diverse pistole, una vecchia Webley, un paio di Smith & Wesson, ma quella che attirò la sua attenzione fu una Colt 45 automatica dell'esercito americano. La afferrò e controllò il caricatore.

«Magnifica, Patrick, sapevo di poter contare su di te.» Pose l'arma sul banco e sedette di fronte a Macey. «Allora, che cosa gli hai detto?»

La faccia di Macey aveva un colore strano. «Mi sento male!»

«Ti sentirai meglio quando avrai parlato. Avanti, sputa.»

«Tommy abita da solo a meno di un chilometro da qui, in Canal Street. Ha sistemato il vecchio magazzino all'imbocco della strada. Si fa chiamare Kelly, George Kelly.»

«La conosco benissimo questa zona, tutti gli angoli e tutti i muri.»

«Devlin ha chiesto il numero di telefono di Tommy e gli ha telefonato da qui. Gli ha detto che aveva urgente bisogno di vederlo, che la cosa riguardava te. Tommy gli ha detto di andare da lui alle due.»

«Benissimo. Vedi come era facile! Adesso posso andare a trovarlo io stesso prima di Devlin, per parlargli dei vecchi tempi. Niente telefono, gli farò una bella sorpresa. Sarà più divertente.»

«Non potrai mai arrivare da lui», obiettò Macey. «Si può entrare solo dalla porta principale, tutte le altre sono sbarrate. Da anni è paranoico, terrorizzato all'idea che qualcuno vada a farlo fuori. E non potresti mai passare per la porta principale, c'è un sistema di sicurezza, videocamere e quel genere di cose.»

«C'è sempre un modo», affermò Dillon.

«Per te sì!» Macey si afferrò convulsamente il colletto della camicia, cercò di allargarlo. Soffocava. «Pillole», gemette e aprì il cassetto del banco di fronte a lui. La boccetta gli cadde di mano.

Si rovesciò all'indietro sulla sedia e Dillon si alzò a raccogliere la boccetta. «Il guaio è, Patrick, che appena io esco di qui tu ti precipiti al telefono per avvertire Tommy, e questo non va, vero?»

Andò al caminetto e gettò la boccetta di pillole fra i tizzoni ardenti. Ci fu un tonfo dietro di lui, si voltò e vide che Macey era caduto a terra. Rimase in piedi a guardarlo per un attimo: Macey aveva la faccia di un rosso cupo, e scalciava con le gambe. D'improvviso emise un gran rantolo, la testa gli ricadde di lato e restò completamente immobile.

Dillon si mise in tasca la Colt e uscì. Chiuse a chiave la porta, lasciando la veneziana abbassata. Un attimo dopo, girava l'angolo di Falls Road e si incamminava verso il suo albergo affrettando il passo.

Nella sua squallida stanza, dispose il contenuto della valigia sul letto, quindi si spogliò. Prima di tutto si infilò i jeans, le vecchie scarpe di tela e un pesante maglione. Poi fu la volta della parrucca. Sedette davanti allo specchio del piccolo tavolino da toeletta e lavorò sui capelli grigi per renderli ispidi e arruffati. Si legò il foulard sulla testa e studiò per qualche momento il proprio aspetto. Poi si infilò la gonna che gli arrivava alle caviglie. Il vecchio impermeabile, decisamente troppo largo per lui, completò l'abbigliamento.

Si pose di fronte all'armadio esaminandosi allo specchio. Chiuse gli occhi, per calarsi nella parte, e quando li riaprì Dillon era scomparso, e al suo posto c'era una decrepita e sciancata mendicante.

Non aveva quasi bisogno di trucco, soltanto un velo di fondotinta per darsi un aspetto macilento e uno sbaffo di rossetto scarlatto sulla bocca. Tutto mal fatto, naturalmente, ma molto adatto al personaggio. Prese una mezza bottiglia di whisky dalla valigetta e se ne versò un po' sulle mani, che si strofinò sul viso, poi ne fece cadere dell'altro sul davanti dell'impermeabile. Mise la Colt, un paio di giornali e la bottiglia di whisky in un sacchetto di plastica e fu pronto.

Diede un'occhiata nello specchio all'orribile vecchia, sinistra come un incubo. «Si entra in scena», mormorò e uscì dalla stanza.

Tutto era silenzio quando scese le scale sul retro e uscì nel cortiletto. Si chiuse accuratamente la porta alle spalle e si diresse alla porticina che dava sul vicolo. In quel momento la porta dell'albergo si aprì alle sue spalle.

«Ehi, che cosa credi di fare?» gridò una voce.

Dillon si voltò e vide uno sguattero in grembiule bianco che infilava una scatola di cartone nel bidone dei rifiuti.

«Va' a farti fottere!» gracchiò Dillon.

«Fuori dai piedi, vecchia strega!» gridò di rimando lo sguattero.

Dillon uscì nel vicolo e si chiuse la porta del cortiletto alle spalle. «Dieci e lode, Sean», mormorò fra sé, e si avviò per il vicolo.

Svoltò in Falls Road e cominciò a trascinarsi barcollando sul marciapiede, in modo così strano che la gente girava al largo per evitarlo.

Era quasi l'una e Brosnan e Mary Tanner, al bar dell'*Europa,* pensavano di ordinare il pranzo, quando un giovane cameriere si avvicinò a loro. «Signor Brosnan?»

«Sono io.»

«Il suo taxi è qui, signore.»

«Taxi?» chiese Mary. «Ma noi non abbiamo chiamato un taxi!»

«Sì, lo abbiamo chiamato», replicò Brosnan.

La aiutò a indossare il cappotto e seguirono il giovane nell'atrio fino alla porta d'entrata e al taxi nero che attendeva accanto al marciapiede. Brosnan diede una sterlina al cameriere e salirono a bordo. Il tassista dall'altra parte del divisorio di vetro portava un berretto di tweed e un vecchio giaccone a doppiopetto. Mary Tanner fece scorrere il divisorio da una parte.

«Presumo che sappia dove dobbiamo andare?» chiese.

«Oh, certamente, tesoro!» Liam Devlin le sorrise voltandosi appena, ingranò la marcia e partì.

* * *

Poco dopo l'una e trenta, Devlin svoltava in Canal Street. «La casa è quella là in fondo», spiegò. «Parcheggio nel cortile a fianco.»

Giunti nel cortile, scesero dal taxi, tornarono in strada e si diressero all'entrata. «Comportatevi bene, siamo in televisione!» avvertì Devlin e premette un campanello accanto alla massiccia porta borchiata di ferro.

«Non ha un'aria molto accogliente», commentò Mary.

«Già, Tommy McGuire, con il suo passato, ha bisogno di una fortezza, più che di una graziosa villetta in un'amena tenuta.» Devlin si rivolse a Brosnan. «Sei armato, figlio mio?»

«No, ma Mary sì. E anche tu, credo?»

«Chiamala la mia innata prudenza, o piuttosto le perverse abitudini di tutta una vita.»

Dal citofono accanto alla porta si udì una voce: «Sei tu, Devlin?»

«E chi altri, stupido delinquente? Ho qui con me Martin Brosnan e una sua amica e stiamo gelando in questo dannato freddo, quindi vedi di aprire subito la porta.»

«Sei in anticipo, avevi detto alle due.»

Sentirono dei passi dall'altra parte della porta che poco dopo si aprì per rivelare la figura di un uomo alto e cadaverico, sui sessantacinque anni. Portava un ampio pullover e larghi jeans sformati e brandiva un mitra Sterling.

Devlin entrò prima degli altri. «E che cosa credi di fare con l'artiglieria, cominciare un'altra guerra?»

McGuire chiuse la porta e la sbarrò. «Solo se è necessario.» Li scrutò con aria diffidente. «Martin?» Gli porse la mano. «È passato tanto tempo. Quanto a te, vecchia canaglia», aggiunse rivolto a Devlin, «qualunque cosa ti tenga fuori dalla tomba, dovresti imbottigliarla. Ci faresti una fortuna.» Squadrò Mary da capo a piedi. «E questa, chi sarebbe?»

«Un'amica. Su, andiamo.»

«Bene, per di qua.»

L'interno del magazzino era completamente vuoto, tranne un vecchio furgone parcheggiato in un angolo. Una scala di ferro conduceva a un pianerottolo, dove una volta si trovavano degli uffici separati da grandi vetrate. McGuire li precedette ed entrò nel primo ufficio. C'erano una scrivania e un impianto di telecamere: uno schermo mostrava la strada, un altro l'entrata. McGuire depose il mitra sulla scrivania.

«Vivi qui?» chiese Devlin.

«Di sopra. Ho sistemato il deposito e ne ho ricavato un appartamento. Allora, veniamo al punto, Devlin. Che cosa vuoi da me? Hai parlato di Sean Dillon.»

«È di nuovo sulla breccia.»

«Credevo che avesse fatto una brutta fine, è passato tanto di quel tempo.» McGuire si accese una sigaretta. «Comunque, che cosa c'entro io?»

«Ha cercato di far fuori Martin, a Parigi. Invece ha ammazzato la sua amica.»

«Gesù!» esclamò McGuire.

«Adesso è a Londra, impegnato in qualche losca faccenda, e io lo voglio», aggiunse Brosnan.

McGuire guardò di nuovo Mary. «E lei, che ci fa qui?»

«Sono un capitano dell'esercito britannico», ribatté seccamente Mary. «Mi chiamo Tanner.»

«Per l'amor di Dio, Devlin, che hai combinato?» esclamò sconcertato McGuire.

«Tutto a posto», rispose Devlin. «Non è qui per arrestarti, anche se tutti sappiamo che se Tommy McGuire fosse ancora fra i vivi, si beccherebbe venticinque anni.»

«Bastardo!» grugnì McGuire.

«Andiamo, sii ragionevole», replicò Devlin. «Rispondi a un paio di domande e puoi tranquillamente tornare a essere George Kelly.»

McGuire alzò una mano in gesto di difesa. «Bene, ho capito. Che cosa volete sapere?»

«Nel 1981, la campagna di attentati a Londra», intervenne Brosnan. «Tu eri il controllo di Dillon.»

McGuire diede un'occhiata di sbieco a Mary. «È vero.»

«Sappiamo che Dillon deve avere avuto i soliti problemi per quel che riguarda armi ed esplosivi, signor McGuire», spiegò Mary. «E mi dicono che in questi casi preferisce rivolgersi alla malavita. È così?»

«Sì, di solito questo era il suo modo di lavorare», confermò McGuire riluttante e sedette.

«Ha un'idea della persona a cui si rivolse nel 1981?» insistette Mary.

McGuire aveva la faccia di un uomo braccato. «E come faccio a saperlo! Poteva essere chiunque.»

«Sei uno sporco bugiardo!» sbottò Devlin. «Tu sai qualche cosa, ci scommetto.» Tirò fuori la mano destra dalla tasca del giaccone e gli appoggiò una vecchia Luger in mezzo agli occhi. «Presto, ora, parla o io...»

McGuire spinse l'arma da parte. «D'accordo, Devlin, hai vinto.» Si accese un'altra sigaretta. «Trattava con un tizio, a Londra, un tale Jack Harvey, un trafficante d'armi in grande stile, un vero gangster.»

«Hai visto che non era poi così difficile?» disse Devlin.

Si udirono dei colpi furiosi alla porta del pianterreno: tutti guardarono lo schermo e videro una vecchia mendicante sui gradini. La sua voce si udì chiaramente attraverso il citofono: «Mio buon signore, signor Kelly, potreste regalare qualche soldo a un'anima in pena?»

«Sparisci, vecchia strega!» gridò McGuire al citofono.

«Oh, Gesù, signor Kelly! Morirò qui davanti alla sua porta, con questo terribile freddo, e tutti vedranno!»

McGuire si alzò. «Vado a liberarmi da questa seccatura. Questione di un minuto.»

Scese in fretta le scale e prese un biglietto da cinque sterline dal vecchio portafogli. Aprì la porta e porse il biglietto. «Prendi e vattene.»

La mano di Dillon uscì dal sacchetto di plastica impugnando la Colt. «Cinque sterline, Tommy, ragazzo mio! Sei diventato generoso, in vecchiaia. Entra!»

Lo spinse dentro e chiuse la porta. McGuire era terrorizzato. «Ma che cosa diavolo c'è?»

«È la nemesi», ribatté Dillon. «Paghi per le tue colpe in questa vita, Tommy, tutti dobbiamo farlo. Ti ricordi quella notte del 1972, c'eravamo tu, io e Patrick, quando sparammo agli Stewarts mentre scappavano dall'incendio?»

«Dillon?» mormorò McGuire. «Sei tu?» Fece per voltarsi e alzò la voce. «Devlin!» chiamò.

Dillon gli sparò due volte nella schiena spezzandogli la spina dorsale. McGuire cadde bocconi. Mentre Dillon usciva dalla porta, che era rimasta aperta dietro di lui, Devlin comparve sul pianerottolo in alto, con la Luger in pugno, e fece fuoco. Dillon sparò tre volte rapidamente, frantumando il vetro dell'ufficio, poi in un balzo fu in strada sbattendosi la porta alle spalle.

Mentre cominciava a correre lungo la strada, due Land Rover dell'esercito, con quattro soldati ciascuna, svoltarono dal viale principale attirate dalla sparatoria, e puntarono verso di lui. Il peggior colpo di sfortuna, ma Dillon non esitò. Arrivando a un chiusino di scolo accanto al marciapiede, finse di inciampare e vi lasciò cadere la Colt.

Mentre si rialzava qualcuno gridò: «Ferma!»

Erano paracadutisti in tenuta mimetica, casacche da avieri e berretti rossi, ognuno con il fucile puntato, e Dillon offrì loro la migliore rappresentazione della sua vita. Barcollò verso di loro gemendo e piangendo e si aggrappò al giovane tenente che comandava la pattuglia.

«Gesù, Signore, che cose terribili succedono là in quel magazzino! Io che cercavo di proteggermi dal freddo e quei demoni saltano fuori e cominciano a spararsi fra di loro.»

Il giovane ufficiale sentì odore di whisky e lo spinse lontano da sé. «Controlla quello che c'è nel sacchetto, sergente.»

Il sergente frugò rapidamente nel sacchetto. «Una bottiglia di liquore e alcuni giornali, signore.»

«Bene, vai ad aspettare là.» L'ufficiale spinse Dillon dietro la Land Rover e prese un megafono. «Voi là dentro!» intimò. «Gettate le armi fuori dalla porta, poi uscite con le mani in alto. Vi do due minuti, poi facciamo irruzione.»

Tutti gli uomini della pattuglia erano pronti con le armi puntate e guardavano solo verso la porta. Dillon indietreggiò di soppiatto, si infilò nel cortile passando accanto al taxi di Devlin e in pochi secondi trovò quello che cercava, il coperchio di un tombino. Lo sollevò, scese per una scala di ferro e lo richiuse dietro di sé. In questo modo era sfuggito alle truppe britanniche in diverse occasioni e conosceva perfettamente il sistema di fognature nell'area della Falls Road.

Il tunnel era stretto e molto buio. Avanzò strisciando cautamente, tendendo l'orecchio al suono di acque che scorrevano da qualche parte, e sbucò in un tunnel più largo, che era il collettore principale. Sapeva che esistevano altri sbocchi del canale, che davano su Belfast Lough. Si tolse la gonna e la parrucca e le gettò nell'acqua, dopo essersi strofinato vigorosamente le labbra e la faccia con il foulard, poi affrettò il passo, finché arrivò a un'altra scala di ferro. Salì verso i raggi di luce che balenavano dai fori del coperchio di ghisa, attese un attimo, poi sollevò il coperchio. Si trovava in un viottolo acciottolato che costeggiava il canale, fiancheggiato sull'altro lato da vecchie case abbandonate in rovina. Ricollocò il coperchio del tombino al suo posto e si diresse verso Falls Road, accelerando il passo.

Nel magazzino, il giovane ufficiale era in piedi accanto al cadavere di McGuire e stava esaminando la carta d'identità di Mary Tanner. «È perfettamente autentica», disse la donna. «Può controllare.»

«E gli altri due?»

«Sono con me. Senta, tenente, avrà un'esauriente spiegazione dal mio capo, il generale Charles Ferguson del ministero della Difesa.»

«Bene, bene, capitano», replicò l'ufficiale, sulla difensiva. «Io faccio solo il mio dovere. Non è più come ai vecchi tempi, sa, abbiamo la polizia che ci sta sempre addosso. Ogni caso di morte violenta dev'essere oggetto di un'indagine approfondita, altrimenti succede il finimondo.»

Entrò il sergente. «Il colonnello al telefono, capo.»

«Bene.» Il giovane tenente uscì e Brosnan domandò a Devlin: «Pensi che sia stato Dillon?»

«In caso contrario sarebbe una ben strana coincidenza. Una mendicante?» Devlin scosse la testa. «Chi lo avrebbe mai pensato!»

«Solo Dillon ne sarebbe capace.»

«Vuoi dire che è venuto qui apposta da Londra?» chiese Mary.

«Sapeva dei nostri progetti, grazie a Gordon Brown», rispose Brosnan. «Quando parte il prossimo aereo per Londra?» chiese ancora. «Fra un'ora e un quarto?»

«Il che significa che ora dovrà tornare», aggiunse Mary.

«Forse», annuì Liam, «ma niente è assolutamente sicuro in questa vita, ragazza mia. Dovrai imparare anche questo e ricorda che stai trattando con un uomo che è riuscito a sfuggire alla polizia di tutta Europa per vent'anni e più.»

«Bene, è tempo di agguantare quel bastardo.» Abbassò gli occhi sul cadavere di McGuire. «Non è un bello spettacolo, vero?»

«La violenza, l'omicidio. Brinda con il diavolo, ed ecco che cosa succede», commentò Devlin.

Dillon passò dall'entrata posteriore dell'albergo, esattamente alle due e quindici, e corse nella sua camera. Si strappò di dosso jeans e maglione, li infilò nella valigia e la gettò sopra l'armadio. Si lavò la faccia, poi indossò camicia bianca e cravatta, abito scuro e impermeabile blu. In cinque minuti era già fuori della stanza e scendeva per le scale sul retro, con la ventiquattr'ore in mano. Percorse il vicolo, svoltò in Falls Road e s'incamminò a passo svelto. Poco dopo fermava un taxi e ordinava all'autista di portarlo all'aeroporto.

* * *

L'ufficiale comandante dei Servizi d'informazione militari per la zona di Belfast era un tal colonnello McLeod, e non era per nulla soddisfatto della situazione in cui si trovava.

«Non va, non va per niente, capitano Tanner», protestava. «Non possiamo tollerare che voialtri piombiate qui come cowboy per agire di vostra iniziativa.» Si rivolse a Devlin e Brosnan. «E con certi personaggi dal passato molto dubbio coinvolti nella vicenda. Qui abbiamo una situazione molto delicata, in questi giorni, e dobbiamo anche tenere buona la polizia dell'Ulster, che considera tutta questa zona come sua propria riserva di caccia.»

«Certo, certo, lo capisco benissimo», replicò Mary. «Ma il suo sergente, là fuori, è stato così gentile da informarsi dei voli in partenza per Londra. Ce n'è uno alle quattro e trenta e un altro alle sei e trenta. Non crede che sarebbe una buona idea fare un controllo accurato sui passeggeri di quei due voli?»

«Non siamo del tutto stupidi, capitano. Ho già ordinato il controllo, ma certo non c'è bisogno di ricordarle che noi non siamo un esercito di occupazione. Qui non è in vigore la legge marziale. Non mi è possibile chiudere l'aeroporto, non ne ho l'autorità. Tutto quello che posso fare è avvertire la polizia e i Servizi di sicurezza dell'aeroporto con la solita procedura; e come lei stessa si è premurata di spiegarmi, a proposito di questo Dillon non abbiamo molto da comunicare.» Arrivò una chiamata al telefono e l'ufficiale rispose: «Generale Ferguson? Spiacente di disturbarla, signore. Sono il colonnello McLeod, del quartier generale di Belfast. Abbiamo un problema».

In realtà Dillon, all'aeroporto, non aveva nessuna intenzione di prendere l'aereo per Londra. Forse avrebbe potuto cavarsela lo stesso, ma era una follia correre rischi quando c'erano altre alternative. Esaminò l'orario delle partenze. Erano appena passate le tre e aveva perduto per poco l'aereo per Manchester, ma c'era un volo per Glasgow alle tre e quindici, ed era in ritardo.

Si diresse allo sportello prenotazioni. «Speravo di prendere l'aereo per Glasgow», disse alla giovane impiegata, «ma non ho fatto in tempo. Tuttavia ora vedo che è in ritardo.»

L'impiegata batté i dati al computer. «Sì, signore, mezz'ora di ritardo, e ci sono posti disponibili. Vuole prenderlo?»

«Con molto piacere», rispose Dillon riconoscente e prese il denaro dal portafogli, mentre l'impiegata compilava il biglietto.

Non incontrò difficoltà con il Servizio di sicurezza e, del resto, il contenuto della sua valigetta era del tutto innocente. Il volo era già stato annunciato: Dillon si imbarcò e scelse un posto in coda. Tutto molto soddisfacente. Solo una cosa era andata storta: Devlin, Brosnan, e la donna erano arrivati a McGuire prima di lui. Peccato, perché ora c'era da chiedersi che cosa gli aveva riferito. Aveva parlato di Harvey, per esempio? In questo caso, doveva muoversi in fretta.

Quando la hostess gli chiese se gradiva un drink, le rivolse un sorriso affascinante. «Una tazza di tè andrà benissimo», rispose, e prese un giornale dalla valigetta.

McLeod accompagnò Brosnan, Mary e Devlin all'aeroporto: arrivarono giusto in tempo per l'aereo delle quattro e trenta per Londra. Un ispettore di polizia li condusse al cancello di imbarco.

«Solo trenta passeggeri, come vedete, e li abbiamo controllati tutti, dalla testa ai piedi.»

«Ho l'impressione che stiamo rincorrendo un fantasma», borbottò McLeod.

Il cancello fu aperto e i passeggeri cominciarono a sfilare. Brosnan e Devlin, ai due lati dell'uscita, scrutavano attentamente ogni persona. Quando tutti furono passati, Devlin osservò: «Quella vecchia suora, Martin. Non sarebbe meglio farle una piccola perquisizione?»

«Oh, per l'amor di Dio!» disse McLeod impaziente. «Basta, è ora di farla finita!»

«Un uomo irascibile», commentò Devlin, mentre il colonnello li precedeva. «Deve averne prese di frustate sul sedere, a scuola, da ragazzo! Allora, voi due tornate a Londra?»

«Sì, dobbiamo sbrigare al più presto questa faccenda», rispose Brosnan.

«E lei, signor Devlin?» chiese Mary. «Non avrà fastidi?»

«Vede, Ferguson, a dire la verità, ha passato un colpo di spazzola sul mio passato qualche anno fa, assicurandomi una fedina penale pulita per i servigi resi ai Servizi d'informazione britannici. Non ho nulla da temere.» La baciò sulla guancia. «È stato un piacere, mia cara.»

«Anche per me.»

«Tenga d'occhio il nostro Martin, che non si esponga a rischi. Dillon è un vero serpente.»

Avevano raggiunto il gruppo dei viaggiatori. Devlin sorrise e scomparve di colpo, inghiottito dalla folla.

Brosnan trasse un profondo respiro. «Bene, ora a Londra. Muoviamoci.» La prese a braccetto e si avviò alla scaletta d'imbarco.

Il volo fino a Glasgow durava solo quarantacinque minuti. Dillon arrivò alle quattro e trenta e trovò che c'era un servizio di navetta per Londra alle cinque e quindici. Prese il biglietto allo sportello e si affrettò verso la saletta d'imbarco, dove per prima cosa telefonò a Danny Fahy a Cadge End. Fu Angel che rispose.

«Passami lo zio Danny, sono Dillon.»

«Sei tu, Sean?» chiese la voce di Danny.

«In persona. Sono a Glasgow in attesa dell'aereo. Arrivo a Heathrow, Terminal Uno, alle sei e trenta. Puoi venire a prendermi? Fai giusto in tempo.»

«Non c'è problema, Sean. Porterò con me Angel per compagnia.»

«Benissimo. E, Danny, preparati a lavorare tutta la notte. Domani potrebbe essere l'ora zero.»

«Gesù, Sean.» Dillon interruppe la comunicazione prima che Danny potesse aggiungere altro.

Quindi telefonò all'ufficio di Harvey, all'impresa di pompe funebri di Whitechapel. Rispose Myra.

«Qui Peter Hilton, ci siamo incontrati ieri. Dovrei parlare con suo zio.»

«Non c'è, è andato a Manchester per un servizio. Non torna fino a domattina.»

«Molto male! Mi aveva promesso la mia roba in ventiquattr'ore.»

«Oh, la roba è qui. Ma pagamento alla consegna.»

«D'accordo.» Diede un'occhiata all'orologio e calcolò il tempo necessario per arrivare da Heathrow fino a Bayswater per prendere il denaro. «Sarò da lei intorno alle sette e tre quarti.»

«L'aspetto.»

Proprio mentre Dillon stava deponendo il telefono, chiamarono il volo e lui si unì alla folla di viaggiatori che si affrettavano ai cancelli.

Myra, in piedi accanto al caminetto nell'ufficio dello zio, prese una decisione. Cercò la chiave della stanza segreta nel cassetto della scrivania e poi si diresse all'inizio delle scale.

«Billy, sei lì?»

Billy salì da lei un attimo dopo. «Eccomi.»

«Eri ancora giù nella camera ardente, vero? Vieni con me.»

Andò alla porta in fondo al corridoio, la aprì e fece ruotare la falsa parete. Indicò a Billy una delle scatole di Semtex. «Portala in ufficio.»

Billy andò a posarla sul ripiano della scrivania. «Pesa maledettamente. Che cos'è?»

«Denaro, Billy. Il resto non ti riguarda. Ora ascoltami: quel tizio piccoletto, quello che ieri ti ha conciato male.»

«E allora?»

«Viene qui alle sette e tre quarti per pagarmi un sacco di soldi per il contenuto della scatola.»

«E io che c'entro?»

«Voglio che tu aspetti fuori dalle sette e mezzo in poi con quel tuo bel giaccone nero di cuoio e la BMW a portata di mano. Quando esce di qui tu lo segui, Billy, fino in capo al mondo, se necessario. E se te lo perdi, cocco bello, non ti azzardare più a tornare da queste parti.»

Nevicava leggermente a Heathrow quando Dillon uscì dal Terminal Uno. Angel lo scorse e agitò allegramente la mano.

«Glasgow?» gli chiese. «Che cosa ci faceva là?»

«Cercavo di scoprire che cosa portano gli scozzesi sotto il kilt.»

Lei rise e lo prese a braccetto. «Lei è proprio un tipo terribile.»

Uscirono sotto la neve e raggiunsero Fahy nel furgone Morris. «Lieto di rivederti, Sean. Dove andiamo?»

«Al mio albergo, a Bayswater. Voglio lasciare la camera.»

«Si trasferisce a casa nostra?» chiese Angel.

«Sì, però prima devo andare a prendere un regalino per Danny in un'impresa di pompe funebri a Whitechapel.»

«Che regalino, Sean?» chiese Fahy.

«Oh, un venticinque chili di Semtex.»

Il furgone sbandò e slittò leggermente, e Fahy lottò per controllarlo. «Santa Madre di Dio!» esclamò.

All'impresa di pompe funebri il portiere di notte fece entrare Dillon dall'entrata principale.

«Lei è il signor Hilton, vero? La signorina Myra la sta aspettando.»

«Conosco la strada.»

Dillon salì le scale, percorse il corridoio e aprì la porta dell'anticamera. Myra lo aspettava. «Venga avanti, signor Hilton.»

Portava un tailleur pantalone nero e fumava una sigaretta. Andò a sedere alla scrivania e batté una mano sullo scatolone. «La sua merce. Dov'è il denaro?»

Dillon posò la valigetta sullo scatolone e l'aprì. Ne trasse quindicimila dollari e li depose davanti a lei, una mazzetta sull'altra: dentro la valigetta rimasero cinquemila dollari, la Walter con il silenziatore Carswell e la Beretta. La richiuse e sorrise.

«È bello fare affari con lei.»

Sollevò lo scatolone insieme alla valigetta e Myra andò ad aprirgli la porta.

«E che cosa diavolo pensa di fare, con tutta questa roba? Far saltare il Parlamento?»

«Quello era Guy Fawkes», replicò Dillon e scese le scale.

Il marciapiede era ghiacciato, mentre percorreva la strada e svoltava l'angolo verso il furgone.

Billy, che aspettava ansiosamente nell'ombra, manovrò la BMW oltre le macchine posteggiate finché vide Dillon che si fermava accanto al furgone. Angel aprì il portellone posteriore e Dillon infilò lo scatolone nell'interno; quindi entrambi salirono a bordo accanto a Fahy.

«Allora, lo abbiamo, Sean?»

«Lo abbiamo tutto, Danny, venticinque chili di Semtex, ancora con il marchio della fabbrica, direttamente da Praga. Ora andiamocene in fretta, abbiamo una lunga notte davanti a noi.»

Fahy percorse un paio di strade secondarie e sboccò sul viale principale; quando si immise nel traffico, Billy lo seguì con la BMW.

12

Per ragioni tecniche, il jet Lear non riuscì a ottenere via libera per partire dall'aeroporto di Aldergrove fino alle cinque e mezzo. Mancava un quarto alle sette quando Brosnan e Mary atterrarono a Gatwick, dove li stava aspettando una limousine del ministero. Con il cellulare della vettura Mary telefonò a Ferguson; lo trovò nel suo appartamento di Cavendish Square. Il generale si stava scaldando al fuoco del caminetto, quando Kim li fece entrare.

«Un tempo orribile, e c'è da aspettarsi altra neve, temo.» Sorseggiò un po' di tè. «Be', almeno siete ancora tutti interi. Dev'essere stata un'esperienza interessante.»

«Mettiamola pure così.»

«Siete proprio sicuri che si tratti di Dillon?»

«Diciamo che, se non era lui, è stata una coincidenza quantomeno strana che qualcuno decidesse di scegliere proprio quel momento per ammazzare Tommy McGuire», rispose Brosnan. «E poi, quel travestimento da vecchia mendicante… È tipico di Dillon.»

«Certo è una cosa che dà da pensare.»

«Comunque, al ritorno non era sull'aereo per Londra», obiettò Mary.

«Ossia, tu pensi che non fosse sull'aereo per Londra», la corresse Ferguson. «Per quanto ne sappiamo, quella dannata canaglia avrebbe potuto farsi passare addirittura per il secondo pilota. Sembra capace di tutto.»

«C'è un altro volo che arriva a Londra alle otto e trenta, signore. Il colonnello McLeod ha detto che avrebbe controllato.»

«Una perdita di tempo!» Ferguson si rivolse a Brosnan. «Penso che tu sia d'accordo con me, Martin?»

«Temo proprio di sì.»

«Ora, esaminiamo di nuovo la faccenda. Ditemi tutto quello che è successo.»

Quando Mary finì di raccontare, Ferguson osservò: «Poco fa ho controllato l'orario dei voli da Aldergrove. Ci sono aerei per Manchester, Birmingham, Glasgow. Ce n'era persino uno per Parigi alle sei e trenta. Non è un problema di lì tornare a Londra. Sarà qui domani».

«E c'è sempre il viaggio per mare», gli ricordò Brosnan. «Il ferry-boat da Larne a Stranraer, in Scozia, e di lì un rapido per Londra.»

«Più il fatto che potrebbe aver passato il confine irlandese, essere arrivato a Dublino e di lì aver proseguito per una dozzina di strade diverse», aggiunse Mary. «Il che non ci porta a nessun risultato.»

«Quel che non riesco a capire è la ragione di questo suo viaggio», osservò ancora Ferguson. «Dillon non sapeva della vostra intenzione di cercare McGuire, fino all'altra notte, quando Brown rivelò il contenuto di quel rapporto a Tania Novikova. Eppure si è precipitato a Belfast appena ha potuto. Perché lo avrà fatto?»

«Per chiudere la bocca a McGuire», rispose Mary. «E pensare che il nostro appuntamento con McGuire era per le due, e siamo arrivati con mezz'ora in anticipo. Se non fosse stato così, Dillon sarebbe arrivato per primo.»

«Anche così, non può sapere di sicuro che cosa vi ha detto McGuire.»

«Ma il fatto importante, signore, è che Dillon sapeva che McGuire poteva dirci qualcosa su di lui, e per questo si è dato tanto da fare per chiudergli la bocca. Ora, ovviamente deve trattarsi del fatto che questo Jack Harvey fosse il suo fornitore d'armi nella campagna di Londra del 1981.»

«Quando mi hai telefonato da Aldergrove prima di partire, ho fatto fare un controllo. L'ispettore Lane della Sezione speciale mi ha detto che Harvey è un noto gangster, su vasta scala. Droga, prostituzione, le solite cose. La polizia gli dà la caccia da anni, senza successo. Sfortunatamente passa anche per un facoltoso uomo d'affari: proprietà immobiliari, club, scommesse e così via.»

«Che cosa sta cercando di dirci, signore?» chiese Mary.

«Che non è facile come potreste pensare. Non possiamo arrestare e interrogare Harvey solo perché un uomo, ora morto, lo ha accusato di qualcosa che è successo dieci anni fa. Cerca di capire, mia cara, quello se ne starebbe tranquillamente seduto con la bocca chiusa e una squadra dei migliori avvocati di Londra lo farebbe uscire, libero come un uccellino e a tempo di record.»

«In altre parole, rischieremmo di esporci al ridicolo?» domandò Brosnan.

«Esattamente.» Ferguson sospirò. « Io sono sempre stato dell'idea che, quando si tratta di criminali, il modo migliore per fare giustizia è prendere tutti gli avvocati e metterli al muro.»

Brosnan fissava, con sguardo distante, la neve che cadeva leggera fuori della finestra . «C'è un altro modo.»

«Presumo che ora tu stia pensando al tuo amico Flood.» Ferguson fece un sorriso tirato. «Non ti impedirò certo di chiedergli un consiglio, ma sono sicuro che ti terrai nei limiti della legge.»

«Oh, ma certo, generale, lo prometto.» Brosnan si infilò il cappotto. «Vieni, Mary, andiamo a trovare Harry.»

* * *

Seguire il furgone non fu un problema per Billy, sulla sua BMW. La neve imbiancava solo i lati della strada e la carreggiata era sgombra. Il traffico fu intenso su tutto il percorso fra Londra e Dorking; poi, sulla strada di Horsham, si fece più rado, ma ancora sufficiente per fargli da copertura.

Fu fortunato quando svoltò al cartello di Grimethorpe, perché aveva cessato di nevicare e nel cielo ormai sgombro di nubi splendeva una bella mezza luna. Billy spense i fari e seguì i fanalini di coda del Morris a distanza, invisibile nel buio. Quando poi il furgone svoltò ancora al cartello di Doxley, lo seguì cautamente, fermandosi sul ciglio della collina a osservare le luci del furgone che passavano per il cancello della fattoria.

Spense il motore e scese in folle, fermandosi accanto al cancello e all'insegna di legno, su cui era scritto CADGE END. Percorse il sentiero attraverso gli alberi e al di là del cortile poté vedere, nell'interno illuminato del fienile, Dillon, Fahy e Angel in piedi accanto al furgone. Dillon si voltò, uscì e attraversò il cortile.

Billy batté rapidamente in ritirata, tornò alla BMW e continuò la discesa, accendendo il motore solo quando si trovò a una certa distanza dalla fattoria. Cinque minuti dopo si immetteva sulla strada principale, diretto a Londra.

Dal soggiorno della fattoria, Dillon telefonò a Makeev nel suo appartamento di Parigi. «Sono io», disse.

«Ero molto preoccupato», rispose subito Makeev. «Quel che è successo a Tania...»

«Tania ha fatto la sua scelta, te l'ho già detto. Era l'unico modo per assicurarsi che non le strappassero niente di bocca.»

«E questa faccenda di cui mi hai parlato, il viaggio a Belfast?»

«Già provveduto. È tutto sistemato, Josef.»

«Per quando?»

«Il Consiglio di guerra si riunisce alle dieci di mattina a

Downing Street. Quello è il momento in cui colpiremo.»

«Ma come?»

«Lo leggerai sui giornali. L'importante ora è che tu dica a Michael Aroun di recarsi con l'aereo a Saint-Denis domattina. Conto di atterrare là nel pomeriggio.»

«Tutto così in fretta?»

«Be', non penserai che me ne stia qui a bighellonare. E tu che cosa fai, Josef?»

«Penso che potrei venire anch'io a Saint-Denis con Aroun e Rashid.»

«Bene. Allora, al nostro prossimo felice incontro, e ricorda ad Aroun quell'altro milione.»

Dillon depose la cornetta, si accese una sigaretta, poi riprese il telefono e chiamò il campo di aviazione di Grimethorpe. Dopo qualche momento ebbe risposta.

«Sono Bill Grant.» Pareva leggermente sbronzo.

«Peter Hilton, signor Grant.»

«Ah, sì. Che cosa posso fare per lei?»

«Quel viaggetto che volevo fare a Land's End. È per domani, penso.»

«A che ora?»

«Può tenersi pronto da mezzogiorno in poi?»

«Purché non riprenda a nevicare. Se ne scende ancora, potremmo trovarci nei guai.»

Grant depose lentamente il ricevitore, allungò la mano verso la bottiglia di whisky e se ne versò una dose piuttosto abbondante, poi aprì il cassetto del tavolo. All'interno c'era una vecchia pistola d'ordinanza Webley e una scatola di cartucce calibro 38. Caricò l'arma e la rimise nel cassetto.

«Bene, signor Hilton, stavolta vedremo che cosa sta combinando, no?» E trangugiò d'un fiato il suo whisky.

«Se conosco Jack Harvey?» Harry Flood, seduto alla sua scrivania, scoppiò a ridere e guardò Mordecai. «Lo conosco, Mordecai?»

Questi sorrise a Brosnan e a Mary che erano lì in piedi, ancora con i cappotti addosso. «Ma sì, si potrebbe proprio dire che conosciamo il signor Harvey abbastanza bene.»

«Sedete, per l'amor di Dio, e ditemi che cosa è successo a Belfast», li incitò Flood.

Sedettero e Mary gli fece un rapido resoconto dei fatti, aggiungendo: «Lei ritiene possibile che Harvey fosse il fornitore di armi di Dillon nel 1981?»

«Niente mi sorprenderebbe con Jack Harvey. Lui e sua nipote, quella Myra, mandano avanti un piccolo impero che comprende ogni genere di attività criminale. Donne, droga, protezione, rapine a mano armata su vasta scala, e chi più ne ha più ne metta. Ma fornire armi all'IRA?» Guardò Mordecai. «Tu che ne pensi?»

«Tirerebbe fuori dalla tomba il cadavere di sua nonna e lo venderebbe, se credesse di poterci guadagnare.»

«Ben detto», assentì Flood, e rivolto a Mary: «Ecco la vostra risposta».

«E quindi», osservò Martin Brosnan, «se Dillon si è rivolto a Harvey nel 1981, ci sono buone probabilità che lo abbia fatto anche ora.»

«La polizia non caverebbe un ragno dal buco con Harvey sulla base della vostra storia, dovete rendervene conto», replicò Flood. «Se ne uscirebbe libero come un uccellino.»

«Secondo me il professore pensava a un sistema più persuasivo, con quel bastardo», osservò Mordecai e batté il pugno contro il palmo dell'altra mano.

Mary si voltò verso Brosnan, che si strinse nelle spalle. «Che altro suggeriresti? Con un uomo come Harvey, nessuno potrebbe concludere qualcosa con le buone maniere.»

«Ho un'idea», intervenne Harry Flood. «In questi ultimi giorni Harvey ha fatto molte pressioni per entrare in società con me. E se gli dicessi che vorrei incontrarlo per discutere l'affare?»

«Benissimo, Harry», replicò Brosnan. «Ma al più presto possibile. Non possiamo permetterci di perdere tempo.»

* * *

Myra era seduta alla scrivania dello zio a controllare certi conti, quando arrivò la telefonata di Flood.

«Harry, che bella sorpresa!»

«Speravo di far due chiacchiere con Jack.»

«Non è possibile, Harry. Jack è a Manchester, per un ricevimento in non so quale club sportivo.»

«Quando torna?»

«Ha degli impegni nella tarda mattinata, quindi dovrà alzarsi presto e prendere il treno che parte alle sette e mezzo da Manchester.»

«Allora sarà in ufficio verso le nove?»

«È più probabile alle nove e mezzo, con il traffico dell'ora di punta a Londra. Ma dimmi, di che cosa si tratta, Harry?»

«Ci ho pensato su, Myra, forse sono stato stupido. Il fatto di entrare in società con voi, voglio dire. Jack potrebbe avere ragione. Ci sono un sacco di cose che potremmo fare, se ci mettiamo insieme.»

«Be', sono sicura che sarà ben contento di sentirti.»

«Allora verrò a trovarvi alle nove e mezzo, con il mio contabile», concluse Flood, e riappese.

Myra restò seduta per un po', fissando il telefono, poi lo staccò e chiamò lo zio a Manchester. Jack Harvey, con diverse coppe di champagne e più di un bicchierino di brandy nello stomaco, era di umore eccellente quando alzò il telefono alla reception del club.

«Myra, mia cara, che succede? Un incendio o una pioggia improvvisa di cari estinti?»

«Una cosa ancora più interessante. Ha telefonato Harry Flood.»

Gli riferì del colloquio che gli dissipò di colpo i fumi dell'alcol. «Così, verrà in ufficio alle nove e mezzo?»

«Esatto. Che cosa ne pensi?»

«Penso che puzza. Perché dovrebbe cambiare idea così all'improvviso? No, non mi piace.»

«Devo telefonargli e disdire?»

«No, no, che venga pure. Ma prenderemo le nostre precauzioni, vero?»

«Ascolta», aggiunse Myra. «Quell'Hilton, o qualunque sia il suo dannato nome, ha telefonato che voleva la merce. È venuto a prenderla e ha pagato in contanti. Va bene?»

«Brava ragazza. Ora, per quanto riguarda Flood, tienti pronta a fargli la dovuta accoglienza. Non si sa mai. Capisci che cosa voglio dire?»

«Sicuro, Jack. Credo di aver capito.»

«Allora, ci troviamo tutti domani mattina, poco prima delle nove e mezzo, davanti all'impresa di pompe funebri di Harvey, d'accordo?» disse Harry Flood. «Io porto con me Mordecai, e tu», aggiunse rivolto a Brosnan, «fingerai di essere il mio contabile.»

«E io?» chiese Mary.

«Vedremo.»

Brosnan si alzò e si avvicinò alla portafinestra, guardando il fiume. «Vorrei proprio sapere che cosa sta combinando ora quel bastardo!»

«Domani, Martin. Abbi pazienza. Le cose vengono da sole, per chi sa aspettare.»

Era circa mezzanotte, quando Billy parcheggiò la BMW nel cortile dell'impresa di pompe funebri di Whitechapel ed entrò. Salì le scale con passo stanco fino all'appartamento di Myra, che lo sentì arrivare, aprì la porta e rimase sulla soglia, con una corta camicia da notte trasparente.

«Allora, cocco bello, ce l'hai fatta.»

«Sono gelato fino all'osso.»

Myra lo fece sedere accanto a sé sul divano e cominciò ad

aprirgli la chiusura lampo del giubbotto. «Dov'è andato?»

Billy tese la mano alla bottiglia di brandy, se ne versò una buona dose e la ingollò di colpo. «A un'ora da Londra soltanto, ma è proprio fuori dal mondo.» Le raccontò tutto, di Dorking, la strada di Horsham, Grimethorpe, Doxley e la fattoria di Cadge End.

«Ottimo, cocco bello. Quello che ti occorre ora è un bel bagno caldo.»

Entrò nella stanza da bagno e aprì i rubinetti. Quando tornò in soggiorno, Billy dormiva a gambe larghe sul divano. «Oh, Madonna!» borbottò Myra, gli mise addosso una coperta e andò a letto.

Quando Makeev bussò alla porta dell'appartamento di Avenue Victor Hugo, gli fu aperto da Rashid. «Ci sono notizie per noi?» chiese subito il giovane iracheno.

Makeev annuì. «Dov'è Michael?»

«La sta aspettando.»

Lo condusse in salotto, dove Aroun stava in piedi accanto al fuoco. Era stato a teatro e indossava ancora un abito da sera.

«Allora?» chiese ansiosamente. «È successo qualcosa?»

«Dillon ha telefonato dall'Inghilterra, vuole che tu vada a Saint-Denis domattina. Conta di arrivarci lui stesso nel pomeriggio.»

Aroun era pallido di eccitazione. «E allora? Che cosa vuol dire?»

Versò un bicchierino di cognac e Rashid lo passò a Josef Makeev.

«Mi ha detto che sta progettando un attentato contro il Consiglio di guerra a Downing Street.»

Ci fu un attimo di silenzio totale. Aroun era rimasto stupefatto. Fu Rashid a parlare per primo. «Il Consiglio di guerra? Tutti insieme? Ma è impossibile! Come potrebbe mai tentare un'impresa simile?»

«Non ho idea», replicò Makeev. «Vi riferisco semplicemente quello che ha detto lui, che il Consiglio di guerra si riunisce alle dieci del mattino e che in quel momento farà il colpo.»

«Dio è grande!» esclamò Michael Aroun. «Se riesce a fare una cosa simile, ora, nel bel mezzo della guerra, prima che sferrino l'offensiva terrestre, l'effetto su tutto il mondo arabo sarà incredibile.»

«Lo immagino anch'io.»

Aroun fece un passo avanti e afferrò con la destra il risvolto della giacca di Makeev. «Ma può farlo, Josef, può farlo davvero?»

«Mi sembrava assolutamente sicuro.» Makeev si liberò dalla stretta. «Ti riferisco solo quello che lui ha detto a me.»

Aroun si voltò e fissò il fuoco per un lungo momento, poi disse a Rashid: «Partiremo alle nove dall'aeroporto Charles de Gaulle con il Citation. Saremo là in poco più di un'ora».

«Ai suoi ordini», replicò Rashid.

«Telefona subito al vecchio Alphonse allo Château. Digli che si prenda qualche giorno di libertà e che stia fuori di casa per l'ora di colazione. Non lo voglio in giro.»

Rashid annuì e si diresse allo studio. «Alphonse?» chiese Makeev.

«È il guardiano. In questa stagione è solo al castello, a meno che io non gli ordini di far venire della servitù dal villaggio. Sono tutti domestici a giornata.»

«Mi piacerebbe venire con te, se sei d'accordo.»

«Ma certo, Josef.» Aroun versò altri due bicchieri di cognac. «Dio mi perdoni, so che bevo quando non dovrei, ma in questa occasione...» Alzò il bicchiere. «A Dillon, e che tutto vada come speriamo.»

Era l'una di notte e Fahy stava lavorando su una delle bombole d'ossigeno quando Dillon entrò nel fienile.

«Come va?»

«Benissimo, rispose Fahy. «Quasi finito. Questo e un altro ancora. Com'è il tempo?»

Dillon guardò dalla porta aperta. «Ha smesso di nevicare, ma temo che verrà altra neve, ho sentito le previsioni del tempo in televisione.»

Fahy portò il cilindro al Ford Transit e lo infilò con grande cautela in uno dei tubi, mentre Dillon lo osservava con attenzione. Angel entrò con un bricco in una mano e due tazze nell'altra. «Caffè?»

«Ottimo.» Lo zio prese una tazza, lei la riempì e ne riempì un'altra per Dillon.

«Ci ho pensato, Angel», disse Dillon. «Il garage dove ti avevo detto di aspettarci con il furgone... adesso credo che non sia più una buona idea.»

Fahy si fermò con un cacciavite in mano e alzò gli occhi. «Perché no?»

«Era lì che quella russa, il mio contatto, teneva la sua automobile. La polizia probabilmente lo sa e se sorvegliano il suo appartamento, è probabile che tengano d'occhio anche il garage.»

«E allora che cosa suggerisci?»

«Ricordi l'albergo dove alloggiavo, in Bayswater Road? Lì accanto c'è un supermarket, con un grande parcheggio sul retro. Useremo quello. Non farà molta differenza», disse ad Angel. «Te lo mostro quando arriviamo là.»

«Come vuole lei, signor Dillon.» Angel si fermò a osservare Fahy, che finiva di preparare il suo mortaio improvvisato e tornava al banco di lavoro. «Pensavo, signor Dillon, quel posto in Francia, quel Saint-Denis?»

«Ebbene?»

«Lei, dopo, andrà subito là in aereo?»

«Esatto.»

«E noi, che facciamo?»

Fahy si fermò per pulirsi le mani con il grembiule. «Ha ragione, Sean.»

«Voi sarete al sicuro, tutti e due», replicò Dillon. «Questo è un colpo pulito, Danny, il più pulito che abbia mai fatto. Nessun legame con voi due né con questo posto. Se domani tutto funziona, e funzionerà, noi saremo di ritorno qui alle undici e mezzo, e sarà la fine di tutto.»

«Se lo dici tu!» disse Fahy.

«Ma certo che lo dico, Danny. E se è per il denaro che ti preoccupi, non ci pensare nemmeno, avrai la tua parte. L'uomo per cui lavoro può disporre pagamenti in contanti in qualsiasi Paese del mondo. Potrai ricevere il denaro qui, se vuoi, o in Europa, se ti parrà meglio.»

«Certo, certo, e poi il denaro non è la cosa più importante, Sean. Tu lo sai. Il fatto è che c'è sempre la possibilità che qualcosa vada storto, per qualsiasi ragione.» Si strinse nelle spalle. «È ad Angel che penso.»

«Non c'è bisogno. Se ci fosse anche il minimo rischio, sarei io il primo a dirvi 'Venite con me'. Ma non ci sarà.» Pose un braccio sulle spalle della ragazza. «Sei in ansia, vero?»

«Mi sento il cuore stretto, ho un brutto presentimento, signor Dillon.»

«Vai a letto.» La spinse verso la porta. «Dobbiamo partire alle otto.»

«Non riuscirò a chiudere occhio.»

«Tu prova. Adesso vai, è un ordine.»

Angel se ne andò, riluttante. Dillon si accese un'altra sigaretta e si rivolse a Fahy. «C'è qualcosa che posso fare?»

«Niente. Fra una mezz'ora sarà tutto a posto. Vai anche tu a riposare, Sean. Quanto a me, sono un po' sottosopra, come Angel. Non credo che riuscirei a dormire. A proposito, ho trovato per te certi vecchi indumenti da motociclista. Sono là vicino alla moto.»

C'erano un giaccone, pantaloni di pelle e stivali. Sembravano già molto usati e Dillon sorrise. «Mi riportano alla mia gioventù. Vado a provarmeli.»

Fahy cessò per un attimo di trafficare e si passò una mano sugli occhi, come per stanchezza. «Senti, Sean, dev'essere proprio domani?»

«Perché, c'è qualche problema?»

«Ti ho detto che volevo saldare un paio di alette alle bombole, per dare più stabilità alla traiettoria. Non ho il tempo di farlo, ora.» Depose il cacciavite sul bancone. «È tutto troppo affrettato, Sean.»

«Colpa di Brosnan e dei suoi amici, non mia, Danny. Mi stanno alle calcagna, mi sento il loro respiro sul collo. Mi hanno quasi beccato, a Belfast, sa Dio in che momento potrebbero rispuntare, ora. No, Danny, adesso o mai più.»

Si voltò e uscì mentre Fahy riprese riluttante il cacciavite e si rimise al lavoro.

Il completo da motociclista non era male e Dillon stava chiudendo la lampo del giaccone di fronte allo specchio dell'armadio. «Ma guarda un po'!» mormorò fra sé. «Sono ancora quel ragazzo di diciott'anni, quando il mondo era giovane e tutto sembrava possibile!»

Si tolse il giaccone, poi prese dalla valigetta il giubbotto antiproiettile che gli aveva dato Tania al loro primo incontro. Se lo infilò, chiuse bene le linguette di velcro, poi si rimise il giaccone. Seduto sul ciglio del letto, tirò fuori dalla sua valigetta la Walther, la controllò e avvitò il silenziatore. Controllò anche la Beretta e la mise sul comodino, a portata di mano. Ripose la valigetta nell'armadio, poi spense la luce e si sdraiò sul letto fissando il soffitto nel buio.

Non si era mai sentito emozionato, in nessuna circostanza. E così era anche questa volta, alla vigilia del colpo più grosso della sua vita. «Tu passi alla storia, questa volta, Sean», mormorò fra sé. «Passi alla storia.»

Chiuse gli occhi e dopo qualche minuto era già addormentato.

Nevicò di nuovo, durante la notte, e poco dopo le sette Fahy scese per il sentiero a controllare la strada. Tornando trovò Dillon sulla porta della fattoria, che mangiava un panino al prosciutto con una tazza di tè in mano.

«Non so proprio come fai», osservò Fahy. «Io non potrei mandare giù un boccone. Lo vomiterei su due piedi.»

«Hai paura, Danny?»

«Da morire.»

«Benissimo, questo acuisce le tue facoltà, ti dà quella prontezza che è il fattore decisivo.»

Entrarono nel fienile e si fermarono accanto al Transit. «Bene, tutto è pronto, tutto a punto», affermò Fahy.

Dillon gli pose una mano sulla spalla. «Hai fatto miracoli, Danny, miracoli.»

Angel comparve dietro di loro, pronta per partire, con i suoi vecchi pantaloni, gli stivali, il maglione, la giacca a vento e il berretto. «È ora di andare?»

«Fra poco. Ora carichiamo la moto nel Morris.»

Aprirono il portellone posteriore del furgone, fecero scendere la rampa e spinsero la moto all'interno. Dillon la sistemò sul cavalletto e Fahy spinse dentro la rampa. Passò a Dillon un casco da motociclista. «Questo è per te. Io ne ho uno per me nel Ford.» Esitò. «Sei armato, Sean?»

Dillon fece scivolare la Beretta fuori dalla tasca interna della giacca di cuoio. «E tu?»

«Cristo, Sean, io ho sempre odiato le armi da fuoco, lo sai.»

Dillon rimise a posto la Beretta e chiuse la lampo della giacca. Serrò il portellone del Ford e si voltò: «Tutto a posto?»

«Allora partiamo?» chiese Angel.

Dillon controllò l'orologio. «Non ancora. Ho detto che si partiva alle otto. Meglio non arrivare troppo presto. C'è ancora tempo per un'altra tazza di tè.»

Tornarono in casa e Angel rimise il bollitore sul fuoco. Dillon si accese una sigaretta e si appoggiò al lavello, osservandola. «Ma lei non ha proprio nervi!» mormorò la ragazza. «Io mi sento il cuore che batte come un tamburo.»

«Vieni un po' qui a vedere, Sean!» chiamò Fahy dal soggiorno.

Dillon lo raggiunse. Il televisore in un angolo della stanza era acceso e stava trasmettendo un servizio sulla nevicata di quella notte a Londra. Alberi, statue e monumenti erano tutti imbiancati, e così pure gran parte dei marciapiedi.

«Non va bene», mormorò Fahy.

«Ma non ti preoccupare, le strade sono sgombre», ribatté Dillon, mentre Angel entrava con un vassoio. «Una bella tazza di tè, Danny, con molto zucchero per darti energia, e poi si parte.»

Nell'appartamento di Lowndes Square, Martin Brosnan stava facendo bollire le uova e sorvegliava il tostapane quando squillò il telefono. Sentì Mary che rispondeva e dopo un attimo la vide affacciarsi. «Harry Flood al telefono, vuol parlare con te.»

Brosnan prese il ricevitore. «Come va?»

«Bene, vecchio mio, controllavo che tu fossi pronto.»

«Come dovremo comportarci in questa faccenda?»

«Dovremo suonare a orecchio, caro mio, ma dovremo anche tenerci pronti a usare le maniere forti.»

«Sono d'accordo.»

«Questo però creerebbe dei problemi per Mary?»

«Temo di sì.»

«Allora decisamente lei non può intervenire. Lascia fare a me, me la sbrigherò io quando arriverete qui. Ci vediamo.»

Brosnan depose il telefono e tornò in cucina, dove Mary aveva disposto sui loro piatti le uova e il pane tostato e stava versando il tè. «Che cosa voleva?» chiese.

«Niente di speciale. Si domandava come è meglio affrontare questa faccenda.»

«E tu, suppongo, pensi che la cosa migliore sarebbe picchiare Harvey sulla testa con un bastone molto grosso?»

«Qualcosa di simile.»

«Perché non con il serrapollici, Martin?»

«Già, perché no?» Martin prese una fetta di pane tostato. «Se potesse servire!»

Il traffico mattutino sulla strada fra Horsham e Dorking e poi oltre, verso Londra, era più lento del solito, a causa del cattivo tempo. Angel e Dillon erano in testa con il Morris, Fahy li seguiva nel Ford Transit. La ragazza era visibilmente tesa, stringeva così forte il volante che le sue nocche erano diventate bianche, ma guidava con estrema perizia. Epsom, poi Kingston e ancora avanti verso il fiume. Attraversarono il Tamigi sul Putney Bridge. Erano già le nove e un quarto, quando imboccarono Bayswater Road dirigendosi verso l'albergo.

«Per di qua», indicò Dillon. «Ecco il supermarket, l'entrata del parcheggio è sul lato.» Angel scalò la marcia, sterzò con cautela e avanzò lentamente nel parcheggio, che era già quasi pieno. «Laggiù in fondo», disse Dillon, «c'è giusto il posto.»

C'era già parcheggiata una grande roulotte, protetta da un telo di plastica coperto di neve. Angel parcheggiò sull'altro lato e Fahy si fermò lì accanto. Dillon balzò a terra infilandosi il casco e andò ad aprire il portellone posteriore. Sistemò la rampa, entrò e portò fuori la moto, con l'aiuto della ragazza. Mentre lei risospingeva la rampa all'interno del Morris e chiudeva il portellone, Dillon accese il motore della BSA, che rispose subito, destandosi alla vita con un piacevole ruggito. Diede un'occhiata all'orologio: le nove e venti. Appoggiò la moto al cavalletto e si diresse verso Fahy, nel Ford.

«Ricordati, il tempismo è di importanza cruciale, non potremo continuare a girare per Whitehall, qualcuno potrebbe insospettirsi. Se siamo troppo in anticipo, cerca di far passare il tempo sul Victoria Embankment. Fingi di avere un guasto, io mi fermerò come per aiutarti. Ma dall'Embankment fino a Horse Guards Avenue e all'angolo con Whitehall ci vorrà solo un minuto, ricordati.»

«Gesù, Sean!» Fahy pareva terrorizzato.

«Calma, Danny, calma. Andrà tutto bene, vedrai. Adesso muoviamoci.»

Salì a cavalcioni della BSA e Angel mormorò: «Questa notte ho pregato per lei, signor Dillon».

«Brava, hai fatto bene. Ci vediamo!» Avviò la moto e si mise in coda al Ford.

13

HARRY Flood e Mordecai aspettavano nella Mercedes e Salter era al volante, quando un taxi si fermò davanti all'impresa di pompe funebri a Whitechapel e Brosnan e Mary ne scesero. Si avvicinarono, camminando cautamente sul marciapiede innevato, e Flood aprì la portiera per farli entrare.

«Sono giusto le nove e trenta», disse dando un'occhiata all'orologio. «Possiamo anche salire direttamente.»

Tolse una Walther dalla tasca interna della giacca e controllò la sicura. «Tu vuoi qualcosa, Martin?» chiese.

Brosnan annuì. «Sarebbe un'idea.»

Mordecai aprì il cassetto del cruscotto, prese una Browning e la passò al di sopra dello schienale. «Questa le va bene, professore?»

«Per amor di Dio!» esclamò Mary. «Chiunque penserebbe che siete sul punto di scatenare la terza guerra mondiale!»

«O evitare che scoppi», replicò Brosnan. «Ci hai mai pensato?»

«Su, sbrighiamoci», disse Flood, e scese. Brosnan lo seguì e Mordecai uscì dall'altra parte. Mentre Mary stava per muoversi, Flood la fermò. «Non questa volta, mia cara. Ho detto a Myra che portavo con me il mio contabile, e questo giustifica la presenza di Martin. Mordecai, lo sanno tutti, viene sempre con me. Queste sono le sole persone che i nostri due amici si aspettano.»

«Ma guarda un po'!» protestò Mary. «Io sono il funzionario in servizio, incaricato del caso, il rappresentante ufficiale del ministero.»

«Bravissima!» ribatté Flood. «Ma adesso lei resta qui. Abbi cura di lei, Charlie», aggiunse rivolto a Salter, e si avviò alla porta, dove Mordecai stava già suonando il campanello.

Il portiere che li accolse sorrise ossequiosamente. «Buongiorno, signor Flood. Il signor Harvey vi prega di attenderlo qualche minuto in sala d'attesa. È arrivato in questo momento da Heathrow.»

«Senz'altro.» Flood e gli altri seguirono il portiere.

La sala d'attesa era opportunamente allestita in toni sommessi, poltrone di pelle scura, pareti e tappeto color ruggine. L'illuminazione era assicurata da finte candele e un impianto di filodiffusione trasmetteva una mesta musica in sordina.

«Che ne pensi?» chiese Brosnan.

«Penso che sia appena arrivato dall'aeroporto», rispose Flood. «Non ti preoccupare.»

Mordecai sbirciò attraverso la porta in una delle camere ardenti. «I fiori, ecco che cosa ho trovato sempre buffo in questi posti. Associo sempre la morte con i fiori.»

«Cercherò di ricordarmelo, quando verrà il tuo turno», replicò Flood. «Non fiori ma opere di bene.»

Erano circa le nove e quaranta quando il Ford Transit accostò e si fermò in una piazzola sul Victoria Embankment. Le mani di Fahy erano tutte sudate. Nello specchietto retrovisore vide Dillon fermare la BSA e avanzare verso di lui.

«Tutto bene?» chiese Dillon chinandosi al finestrino.

«Benissimo, Sean.»

«Restiamo qui finché è possibile. Quindici minuti sarebbero l'ideale. Se arriva un vigile, parti subito e io ti seguo;

proseguiamo lungo l'Embankment per un mezzo miglio, poi svoltiamo e ritorniamo qui.»

«D'accordo, Sean.» Fahy tremava e batteva leggermente i denti.

Dillon tirò fuori un pacchetto di sigarette, se ne mise due in bocca, le accese e ne passò una a Fahy. «Tanto per mostrarti che pazzo romantico sono!» E scoppiò a ridere.

Quando Harry Flood, Brosnan e Mordecai entrarono nell'anticamera, Myra li stava aspettando. Portava il tailleur pantalone nero e gli stivali e teneva un fascio di documenti in mano.

«Hai proprio l'aspetto di una vera donna d'affari, Myra», si complimentò Flood.

«È appena giusto, Harry, con il mucchio di lavoro che sbrigo qui dentro.» Lo baciò sulla guancia e fece un cenno di saluto a Mordecai. «Salve, mister Muscoli.» Poi gettò un'occhiata a Brosnan: «E questo, chi sarebbe?»

«Il mio nuovo contabile, il signor Smith.»

«Ah, sì?» Salutò con un cenno. «Jack vi sta aspettando.» Aprì la porta e li precedette nell'ufficio.

Un allegro fuoco scoppiettava nel caminetto: l'ambiente era caldo e accogliente. Harvey era seduto alla scrivania e fumava il suo solito sigaro mentre Billy sedeva sul bracciolo del divano alla sua sinistra e teneva l'impermeabile negligentemente gettato sulle ginocchia.

«Lieto di vederti, Jack», salutò Harry Flood.

«Ma davvero?» Harvey scrutò Brosnan da capo a piedi. «E quello chi è?»

«Il nuovo contabile di Harry, zio Jack.» Myra girò intorno alla scrivania e si pose al suo fianco. «Il signor Smith.»

Harvey scosse la testa. «Non ho mai visto un contabile con quella faccia, e tu, Myra?» Si rivolse a Flood: «Il mio tempo è prezioso, Harry. Che cosa vuoi?»

«Dillon», disse Flood. «Sean Dillon.»

«Dillon?» Jack fece una faccia stupita. «E chi diavolo sarebbe Dillon?»

«Un tizio piuttosto basso, irlandese», intervenne Brosnan. «Anche se può farsi passare per chiunque voglia. Lei gli ha venduto armi ed esplosivi nel 1981.»

«Molto male, Jack, un pessimo soggetto», disse Flood. «Ha fatto saltare in aria mezza Londra, e ora pensiamo che si sia rimesso all'opera.»

«E dove potrebbe andare a procurarsi quello che gli serve, se non dal suo vecchio compare Jack Harvey?» continuò Brosnan. «È una cosa logica, no?»

Myra strinse con la mano la spalla dello zio e Harvey, rosso in faccia, sibilò: «Billy!»

Flood alzò una mano. «Vorrei soltanto dire che se sotto il cappotto tiene un fucile a canne mozze, spero che abbia il cane alzato.»

Billy fece fuoco immediatamente attraverso l'impermeabile, colpendo all'anca sinistra Mordecai, che stava estraendo la pistola. La Walther di Flood uscì dalla tasca in un solo fluido movimento e colpì Billy al petto, mandandolo a rovescio sul divano, mentre l'altra canna sparava e frammenti di piombo finivano nel braccio sinistro di Flood.

Jack Harvey aveva aperto il cassetto della scrivania e la sua mano si stava sollevando, impugnando una Smith & Wesson, quando Brosnan gli sparò deliberatamente nella spalla. Per un attimo fu il caos e la stanza si riempì di fumo e del puzzo di cordite.

Myra si piegò sullo zio che si afflosciò sulla sedia gemendo. «Bastardi!» gridò furiosa.

Flood si volse a Mordecai. «Stai bene?»

«Starò meglio quando il dottor Aziz mi avrà sistemato, Harry. Quel bastardo è stato veloce.»

Flood, sempre con la Walther in pugno, si strinse il braccio sinistro e fra le sue dita colò del sangue. Diede un'occhiata a Brosnan. «Avanti, finiamola.»

Fece due passi verso la scrivania e puntò l'arma direttamente su Harvey. «Ti sparo in mezzo agli occhi, se non ci dici immediatamente quello che vogliamo sapere. Allora, Sean Dillon?»

«Andate a farvi fottere», grugnì Jack Harvey.

Flood abbassò per un attimo la Walther, poi prese la mira con calma. La ragazza gridò: «No, per amor di Dio, lasciatelo in pace. L'uomo che cercate si fa chiamare Peter Hilton, è quello con cui lo zio Jack ha lavorato nel 1981. Allora usava un altro nome, Michael Coogan».

«E questa volta?»

«Ha comprato venticinque chili di Semtex, è venuto a prenderle ieri notte e ha pagato in contanti. L'ho fatto seguire da Billy.»

«E dove è andato?»

«Qui.» Prese un foglietto dalla scrivania. «L'ho scritto per Jack.»

Flood lo lesse e lo passò a Brosnan, cercando di sorridere, nonostante il dolore. «Fattoria di Cadge End, Martin, promette bene. Andiamocene fuori di qui.»

Si avviò verso la porta e Mordecai lo seguì zoppicando e perdendo vistosamente sangue sul pavimento. Myra era corsa presso Billy, che gemeva a voce alta. Si voltò verso di loro e gridò con tutta la rabbia che aveva in corpo: «Ve la farò pagare, a tutti voi!»

«Tu non farai un bel niente, Myra», ribatté Flood. «Se sei saggia mettici una pietra sopra, considerala una buona lezione e poi chiama il tuo medico.» Si voltò e uscì seguito da Brosnan.

Mancava poco alle dieci quando salirono sulla Mercedes. «Gesù, Harry», borbottò Charlie Salter, «stai inzuppando di sangue i tappetini.»

«Lo so, metti in moto, Charlie, tu sai dove andare.»

Mary Tanner aveva la faccia scura. «Che cosa è successo lassù?»

«Ecco che cosa è successo.» Brosnan le porse il foglietto con l'indirizzo di Cadge End.

«Mio Dio!» commentò Mary quando ebbe letto. «Sarebbe meglio a telefonare al generale.»

«No, non lo faccia», disse Flood. «Questa è una faccenda tutta nostra, considerando la pena che ci siamo dati e i guai che abbiamo passato, non lo pensi anche tu, Martin?»

«Certamente.»

«Allora, la prima cosa che dobbiamo fare è correre subito in una piccola clinica di Wapping gestita dal mio buon amico dottor Aziz, perché possa prendersi cura di Mordecai e dare un'occhiata anche al mio braccio. Dopo, a Cadge End.»

Quando Fahy uscì dal traffico del Victoria Embankment e svoltò in Horse Guards Avenue, lungo l'edificio del ministero della Difesa, sudava copiosamente, nonostante il freddo. La carreggiata era sgombra e bagnata per il traffico intenso, ma i marciapiedi, gli alberi e gli edifici erano coperti da una leggera coltre di neve. Poteva vedere Dillon nello specchietto retrovisore, sinistra figura in cuoio nero sulla sua moto. E poi fu il momento della verità e tutto parve succedere in un attimo.

Fahy parcheggiò all'incrocio fra Horse Guards Avenue e Whitehall, disponendosi con l'angolo di inclinazione che aveva calcolato. Dall'altra parte della strada, a Horse Guards Parade, c'erano due guardie reali a cavallo con le sciabole sguainate.

A poca distanza di lì, un poliziotto si voltò e vide il furgone. Fahy spense il motore, azionò il timer e si infilò il casco. Mentre usciva dal furgone e chiudeva la portiera, il poliziotto gli gridò di fermarsi e corse verso di lui. In quel momento Dillon sterzò sulla BSA, Fahy gettò una gamba sul sellino posteriore e in un attimo sfrecciarono via, compiendo un breve semicerchio intorno all'attonito poliziotto e puntando alla massima velocità verso Trafalgar Square. Mentre Dillon sbucava nella piazza, si udì il fragore della prima esplosione, ce ne fu un'altra, o forse due, e poi ogni scoppio sembrò fondersi con l'immensa detonazione del Ford Transit che si autodistruggeva.

Dillon passò sotto l'Arco dell'Ammiragliato e proseguì a velocità moderata lungo il Mall. In dieci minuti arrivarono al Marble Arch e svoltarono in Bayswater Road, entrando subito dopo nel parcheggio del supermarket. Angel, appena li vide, scese dal furgone, aprì il portellone posteriore e fece scendere la rampa. Dillon e Fahy spinsero la moto all'interno e richiusero.

«Ce l'avete fatta?» chiese Angel. «È andato tutto bene?»

«Ne parliamo dopo, ora entra e guida», ordinò Dillon. Un minuto dopo si immettevano nel traffico di Bayswater Road. «Torna per la strada che abbiamo fatto venendo e non correre troppo.»

Fahy accese la radio, cercando il notiziario per i diversi canali. «Ancora niente», osservò. «Dannata musica, chiacchiere e nient'altro.»

«Lascia stare e abbi pazienza», ribatté Dillon. «Lo sapremo fin troppo presto.»

Si accese una sigaretta e si adagiò all'indietro sullo schienale, fischiettando piano.

Nella saletta operatoria della clinica di Wapping High Street, Mordecai Fletcher era già steso sul tavolo e il dottor Aziz, un indiano dai capelli grigi, che portava occhiali rotondi con la montatura in acciaio, esaminava la sua coscia.

«Harry, amico mio, credevo che avessi rinunciato a questo genere di cose!» diceva. «E invece eccoci qui come in un brutto sabato sera a Bombay.»

Flood era seduto lì accanto, senza giacca, e una giovane infermiera indiana si occupava del suo braccio: aveva tagliato via la manica della camicia e stava ripulendo con un tampone la ferita. Brosnan e Mary, in piedi, li osservavano.

«Come lo trovi?» chiese Flood al dottor Aziz.

«Dovrà restare a letto per due o tre giorni: io posso solo estrarre parte delle schegge sotto anestesia, e c'è un'arteria recisa. Adesso vediamo un po' il tuo braccio.»

Tenne fermo con una mano il braccio di Flood e lo tastò cautamente con una pinzetta. L'infermiera reggeva una ciotola smaltata: Aziz vi fece cadere un frammento di proiettile e poi un altro. Flood trasalì per il dolore. L'indiano ne trovò un terzo. «Probabilmente è tutto, Harry, ma dobbiamo fare una radiografia.»

«Per adesso fammi solo una fasciatura e mettimi una benda al collo», replicò Flood. «Tornerò più tardi.»

«Se è questo che vuoi.»

Fasciò il braccio con abilità, assistito dall'infermiera, poi aprì un armadietto e prese una confezione di fiale di morfina. Ne iniettò una nel braccio di Flood.

«Proprio come nel Vietnam, Harry», disse Brosnan.

«Ti allevierà il dolore», spiegò Aziz, mentre l'infermiera aiutava Flood a rimettersi la giacca. «Ti consiglierei, tuttavia, di tornare qui non più tardi di questa sera.»

L'infermiera legò una benda al collo di Flood e stava posandogli il cappotto sulle spalle quando la porta si spalancò e Charles Salter irruppe nella stanza. «Si è scatenato l'inferno, l'ho appena sentito alla radio. Un attentato contro Downing Street.»

«Oh, mio Dio!» esclamò Mary Tanner.

Harry Flood le aprì la porta e lei si voltò verso Brosnan. «Andiamo, Martin, almeno sappiamo dove ha colpito quel bastardo.»

Il Consiglio di guerra era più numeroso del solito, quella mattina: quindici membri, compreso il Primo ministro. Era appena cominciata la seduta nella sala del Gabinetto, situata sul retro del Numero Dieci di Downing Street, quando la prima bomba descrisse una grande parabola di circa duecento metri dal Ford Transit, fermo all'angolo di Horse Guards Avenue con Whitehall, e atterrò esplodendo con un assordante boato. L'esplosione fu così violenta che si udì chiaramente anche nell'ufficio del generale Charles Ferguson, al ministero della Difesa, che si affacciava su Horse Guards Avenue.

«Cristo!» imprecò Ferguson, e come la maggior parte del personale del ministero si precipitò alla finestra più vicina.

A Downing Street, nella sala del Gabinetto, i vetri rinforzati delle finestre si frantumarono, ma la maggior parte delle schegge fu assorbita dalle speciali tendine antiproiettile. La prima bomba scavò un cratere nel giardino, sradicando un ciliegio, le altre due caddero ancor più lontano dal bersaglio, in Mountbatten Green, dove erano parcheggiati alcuni veicoli della televisione. Solo uno di essi esplose, ma in quello stesso momento entrò in azione il dispositivo di autodistruzione di Fahy e il Ford saltò in aria. Cosa sorprendente, nella sala del Gabinetto non ci fu molto panico. Tutti si gettarono a terra, qualcuno cercò di proteggersi sotto il tavolo. Ci fu una folata d'aria fredda dalle finestre frantumate e un rumore di voci in lontananza.

Il Primo ministro si alzò e riuscì persino a sorridere. Con calma incredibile disse: «Signori, penso che faremmo meglio a ricominciare da qualche altra parte». E uscì dalla sala precedendo gli altri.

Mary e Brosnan erano seduti sul sedile posteriore della Mercedes e Harry Flood stava accanto a Charles Salter, che guidava cercando di mantenere la massima velocità possibile in mezzo al fittissimo traffico.

«Devo assolutamente parlare con il generale Ferguson», disse Mary. «È essenziale.»

Stavano attraversando il Putney Bridge. Flood si voltò verso Brosnan, che annuì. «Va bene», annuì allora Flood. «Faccia come crede.»

Mary chiamò con il telefono cellulare il ministero della Difesa, ma Ferguson non c'era, e non sapevano come rintracciarlo. Lasciò il numero di telefono della Mercedes e interruppe la comunicazione.

«Starà correndo in giro, in preda al panico, come tutti gli altri», osservò Brosnan e si accese una sigaretta.

Flood si rivolse a Salter. «Allora, Charlie, vai a Epsom, poi a Dorking, quindi prendi la strada di Horsham.»

Il notiziario della BBC che ascoltarono per radio nel furgone Morris fu trasmesso con il solito tono distaccato e indifferente. C'era stato un attentato contro il Numero Dieci di Downing Street, pressappoco alle dieci del mattino. L'edificio aveva subito qualche danno, ma il Primo ministro e i membri del Consiglio di guerra, che si riunivano a quell'ora, erano incolumi.

Angel trasalì facendo sbandare il furgone e singhiozzò: «Oh, cielo, no!»

Dillon pose una mano sul volante. «Calma, ragazza, pensa a guidare.»

Fahy pareva sul punto di vomitare. «Se avessi avuto tempo di saldare quelle alette alle bombole, sarebbe stato tutto diverso! Hai avuto troppa fretta, Sean. Ti sei lasciato innervosire da Brosnan e questo è stato fatale.»

«Forse è così, Danny, ma alla fin fine quello che importa è che abbiamo fatto fiasco.»

Tirò fuori una sigaretta, l'accese e d'improvviso scoppiò in un'irrefrenabile risata.

Aroun era partito da Parigi alle nove e trenta, pilotando egli stesso il Citation; Rashid, accanto a lui, aveva il brevetto che lo qualificava come secondo pilota. Makeev, nella cabina alle loro spalle, stava leggendo il giornale del mattino, quando Aroun chiamò la torre di controllo dell'aeroporto

Maupertus di Cherbourg, chiedendo via libera per atterrare sulla pista privata di Saint-Denis.

Il controllore diede il nullaosta e aggiunse: «Abbiamo appena sentito il notiziario. C'è stato un attentato contro il consiglio dei ministri a Downing Street, a Londra».

«E che cosa è successo?» chiese Aroun.

«Per ora hanno trasmesso solo questo.»

Aroun sorrise tutto eccitato a Rashid, che pure aveva udito la comunicazione. «Prendi i comandi e pensa tu ad atterrare.» Passò dietro nella cabina e sedette di fronte a Makeev. «È appena arrivato il notiziario. C'è stato un attentato al Numero Dieci di Downing Street.»

Makeev gettò via il giornale. «E allora?»

«Questo è tutto, per il momento.» Aroun pareva fuori di sé per la gioia. Alzò le mani al cielo. «Sia lode a Dio!»

Ferguson era in piedi presso i furgoni della televisione, a Mountbatten Green, insieme all'ispettore Lane e al sergente Mackie.

Nevicava leggermente, e una squadra di agenti di polizia stava ispezionando con somma cautela la terza bomba di Fahy, quella che non era esplosa.

«Brutto affare, signore», diceva Lane. «Per usare una vecchia frase, proprio nel cuore dell'Impero. Voglio dire, come può succedere una cosa simile?»

«Perché siamo una democrazia, ispettore, perché il nostro popolo ha il diritto di vivere libero, e questo significa che non possiamo trasformare Londra in una fortezza armata, sullo stile di certi paesi dell'Est.»

Un giovane agente arrivò con un telefono mobile e mormorò qualcosa all'orecchio di Mackie. «Mi scusi, generale, è urgente», disse il sergente. «Il suo ufficio cerca di contattarla, il capitano Tanner ha chiamato.»

«Me lo passi», disse Ferguson. «Ferguson. Capisco. Dammi il numero.»

Fece un cenno a Mackie, che prese matita e taccuino e scrisse il numero che il generale dettava.

La Mercedes stava passando per Dorking, quando il telefono squillò. Mary rispose subito. «Generale Ferguson?»

«Sì, che c'è?»

«Le bombe al Numero Dieci, dev'essere stato Dillon. Abbiamo scoperto che ha prelevato venticinque chili di Semtex a Londra, la notte scorsa. Fornite da Jack Harvey.»

«Adesso dove sei?»

«Poco fuori Dorking, generale, sulla strada per Horsham. Martin, Harry Flood e io. Abbiamo l'indirizzo di Dillon.»

«Dammelo.» Fece di nuovo cenno a Mackie e lo ripeté ad alta voce perché il sergente potesse trascriverlo.

«La strada non è buona, signore», continuò Mary, «con questa neve, ma dovremmo arrivare a questo Cadge End in una mezz'ora.»

«Bene, non correte troppo, mia cara, ma non lasciatevi sfuggire quel bastardo. Noi arriviamo al più presto con i rinforzi. Io sarò nella mia macchina, così puoi chiamarmi lì.»

«D'accordo, signore.»

Mary depose il telefono e Flood si voltò verso di lei. «Ebbene?»

«I rinforzi stanno arrivando, ma noi dobbiamo badare a non lasciarcelo sfuggire.»

Brosnan cavò di tasca la Browning e la controllò. «Non sfuggirà», ringhiò duramente, «stavolta no.»

Ferguson mise Lane al corrente di quanto era accaduto. «Che cosa pensa che stia facendo ora Harvey, ispettore?»

«Si starà facendo curare da qualche medico disonesto in una tranquilla clinichetta privata, signore.»

«Bene, faccia un controllo, e se è come lei dice non interferisca. Lo faccia tenere d'occhio, ma intanto noi dobbiamo correre il più presto possibile a quella fattoria di Cadge End. Vada a organizzare le macchine.»

Lane e Mackie si allontanarono in tutta fretta e, mentre Ferguson si accingeva a seguirli, comparve sull'angolo dell'edificio il Primo ministro in persona, con un cappotto nero, accompagnato dal ministro degli Interni e da numerosi assistenti. Vide Ferguson e si diresse verso di lui.

«È opera di Dillon, generale?»

«Così credo, signor ministro.»

«Ci è arrivato proprio vicino», sorrise il Primo ministro. «Troppo vicino, direi. Un uomo notevole, questo Dillon.»

«Ma non durerà a lungo, eccellenza. Ho appena avuto un indirizzo dove speriamo di rintracciarlo, finalmente.»

«Allora non la trattengo oltre, generale. Proceda con tutti i mezzi.»

Ferguson si voltò e si allontanò a rapidi passi.

Il sentiero in mezzo agli alberi a Cadge End si era coperto ancora più di neve, da quando erano partiti. Il furgone lo attraversò sobbalzando ed entrò nel fienile; Angel spense il motore e scese. D'improvviso tutt'intorno parve terribilmente silenzioso e quieto.

Fahy ruppe il silenzio per primo. «E ora?»

«Una bella tazza di tè, penso.» Dillon scese e andò ad aprire il portellone posteriore, facendo scendere la rampa. «Aiutami, Danny.» Spinsero fuori la moto e Dillon la sistemò in un angolo. «Una brillante operazione, Danny. Hai fatto un buon lavoro.»

Angel si era diretta verso la casa e mentre i due la seguivano Fahy osservò: «Nervi d'acciaio, eh, Sean?»

«Già, così pare.»

«Be', io non sono come te. E quello che mi occorre ora non è una tazza di tè, ma un bicchiere di whisky.»

Fahy entrò in soggiorno e Dillon salì in camera sua. Trovò una vecchia borsa di tela, vi infilò in fretta il suo vestito, l'impermeabile, alcune camicie, scarpe e altri oggetti personali. Controllò il portafogli: restavano circa quattrocento sterline. Nella valigetta c'erano ancora i cinquemila dollari avanzati dalle spese e la Walther con il silenziatore avvitato. Armò il cane, perché la pistola fosse pronta all'uso, e la rimise nella valigetta insieme alla patente di guida di Jersey e al brevetto di pilota. Aprì la lampo della giacca, tirò fuori la Beretta e la controllò, poi se la infilò nella cintura dei pantaloni, dietro la schiena, coprendo il calcio con la giacca.

Quando scese le scale con la borsa e la valigetta, Fahy stava guardando la televisione. Trasmettevano immagini di Whitehall sotto la neve, di Downing Street e di Mountbatten Green.

«Si è appena visto il Primo ministro che ispezionava i danni. Sembrava tranquillissimo, come se non avesse un pensiero al mondo.»

«Be', è stato molto fortunato», commentò Dillon.

Angel entrò e gli porse una tazza di tè. «E adesso, che si fa, signor Dillon?»

«Lo sai benissimo, Angel. Io sparisco lassù nel cielo blu.»

«In quel posto in Francia, Saint-Denis?»

«Esatto.»

«Tu ti metti in salvo, Sean, e ci lasci qui nei guai», borbottò amaramente Fahy.

«E che guai sarebbero?»

«Sai bene che cosa voglio dire.»

«Ma nessuno ha un'ombra di traccia che porti fino a voi, Danny. Voi qui siete al sicuro fino al giorno del giudizio. Sono io quello a cui quei maledetti sbirri danno la caccia. Brosnan, quella sua amichetta e il generale Ferguson accolleranno la colpa dell'attentato a me.»

Fahy si voltò dall'altra parte e Angel chiese: «Non potremmo venire con lei, signor Dillon?»

Dillon depose la tazza e le mise le mani sulle spalle. «Non

ce n'è bisogno, Angel. Sono io che devo tagliare la corda, non tu o Danny. Quelli non sanno neanche che esistete.»

Andò al telefono e chiamò Grimethorpe. Grant rispose subito. «Sì, chi parla?»

«Peter Hilton, ragazzo mio.» Dillon tornò di colpo al suo personaggio di perfetto uomo di mondo. «Quali sono le condizioni per il mio viaggio? Non c'è troppa neve?»

«Tutto sgombro dall'altra parte, sulla costa occidentale», rispose Grant. «Ma potrebbe esserci qualche difficoltà a decollare da qui. Quando pensava di partire?»

«Sarò lì fra una mezz'ora. Per lei va bene?»

«D'accordo, l'aspetto.»

Mentre Dillon metteva giù il telefono, Angel gridò: «No, zio Danny!»

Dillon si voltò di colpo e vide Fahy in piedi sulla soglia con un fucile da caccia che brandiva a due mani. «Ma non va bene per me, Sean!» E alzò entrambi i cani.

«Danny, mio caro!» Dillon allargò le braccia. «Non fare così!»

«Noi veniamo con te, Sean. È deciso.»

«È per il tuo denaro che ti preoccupi, Danny? Non ti ho detto che l'uomo per cui lavoro può disporre pagamenti in qualsiasi Paese?» Fahy fu scosso da un brivido convulso e il fucile tremò nelle sue mani. «No, non è per il denaro.» Parve sul punto di crollare. «Ho paura, Sean. Gesù, quando ho visto quelle scene in televisione! Se mi prendono passo il resto della mia vita in prigione. Sono troppo vecchio, Sean.»

«Allora perché ti sei messo con me nell'affare?»

«Vorrei saperlo! Ero rimasto qui, tutti questi anni, ad annoiarmi a morte! Il furgone, i mortai, erano giusto qualcosa per passare il tempo, una fantasia... E poi compari tu e tutto diventa realtà.»

«Capisco», disse Dillon.

Fahy alzò di nuovo il fucile. «E allora, ecco com'è, Sean. Se noi non veniamo, non te ne vai neppure tu.»

La mano di Dillon scivolò dietro la schiena e trovò il calcio della Beretta, il suo braccio scattò e sparò due volte a Fahy nel cuore. La violenza dei colpi lo fece barcollare all'indietro, fino in anticamera, contro la parete di fronte, dove si accasciò a terra.

Angel urlò e corse a inginocchiarsi accanto allo zio.

Dopo un attimo si alzò lentamente, fissando Dillon.

«Lo ha ucciso!»

«Non mi ha lasciato scelta.»

Angel si voltò, uscì dalla porta e Dillon la seguì. La ragazza attraversò il cortile e sparì in uno dei fienili.

Dillon entrò a sua volta e si fermò, in ascolto. Sentì un fruscio da qualche parte, nel soppalco, e vide fluttuare nell'aria un po' di paglia e di polvere.

«Angel, ascolta, ti porto con me.»

«No, lei non lo farà. Mi ucciderà come ha ucciso lo zio Danny. Lei è un maledetto assassino! » La sua voce era soffocata.

Per un attimo Dillon tese il braccio sinistro puntando la Beretta verso il soppalco. «E che ti aspettavi? Chi credevi che fossi?»

Silenzio. Dillon si voltò, tornò di corsa in casa, scavalcando il corpo di Fahy. Si infilò di nuovo la Beretta nella cintola, afferrò la borsa e la valigetta e tornò al fienile. Gettò i bagagli nel Morris, sul sedile accanto al guidatore.

Provò ancora una volta: «Vieni con me, Angel! Non ti farò del male, lo giuro!» Non ci fu risposta. «E allora va' all'inferno!» imprecò. Salì al volante e si allontanò per il sentiero.

Solo qualche tempo dopo, quando tutto era tornato silenzioso, Angel scese la scaletta e attraversò il cortile per rientrare in casa. Si rannicchiò a terra accanto al corpo dello zio, con la schiena appoggiata alla parete, un'espressione vacua negli occhi, e non si mosse, nemmeno quando udì il motore di un'auto che entrava nel cortile.

14

La pista a Grimethorpe era completamente coperta di neve. Le porte dell'hangar erano chiuse e fuori non c'era traccia di nessuno dei due aeroplani. L'unico segno di vita era un filo di fumo che usciva dal tubo di ferro della stufa, quando Sean Dillon arrivò alle baracche e alla vecchia torre e fermò il Morris. Saltò a terra con la borsa e la valigetta e si diresse alla porta. Dentro, vicino alla stufa, Billy Grant stava bevendo una tazza di caffè.

«Ah, è qui, vecchio mio. Il posto sembrava deserto, cominciavo a preoccuparmi.»

«Non è il caso.» Grant, che indossava una vecchia tuta nera da pilota e una giacca di cuoio, afferrò una bottiglia di scotch e se ne versò un po' nel caffè.

Dillon depose a terra la borsa, ma tenne la valigetta nella mano destra. «Dico, le pare una cosa saggia, vecchio mio?» chiese imitando alla perfezione il tono di un uomo istruito.

«Io non sono mai stato particolarmente saggio, vecchio mio», gli fece eco Grant, con l'aria di prenderlo in giro. «Ecco perché sono finito in un letamaio come questo.»

Andò a sedere alla scrivania e Dillon vide che sopra era stesa una carta geografica: l'area della Manica, la costa della

Normandia e l'aeroporto di Cherbourg. Era la carta che Dillon aveva scrutato con Angel la prima sera.

«Andiamo, avrei intenzione di partire subito, vecchio mio», riprese Dillon. «Se è il resto del noleggio che la preoccupa, posso pagarla in contanti.» Sollevò la valigetta. «Sono sicuro che non le dispiace riceverlo in dollari americani.»

«No, ma mi dispiace essere preso in giro.» Grant indicò la cartina. «Land's End dei miei coglioni. Ho visto benissimo che lei l'altra sera ha consultato questa carta, con la ragazza, la Manica e la costa francese. Quello che vorrei sapere è in che trappola crede di cacciarmi.»

«Questo è proprio molto stupido, vecchio mio», replicò Dillon.

Grant aprì il cassetto della scrivania e tirò fuori la pistola, una vecchia Webley. «È quello che vedremo. Adesso metti giù la valigetta sulla scrivania e tirati indietro, mentre io guardo che cosa c'è dentro.»

«Ma certo, vecchio mio, non c'è bisogno di diventare violenti.» Dillon si avvicinò e depose la valigetta sul ripiano della scrivania. Nello stesso istante afferrò la Beretta dalla cintola, tese il braccio e sparò a Grant a bruciapelo.

Grant si rovesciò sulla sedia mentre Dillon si infilò di nuovo la Beretta nella cintura, piegò la carta e se la mise sotto il braccio. Quindi riprese la borsa e la valigetta e uscì, scarpinando nella neve verso l'hangar. Entrò passando dalla porticina di servizio, aprì dall'interno le grandi porte scorrevoli e la luce del giorno rivelò i due aeroplani. Scelse il Cessna Conquest, non per altro, ma perché era il più vicino. La scaletta era già calata: gettò la borsa e la valigetta nell'interno, salì a bordo e chiuse il portello.

Sedette al posto di sinistra e rimase alcuni minuti a studiare la carta. Pressappoco duecentodieci chilometri in linea d'aria, fino a Saint-Denis. Se non ci fossero stati problemi di venti contrari, con un aereo come quello avrebbe dovuto farcela in quarantacinque minuti. Non aveva registrato il piano di volo, naturalmente, così sarebbe risultato un aeromobile non identificato su qualche schermo radar, ma questo non aveva una grande importanza. Se avesse puntato dritto verso il mare sopra Brighton, sarebbe sparito in mezzo alla Manica prima che qualcuno si accorgesse di quello che succedeva. C'era il problema dell'avvicinamento a Saint-Denis, ma se fosse riuscito ad arrivare sulla costa a un'altezza di duecento metri, con un po' di fortuna sarebbe rimasto al di sotto degli schermi radar dell'aeroporto Maupertus di Cherbourg.

Posò la carta sull'altro sedile, dove poteva vederla, e mise in moto, accendendo prima il motore di sinistra, poi quello di destra. Fece uscire il Conquest dall'hangar e si fermò a controllare i quadranti del cruscotto. Come gli aveva detto Grant, i serbatoi erano pieni. Si rimise in movimento, fece rullare l'aereo sullo spiazzo e si immise sulla pista.

Svoltò nel vento e prese velocità. Si rese immediatamente conto dell'effetto frenante della neve, aumentò la potenza tirando indietro al massimo la cloche. Il Conquest si sollevò e iniziò a salire. Dillon virò per mettersi in rotta su Brighton e vide sotto di sé una limousine nera che usciva dal bosco e avanzava verso gli hangar.

«Be', non so chi diavolo sei», mormorò fra sé «ma se sei venuto a cercare me, arrivi tardi.» Il Conquest descrisse una grande curva e puntò verso la costa.

Angel era seduta al tavolo della cucina, con in mano la tazza di caffè che le aveva dato Mary. Brosnan e Flood, con il braccio al collo, l'ascoltavano in silenzio. Charlie Salter stava appoggiato allo stipite.

«Erano Dillon e tuo zio là, a Downing Street? È questo che vuoi dire?» chiese Mary.

Angel annuì. «Io guidavo il Morris con dentro la moto del signor Dillon, poi Dillon seguì lo zio Danny, che era nel Ford.» Pareva stordita. «Li ho riportati qui da Bayswater e lo zio Danny aveva paura, paura di quello che poteva succederci.»

«E Dillon?» chiese Mary.

«Lui voleva fuggire in aereo dal campo di aviazione che è qui lungo la strada, Grimethorpe si chiama. Aveva preso accordi con il signor Grant, che gestisce il posto, gli aveva detto che voleva andare a Land's End, ma non era vero.»

Se ne stava seduta, stringendo la tazza, fissando il vuoto. Brosnan chiese con voce sommessa: «Dove voleva andare, Angel? Lo sai?»

«Me l'ha mostrato sulla carta. In Francia, lungo la costa, più giù di Cherbourg. C'era segnata una pista d'atterraggio. Un posto chiamato Saint-Denis.»

«Sei sicura?» insistette Brosnan.

«Oh, sì. Lo zio Danny gli ha chiesto di portarci via con lui, ma ha rifiutato. Allora lo zio Danny si è infuriato ed è entrato con il fucile e poi...» Ricominciò a singhiozzare.

Mary le mise un braccio intorno alle spalle. «Ora è tutto finito, calmati, è tutto a posto.»

«Puoi dirci altro?» chiese Brosnan.

«No, non credo.» Angel pareva ancora sconvolta. «Ha offerto del denaro allo zio Danny, ha detto che l'uomo per cui lavorava poteva disporre pagamenti in qualsiasi Paese del mondo.»

«E ha detto chi era quell'uomo?»

«No, non l'ha detto.» Il suo viso si illuminò. «Ha detto qualcosa, mi pare, che lavorava per gli arabi, la prima volta che è venuto.»

Mary diede un'occhiata a Brosnan. «L'Iraq?»

«Ho sempre pensato che fosse una possibilità.»

«Be', ora muoviamoci», intervenne Flood. «Andiamo a controllare questo campo di Grimethorpe. Tu, Charlie, resta qui con la ragazza finché arriva la cavalleria. Noi prendiamo la Mercedes.» Si voltò e li precedette alla porta.

Nel salone di Saint-Denis, Rashid, Aroun e Makeev bevevano champagne aspettando il notiziario alla televisione.

«Un giorno di festa a Baghdad», disse Aroun. «Il mio popolo ora saprà quanto è forte il nostro Presidente.»

Sullo schermo apparve l'annunciatore che parlò per qualche istante, poi seguì il servizio. Whitehall sotto la neve, le guardie a cavallo, il retro del Numero Dieci di Downing Street, le tende che pendevano dalle finestre frantumate, poi Mountbatten Green e il Primo ministro che ispezionava i danni. I tre uomini rimasero in attonito silenzio.

Fu Aroun a parlare per primo. «Ha fallito», ringhiò. «Tutto per niente. Due finestre rotte e un buco nel giardino!»

«L'attentato è stato compiuto», protestò Makeev. «L'attacco più sensazionale che sia stato mai lanciato contro il governo britannico, e proprio nella sede dell'Impero.»

«E che diavolo importa?» Aroun scagliò il suo bicchiere nel caminetto. «Noi volevamo un risultato, e lui non ne ha dati. Ha fallito con la Thatcher, ha fallito con il Primo ministro. Malgrado tutte le tue vanterie, Josef, nient'altro che fiaschi.»

Si lasciò andare su una delle sedie dall'alto schienale vicino al tavolo, mentre Rashid diceva: «Meno male che non gli abbiamo pagato il suo milione».

«È vero, ma il denaro è l'ultima cosa», ribatté Aroun. «Quello che è in gioco, qui, è la mia posizione personale presso il presidente.»

«E allora, che cosa dobbiamo fare?» chiese Makeev.

«Che cosa dobbiamo fare?» Aroun diede un'occhiata a Rashid. «Prepareremo al nostro amico Dillon un'accoglienza molto calorosa, in questa fredda giornata, vero, Ali?»

«Ai suoi ordini, signor Aroun», rispose Rashid.

«E tu, Josef, sei con noi?»

«Naturale», assentì Makeev, poiché non aveva altra scelta. «Naturale.» Si versò un altro bicchiere di champagne, ma le sue mani tremavano.

Quando la Mercedes uscì dal folto degli alberi a Grimethorpe, il Conquest stava virando e sparendo all'orizzonte.

Brosnan era al volante, Mary era accanto a lui, Harry Flood sul sedile posteriore.

Mary si sporse dal finestrino. «Pensate che sia lui?»

«Potrebbe essere», rispose Brosnan. «In ogni caso, lo scopriremo presto.»

Passarono accanto all'hangar spalancato, con il Navajo Chieftain all'interno, e si fermarono davanti alle baracche. Fu Brosnan che varcò per primo la soglia e trovò il corpo di Grant. «Da questa parte», chiamò.

Mary e Flood lo raggiunsero. «Così era proprio Dillon su quell'aereo», commentò Mary.

«È evidente», confermò Brosnan cupamente.

«Il che significa che quel bastardo ci è scappato di nuovo dalle mani», borbottò Flood.

«Non ne sia troppo sicuro», obiettò Mary. «C'è un altro aereo nell'hangar», e corse fuori.

«Che cosa vuol fare?» chiese Flood seguendo Brosnan fuori della casetta.

«Fra l'altro, la nostra bella signora è un pilota dell'aviazione militare», spiegò Brosnan.

Quando entrarono nell'hangar, il portello del Navajo era aperto e Mary era già salita nella carlinga. Si affacciò e gridò: «I serbatoi sono pieni».

«E tu vorresti inseguirlo?» chiese Brosnan.

«Perché no? Con un po' di fortuna gli staremo alle calcagna.» Aveva la voce dura e risoluta. Aprì la borsetta e prese il suo telefono cellulare. «Non lascerò che quel bastardo se la cavi, con tutto quello che ha combinato. Dobbiamo fermarlo, una volta per tutte.»

Saltò giù dalla carlinga, alzò l'antenna del telefono e fece il numero dell'auto di Ferguson.

La limousine, alla testa di una colonna di sei macchine senza contrassegni della Sezione speciale, stava entrando a Dorking quando Ferguson ricevette la chiamata. L'ispettore

Lane era seduto accanto a lui, il sergente Mackie era davanti, a fianco dell'autista.

Ferguson ascoltò quello che Mary aveva da dirgli e prese la sua decisione. «Sono assolutamente d'accordo. Devi inseguire Dillon al più presto, fino a quella pista di Saint-Denis. Che cosa vuoi che faccia?»

«Parli al colonnello Hernu al Servizio Cinque. Gli chieda di verificare chi è il proprietario della pista di atterraggio di Saint-Denis, così sapremo dove andiamo a finire. Vorrà venire anche lui, ovviamente, ma gli ci vorrà tempo. Gli chieda di mettersi in contatto con le autorità dell'aeroporto Maupertus a Cherbourg. Possono fare da collegamento per noi, quando ci avvicineremo alla costa francese.»

«Provvedo subito. E tu sintonizzati su questa frequenza radio.» Le dettò rapidamente il numero. «Ti metterà in contatto direttamente con me, al ministero della Difesa. Se non sarò di ritorno a Londra, mi rintracceranno.»

«D'accordo, signore.»

«E, Mary, mia cara», aggiunse ancora, «sta' attenta. Abbi cura di te.»

«Farò del mio meglio, signore.» Chiuse il telefono, lo rimise nella borsetta e rientrò nell'hangar.

«Allora, andiamo?» chiese Brosnan.

«Il generale parlerà con Max Hernu a Parigi. Vedrà di stabilire un collegamento per noi con l'aeroporto Maupertus di Cherbourg, per farci sapere dove ci stiamo cacciando.» Fece un sorriso tirato. «Allora, muoviamoci. Sarebbe una vergogna arrivare là e trovare la gabbia vuota.»

Salì nel Navajo e si installò nella carlinga. Harry Flood la seguì, e andò a sedersi in uno dei sedili in cabina. Brosnan, per ultimo, chiuse il portello e sedette accanto a lei sul sedile del copilota. Mary accese prima un motore, poi l'altro, controllò i quadranti del cruscotto, quindi fece uscire il Navajo dall'hangar. Aveva ricominciato a nevicare e un vento leggero spingeva una cortina di fiocchi attraverso la pista, mentre l'aereo rullava e girava.

«Pronti?» chiese Mary.

Brosnan annuì. Mary diede gas, il Navajo ruggì lungo la pista e si sollevò nel cielo grigio quando lei tirò indietro la cloche.

Max Hernu era seduto alla scrivania del suo ufficio, al quartier generale della DGSE e stava esaminando alcune carte insieme con l'ispettore Savary, quando gli passarono la chiamata di Ferguson. «Charles? Un bel casino, questa mattina a Londra.»

«Non ridere, vecchio mio, perché tutta la faccenda potrebbe ricadere sulle tue spalle», ribatté Ferguson. «Anzitutto, c'è una pista d'atterraggio privata in un posto chiamato Saint-Denis, sulla costa a sud di Cherbourg. Chi è il proprietario?»

Hernu pose una mano sul ricevitore e si rivolse a Savary. «Controlla al computer. Chi possiede una pista d'atterraggio privata a Saint-Denis, sulla costa della Normandia?» Savary si precipitò fuori e Hernu continuò: «Dimmi intanto di che cosa si tratta, Charles».

Ferguson lo mise al corrente e concluse: «Dobbiamo prenderlo stavolta quel bastardo, Max, e farla finita sul serio con lui».

«D'accordo, amico mio.» Savary entrò di corsa con un pezzo di carta. Hernu lo lesse e fece un fischio. «La pista in questione fa parte della tenuta dello Château di Saint-Denis, il cui proprietario è Michael Aroun.»

«Il miliardario iracheno?» Ferguson scoppiò in un'aspra risata. «Tutto quadra. Vuoi sistemare le cose con Cherbourg per Mary Tanner, e insieme provvedere a trasmetterle questa informazione?»

«Ma certo, amico mio. Anzi, mi procuro subito un aereo e vado laggiù io stesso con una squadra del Servizio Cinque.»

«Buona caccia a tutti, allora», augurò Ferguson, e interruppe la comunicazione.

* * *

Sulla costa si addensavano cumuli di nubi basse. Dillon, che si trovava ancora parecchi chilometri al largo della costa, ne uscì a circa trecento metri d'altezza e si abbassò, avvicinandosi al litorale, a circa centosettanta metri di altezza su un mare turbolento incappucciato di creste bianche.

Il viaggio era andato liscio come l'olio, senza intoppi; la navigazione aerea era sempre stata il suo forte. Giunse sulla terraferma e vide sotto di sé lo Château Saint-Denis appollaiato in cima alla scogliera e la pista d'atterraggio, poche centinaia di metri più in là. C'era un po' di neve, ma non quanta ne aveva trovata in Inghilterra. Sulla pista si scorgeva un piccolo hangar prefabbricato e il Citation era parcheggiato lì vicino. Dillon fece un unico passaggio sopra la casa, virò nel vento e calò i flap per un atterraggio perfetto.

Aroun e Makeev erano seduti accanto al fuoco nel salone, quando udirono sopra le loro teste il rombo di un aeroplano. Rashid corse ad aprire le portefinestre e i due lo raggiunsero sulla terrazza coperta di neve, Aroun con il binocolo in mano. A trecento metri da loro, sulla pista, il Cessna Conquest atterrò, dirigendosi verso l'hangar per affiancarsi al Citation.

«Dunque, è qui», borbottò Aroun.

Mise a fuoco il binocolo sull'aereo, vide aprirsi il portello e Dillon balzare a terra. Passò il binocolo a Rashid, che diede un'occhiata e a sua volta lo porse a Makeev.

«Scendo a prenderlo con la Land Rover», propose Rashid.

«No.» Aroun scosse la testa. «Lasciamo che quello stronzo scarpini un po' nella neve, è quello che si merita. E, quando arriverà qui, saremo pronti ad accoglierlo.»

Dillon aveva lasciato la borsa e la valigetta nel Conquest, quando era sceso. Si avvicinò al Citation e si accese una sigaretta, osservandolo con attenzione. Era un aereo che aveva pilotato molte volte, in Medio Oriente, uno dei suoi preferiti. Finì la sigaretta e ne accese un'altra. Faceva un freddo polare e tutto era silenzioso. Passarono quindici minuti e ancora non v'era traccia di qualche veicolo che venisse a prenderlo.

«Ah, è così che la mettono!» mormorò fra sé, e tornò al Conquest.

Aprì la valigetta, prese la Walther con il silenziatore e si infilò la Beretta alla cintola, dietro la schiena. Poi prese la borsa in una mano, la valigetta nell'altra, attraversò la pista e seguì il sentiero fra gli alberi.

A ottanta chilometri dalla costa, Mary chiamò la torre di controllo dell'aeroporto Maupertus. Ebbe subito risposta.

«Vi stavamo aspettando.»

«È possibile atterrare sulla pista di Saint-Denis?»

«La visibilità sta diminuendo rapidamente. Avevamo trecento metri solo venti minuti fa. Ora sono duecento al massimo. Consigliamo di atterrare qui.»

Brosnan aveva sentito tutto all'altro auricolare, e la guardò, allarmato. «Non possiamo farlo, non ora.»

Mary replicò alla torre di controllo: «La missione è urgentissima, dovrò vedermela da me».

«Abbiamo un messaggio per voi dal colonnello Hernu.»

«Leggetelo.»

«La pista di atterraggio di Saint-Denis fa parte della tenuta di Château Saint-Denis ed è proprietà del signor Michael Aroun.»

«Grazie», rispose Mary con calma. «Passo e chiudo.» Si voltò verso Brosnan. «Hai sentito? Michael Aroun.»

«Certo, è uno degli uomini più ricchi del mondo», osservò Brosnan. «E per di più iracheno.»

«Tutto quadra», replicò lei.

Brosnan si slacciò la cintura di sicurezza. «Vado a riferirlo a Harry.»

* * *

Dillon avanzò faticosamente nella neve verso la terrazza sulla facciata del castello, mentre i tre uomini lo osservavano. Aroun si volse a Makeev. «Sai che cosa fare, Josef.»

«Naturalmente.» Makeev prese dalla tasca una Makarov automatica, si assicurò che fosse carica e la ripose.

«Va' Ali, fallo entrare», ordinò Aroun.

Rashid uscì e Aroun andò al divano presso il camino e prese un giornale. Poi si mise seduto al tavolo, appoggiandovi il quotidiano, e vi fece scivolare sotto una Smith & Wesson che si era tolto di tasca.

Rashid aprì la porta, mentre Dillon saliva i gradini coperti di neve. «E così è arrivato, signor Dillon!»

«Avrei apprezzato che qualcuno venisse a prendermi.»

«Il signor Aroun l'aspetta nel salone. Permetta che prenda i suoi bagagli.»

Dillon appoggiò a terra la borsa, ma tenne con sé la valigetta. «Questa la porto io.» Sorrise. «Qui c'è il resto del denaro.»

Seguì Rashid attraversando la vasta distesa di piastrelle bianche e nere ed entrò nel salone, dove Aroun l'aspettava seduto al tavolo. «Entri, signor Dillon», lo invitò l'iracheno.

«Dio benedica tutti i presenti!» Dillon si avvicinò al tavolo e si fermò, con la valigetta nella destra.

«Non è andata troppo bene», disse Aroun.

Dillon si strinse nelle spalle. «Una volta si vince, una volta si perde.»

«Mi aveva promesso grandi cose, doveva mandare a fuoco il mondo.»

«Un'altra volta, magari.» Dillon depose la valigetta sul tavolo.

«Un'altra volta!» D'improvviso la faccia di Aroun si contorse per la rabbia. «Un'altra volta? Lasci che le dica che cosa ha fatto. Lei non ha solo deluso me, ha deluso Saddam Hussein, il presidente del mio Paese. Io ho impegnato la mia parola con lui, la mia parola, e a causa del suo fallimento il mio onore è distrutto.»

«Che cosa vuole che faccia, che chieda scusa?»

Rashid era seduto sull'orlo del tavolo e dondolava una gamba. «In queste circostanze», disse, «è stata una saggia decisione non pagare quest'uomo.»

«Che cosa diavolo sta dicendo?» ribatté Dillon.

«Quel milione d'anticipo che doveva essere depositato a Zurigo.»

«Ho parlato con il direttore della banca, mi ha confermato che era stato accreditato sul mio conto.»

«Ha risposto così perché gliel'ho ordinato io, imbecille. Ho un bel po' di milioni depositati in quella banca. È bastato che minacciassi di trasferirli altrove perché quello si mettesse in ginocchio.»

«Non doveva farlo», obiettò Dillon, calmissimo. «Io mantengo sempre la mia parola, signor Aroun, e mi aspetto che gli altri facciano lo stesso. È una questione di onore.»

«Onore? Proprio lei viene a parlarmi di onore?» Aroun scoppiò a ridere. «Che ne pensi, Josef?»

Makeev, che era rimasto dietro la porta, avanzò con la Makarov in pugno. Dillon si girò a metà e il russo disse: «Calma, Sean, calma».

«Io sono sempre calmo, Josef.»

«Mani in alto, signor Dillon», intimò Rashid. Dillon lo fece e Rashid si accostò, gli aprì la lampo della giacca da motociclista, frugò in cerca di un'arma, e non trovò niente. Tastò con le mani intorno alla vita di Dillon e scoprì la Beretta. «Molto astuto», disse, e la posò sul tavolo.

«Posso prendere una sigaretta?» Dillon si infilò una mano in tasca e Aroun gettò a terra il giornale e impugnò la Smith & Wesson. Dillon tirò fuori un pacchetto di sigarette. «Va bene?» Se ne mise una in bocca e Rashid gliel'accese. L'irlandese rimase lì in piedi con la sigaretta che gli penzolava dall'angolo della bocca. «E adesso, che cosa succede? Josef mi spara?»

«No, è un piacere che riservo per me», disse Aroun.

«Signor Aroun, sia ragionevole.» Dillon fece scattare i due fermagli della valigetta e si accinse ad aprirla. «Io le rendo tutto quello che resta del denaro che mi ha anticipato, e siamo pari. Che ne dice?»

«Pensa davvero che il denaro possa mettere tutto a posto?»

«Non proprio.» Con un movimento fulmineo Dillon prese la Walther dalla valigetta e sparò ad Aroun in mezzo agli occhi. Aroun crollò rovesciando la sedia e Dillon si girò di colpo chinandosi con un ginocchio a terra e sparò due volte a Makeev, nel momento in cui il russo lasciava partire un colpo a casaccio.

Drizzandosi di scatto Sean Dillon puntò la Walther contro Rashid, che aprì le braccia all'altezza delle spalle. «Non ce n'è bisogno, signor Dillon. Potrei esserle utile.»

«Hai maledettamente ragione.»

In quel momento si udì sopra il castello il rombo improvviso di un aeroplano. Dillon afferrò Rashid per la spalla e lo spinse alla portafinestra. «Apri», ordinò.

«Va bene, va bene.» Rashid aprì ed entrambi uscirono sulla terrazza, da cui poterono vedere il Navajo che atterrava nonostante la nebbia in aumento.

«E chi può essere?» chiese Dillon. «Vostri amici?»

«Noi non aspettavamo nessuno, glielo giuro», gli rispose Rashid.

Dillon lo spinse dentro e gli appoggiò la bocca del silenziatore sul collo. «Aroun aveva una cassaforte ben nascosta nel suo appartamento di Parigi. Non venirmi a dire che non ne ha un'altra anche qui.»

Rashid non esitò. «È nello studio. Gliela mostro.»

Mary fece rullare il Navajo sulla pista e lo affiancò al Conquest e al Citation. Spense il motore e Brosnan aprì il portello e balzò a terra, voltandosi poi per dare una mano a

Flood. Tutto era silenzioso e il vento sollevava a folate la neve fresca.

«Il Citation?» osservò Mary. «Non può essere Hernu, non c'è stato abbastanza tempo.»

«Dev'essere quello di Aroun», replicò Brosnan.

Flood additò le orme di Dillon, ben visibili nella neve, che portavano al sentiero attraverso il bosco: in fondo si ergeva, svettante, il castello. «È di là che dobbiamo passare.» Si avviò e Brosnan e Mary lo seguirono.

15

Lo studio era sorprendentemente piccolo, rivestito di pannelli di quercia; alle pareti erano appesi i soliti ritratti di aristocratici defunti. C'era una scrivania antica con la sua sedia, un caminetto spento, un televisore, un fax e scaffali colmi di libri su una delle pareti.

«Sbrigati», intimò Dillon. Sedette sull'orlo della scrivania e si accese una sigaretta.

Rashid andò al caminetto e tastò con la mano lungo il pannello del lato destro. C'era evidentemente una molla nascosta. Un pannello si aprì, rivelando una piccola cassaforte. Rashid girò avanti e indietro il pomolo del quadrante al centro, poi provò la maniglia. La cassaforte rifiutò di aprirsi.

«Dovrai far meglio», ringhiò Dillon minaccioso.

«Mi dia un po' di tempo.» Rashid stava sudando. «Devo aver sbagliato la combinazione. Provo ancora.»

Continuò ad armeggiare fermandosi solo per asciugarsi il sudore dagli occhi con la mano sinistra, e infine ci fu un *clic* che anche Dillon udì.

«Fatto», esclamò Rashid.

«Bene, veniamo al dunque.» Stese il braccio sinistro puntando la Walther nella schiena di Rashid.

Rashid aprì la cassaforte, frugò dentro con la mano e si girò impugnando una Browning. Dillon gli sparò nella spalla, facendogli fare un mezzo giro, e poi di nuovo nella schiena. Il giovane iracheno fu spinto con violenza contro la parete, rimbalzò in avanti e crollò sul pavimento.

Dillon si fermò per un attimo sopra di lui. «Non imparerete mai, voialtri», mormorò.

Guardò nella cassaforte. C'erano pile e pile ben ordinate di mazzette di banconote da cento dollari, di franchi francesi e di biglietti inglesi da cinquanta sterline. Dillon andò a prendere la sua valigetta nel salone, l'aprì sulla scrivania e vi stipò tutto il denaro che poteva contenere, fischiettando piano. Quando la valigetta fu piena, la chiuse. Fu in quel momento che sentì aprirsi la porta d'ingresso.

Brosnan salì per primo i gradini coperti di neve, impugnando nella mano destra la Browning che gli aveva dato Mordecai. Esitò per un attimo, poi spinse la porta. Si aprì al primo tocco.

«Attento», ammonì Flood.

Brosnan sbirciò dentro con cautela, abbracciando con lo sguardo l'ampia distesa di piastrelle bianche e nere, il curvo scalone. «Silenzio di tomba. Io entro.»

«Si fermi qui per un attimo», disse Flood a Mary, e lo seguì.

La doppia porta del salone era spalancata. Brosnan vide subito il corpo di Makeev. Si arrestò un attimo, poi continuò ad avanzare con la Browning puntata. «È stato qui, di sicuro. Chissà chi è questo tizio?»

«Ce n'è un altro al di là del tavolo», annunciò Flood. Si avvicinarono, Brosnan piegò un ginocchio a terra e voltò il corpo. «Bene, bene», commentò Harry Flood. «Persino io so chi è. Quello è Michael Aroun.»

* * *

Mary avanzò nell'atrio, chiudendosi la porta alle spalle e osservò i due uomini che entravano nel salone. Ci fu un leggero scricchiolio alla sua sinistra: si voltò e vide la porta dello studio socchiusa. Prese la Colt 25 dalla borsetta e fece un passo avanti.

Dalla soglia le apparve la scrivania, e anche il corpo di Rashid che giaceva sul pavimento lì accanto. Avanzò di un passo, come per un riflesso involontario, e Dillon sbucò da dietro la porta, le strappò la Colt di mano e se la mise in tasca.

«Ma bene, che piacere inaspettato!» disse e le piantò la Walther nel fianco.

«Ma perché lo ha ammazzato?» chiese Flood a Brosnan. «Questo non lo capisco.»

«Perché quel bastardo mi ha imbrogliato. Perché non voleva pagare il suo debito.»

Si voltarono di scatto e videro Mary sulla porta e Dillon dietro di lei con la Walther nella sinistra e la valigetta nell'altra mano. Brosnan alzò la Browning. «Buttala a terra e dalle un calcio», intimò Dillon, «o la uccido. Sai che faccio sul serio, Martin.»

Brosnan depose lentamente la Browning a terra, poi la spinse con il piede lontano da sé.

«Bene, così va meglio.» Dillon spinse Mary verso di loro e diede un altro colpo alla Browning con la punta dello stivale, mandandola a finire contro la parete in fondo.

«Aroun, lo abbiamo riconosciuto; ma, per pura curiosità, chi era questo?» Brosnan indicò Makeev.

«Il colonnello Josef Makeev, del KGB, sezione di Parigi. È il tizio che mi ha attirato nell'affare. Era uno della linea dura, e non gli piaceva Gorbaciov e quello che cerca di fare.»

«C'è un altro cadavere nello studio», disse Mary.

«Ah, quello. Un capitano dei Servizi segreti iracheni, un certo Ali Rashid, un assistente di Aroun», spiegò Dillon.

«Una pistola mercenaria, è questo che sei diventato, vero

Sean?» Brosnan fece un cenno verso Aroun. «Perché lo hai ucciso?»

«Te l'ho detto, perché non voleva pagare i suoi debiti. Era una questione d'onore, Martin. Io mantengo sempre la mia parola, lo sai, e lui non voleva mantenerla. Come diavolo siete riusciti a trovarmi?»

«Una certa Myra Harvey ti ha fatto seguire la notte scorsa; questo ci ha portato a Cadge End. Stai diventando incauto, Sean.»

«Così pare. Se può essere una consolazione per te, sappi che l'unica ragione per cui l'intero Consiglio di guerra britannico non è saltato in aria è che tu e i tuoi amici mi siete arrivati troppo vicino. Mi avete costretto a fare le cose troppo in fretta, e questo è sempre fatale. Danny voleva fissare delle alette stabilizzatrici su quelle bombole di ossigeno che abbiamo usato per l'attentato, avrebbe aggiustato il tiro e assicurato la necessaria precisione alla traiettoria. Ma non c'è stato il tempo, grazie a te.»

«Sono felice di sentirlo», disse Brosnan.

«E come mi avete seguito fin qui?»

«Quella povera ragazza ce lo ha detto», intervenne Mary.

«Angel? Mi spiace per lei. Una brava ragazza.»

«E Danny Fahy e Grant, al campo d'aviazione? Anche per loro ti spiace?» chiese Brosnan.

«Non dovevano mettersi di mezzo.»

«E Tommy McGuire a Belfast? È lei che gli ha sparato?» chiese Mary.

«Una delle mie migliori interpretazioni!»

«E lei non è tornato con il volo per Londra», aggiunse Mary, «vero?»

«Ho preso l'aereo per Glasgow e la navetta per Londra.»

«E adesso, che facciamo?» chiese Brosnan.

«Quanto a me», Dillon sollevò la valigetta, «ho qui una bella sommetta in contanti, che era là nella cassaforte di Aroun, e un'ampia scelta di aerei. Il mondo è la mia casa. Qualsiasi paese, tranne l'Iraq.»

«E noi?» Harry Flood pareva sul punto di sentirsi male, aveva la faccia tirata per il dolore. Sollevò un poco il braccio ferito che portava nella tracolla.

«Sicuro, che cosa vuole fare di noi?» chiese Mary. «Ha già ammazzato tutti gli altri, che cosa contano tre in più?»

«Come vede, non ho altra scelta», ribatté pazientemente Dillon.

«Ma io sì, bastardo!»

Con gesto fulmineo Harry Flood infilò la destra nella tracolla, estrasse la Walther che teneva lì nascosta e gli sparò due volte al cuore. Dillon barcollò all'indietro contro la parete, mollò la borsa e crollò al suolo, contorcendosi in moti convulsi. Poi di colpo rimase immobile con la faccia a terra, la Walther con il silenziatore ancora stretta nella sinistra.

Ferguson stava tornando a Londra con la sua auto, quando Mary lo chiamò dal telefono dello studio di Aroun.

«Lo abbiamo preso, signore», annunciò semplicemente.

«Raccontami tutto.»

Mary gli riferì ogni cosa: Michael Aroun, Makeev, Ali Rashid, senza omettere alcun particolare. «Ecco come sono andate le cose, signore.»

«Bene. Io sto tornando a Londra, abbiamo appena passato Epsom. Ho lasciato l'ispettore Lane a sbrigare le pratiche a Cadge End.»

«E ora che cosa devo fare, generale?»

«Torna all'aereo e parti immediatamente. Sei in territorio francese, ricordati. Parlo subito con Hernu, si occuperà lui di tutto. Ora sali a bordo e chiamami a metà del volo, io ti darò istruzioni per atterrare.»

Appena terminata la conversazione con Mary, Ferguson telefonò a Hernu, al quartier generale della DGSE. Rispose Savary. «Qui è Ferguson. Sapete se il colonnello Hernu è arrivato a Saint-Denis?»

«Il tempo non è buono laggiù, generale. Devono atterrare

all'aeroporto Maupertus di Cherbourg e proseguiranno in auto.»

«Bene, quello che troverà là somiglia all'ultimo atto del *Macbeth*», ribatté Ferguson. «Ora io vi spiego i fatti, e voi provvederete a informarlo.»

Non c'erano più di cento metri di visibilità, con la foschia che veniva dal mare, quando Mary Tanner fece rullare il Navajo sulla pista, con Brosnan seduto accanto. Flood si sporse dal suo sedile e sbirciò nella carlinga.

«È sicura che possiamo farcela?» chiese.

«Il problema è atterrare, in questa nebbia, non decollare», rispose Mary e spinse avanti il Navajo contro il grigio muro di nebbia. Tirò a sé la cloche e cominciò a salire. In pochi minuti si lasciò la nebbia alle spalle e puntò verso il mare, stabilizzando il volo a tremila metri. Dopo un po' inserì il pilota automatico e si adagiò allo schienale.

«Stai bene?» chiese Brosnan.

«Benissimo. Un po' stanca, questo è tutto. È stato così... così semplice. Non posso credere che sia morto.»

«È morto stecchito!» esclamò allegramente Flood, con una mezza bottiglia di scotch in una mano e una tazza di plastica nell'altra, perché aveva scoperto il piccolo bar del Navajo.

«Credevo che tu non bevessi più», commentò Brosnan.

«Questa è un'occasione speciale.» Flood alzò la tazza. «A Dillon. Che possa arrostire all'inferno.»

Dillon percepì le voci e la porta d'ingresso che si chiudeva. Quando emerse dal buio, fu come tornare dalla morte alla vita. Il dolore al torace era lancinante, ma non c'era da stupirsi: l'effetto dei colpi sparati così a bruciapelo era stato traumatizzante. Esaminò i due fori slabbrati nella giacca di cuoio e aprì la lampo, deponendo la Walther sul pavimento.

I proiettili sparati da Flood erano incastrati nel giubbotto di titanio e nylon che Tania gli aveva dato quella prima notte. Staccò le chiusure di velcro, si tolse il giubbotto e lo gettò a terra, poi riprese la Walther e si alzò.

Era rimasto del tutto privo di sensi per qualche minuto, ma era un'esperienza normale, per chiunque fosse colpito a distanza così ravvicinata e portasse un giubbotto antiproiettile. Andò al bar e si versò un brandy, girando lo sguardo intorno, sulla stanza e i cadaveri. La sua valigetta era ancora sul pavimento, dove l'aveva lasciata cadere. Quando udì il rombo dei motori del Navajo che decollava, comprese. Naturalmente, lasciavano tutto in mano ai francesi: era il loro territorio. E questo probabilmente significava che Hernu e i ragazzi del Servizio operativo stavano per arrivare.

Era tempo di tagliare la corda. Ma dove? Si versò un altro brandy, pensando. C'era il Citation di Michael Aroun, ma dove poteva volare senza lasciare qualche traccia? No, la risposta migliore, come al solito era Parigi. Era sempre stato in grado di sparire nel nulla, a Parigi. C'era la sua chiatta e l'appartamento sopra il magazzino di Rue de Helier. Tutto quello che gli occorreva.

Finì il brandy, prese la valigetta, esitò un momento guardando il giubbotto di titanio con le due pallottole incastrate. Sorrise e mormorò fra sé: «Potrai roderti il fegato su quest'affare, Martin».

Spalancò la portafinestra e restò un attimo sulla terrazza, respirando a pieni polmoni l'aria fredda, poi scese i gradini verso il prato e si avviò a passi svelti per il sentiero in mezzo agli alberi, fischiettando piano.

Mary sintonizzò la radio sulla frequenza che le aveva dato Ferguson. Fu immediatamente ricevuta dalla sala radio del ministero della Difesa; qui inserirono un sofisticato congegno di *scrambling* e la misero subito in comunicazione con il generale.

«Mi trovo al largo, sulla Manica, signore, diretta a casa.»

«Abbiamo combinato per Gatwick, ti stanno aspettando. Hernu mi ha telefonato ora dalla sua macchina, è diretto a Saint-Denis. Esattamente come pensavo. I francesi non amano questo tipo di guai sul loro territorio. Aroun, Rashid e Makeev sono morti in un incidente d'auto, Dillon finirà direttamente in una fossa comune. Niente nome, solo un numero. La stessa cosa avverrà qui da noi per quel tizio di Grimethorpe, Grant.»

«E come, signore?»

«Uno dei nostri medici ha già avuto istruzione di certificare che è deceduto per un attacco cardiaco. Abbiamo una nostra sezione che tratta questo genere di cose, istituita dopo la seconda guerra mondiale. In una stradina tranquilla, in un quartiere settentrionale di Londra. Ha il suo crematorio privato. Grant sarà un mucchio di cenere grigia entro domani. Niente autopsia.»

«E Jack Harvey?»

«Questo è un caso un po' diverso. Lui e il giovane Billy Watson sono ancora fra noi, ricoverati in una clinica privata di Hampstead. I ragazzi della Sezione speciale li tengono d'occhio.»

«Devo pensare che non prenderemo alcun provvedimento contro di loro?»

«Non ce n'è alcun bisogno. Harvey non vorrà certo farsi vent'anni di prigione per complicità con l'IRA. Lui e i suoi compari di ambo i sessi terranno la bocca chiusa. Così farà, naturalmente, anche il KGB.»

«E Angel?»

«Pensavo che potesse venire a stare con te per qualche tempo. Sono sicuro che potrai cavartela con lei, mia cara. Il tocco femminile e cose del genere.» Ci fu una pausa, e poi Ferguson aggiunse: «Mary, tutta questa faccenda non è mai successa. Non esiste».

«È così, allora, signore?»

«Proprio così, Mary. Ci vediamo presto.»

* * *

«Che cosa aveva da dire quel vecchio furfante?» chiese Brosnan.

Mary riferì quanto Ferguson le aveva comunicato. Flood scoppiò a ridere. «Così questa faccenda non è mai successa? Non esiste? Ma è meraviglioso!»

«E ora, che si fa, Martin?» chiese Mary.

«Lo sa Dio.» Brosnan si appoggiò all'indietro sul sedile e chiuse gli occhi.

Mary si voltò verso Harry Flood, che sollevò la tazza per brindare e la vuotò. «Non lo chieda a me, capitano!»

Mary sospirò, disinserì il pilota automatico, riprese i comandi e puntò verso la costa inglese.

Ferguson terminò in fretta di compilare il rapporto e chiuse il fascicolo. Si alzò e si avvicinò alla finestra. Nevicava ancora. Volse lo sguardo a sinistra, verso l'incrocio di Horse Guards Avenue con Whitehall, dove tutto era avvenuto. Era stanco, più stanco di quanto si fosse sentito da molto tempo, ma aveva ancora una cosa da fare. Ritornò alla scrivania e stava per sollevare la cornetta del telefono privato quando questo squillò.

«Charles», cominciò la voce di Hernu, «sono qui a Saint-Denis. Abbiamo dei guai.»

«Dimmi tutto.» Ferguson si sentiva già stringere lo stomaco.

«Ci sono solo tre soli cadaveri: Josef Makeev, Ali Rashid e Michael Aroun.»

«E Dillon?»

«Di lui non c'è nessuna traccia, soltanto un grazioso giubbotto antiproiettile, con due pallottole Walther incastrate nel tessuto.»

«Oh, mio Dio!» gemette Ferguson. «Quella dannata canaglia è ancora in giro!»

«Temo di sì, Charles. Passerò parola alla polizia, naturalmente, e ai soliti servizi, ma non posso dire di avere molte speranze.»

«E come potresti! Non siamo riusciti a mettere le mani su Sean Dillon in vent'anni, perché dovrebbe essere diverso ora?» Sospirò profondamente. «Bene, Max, mi terrò in contatto.»

Tornò alla finestra e rimase a fissare la neve, che ora cadeva fitta. Non c'era ragione di telefonare al Navajo. Mary, Brosnan e Flood avrebbero appreso fin troppo presto la cattiva notizia, ma c'era ancora una cosa da fare. Tornò riluttante alla scrivania, prese il telefono e restò un attimo a pensare, prima di chiamare Downing Street e chiedere di parlare con il Primo ministro.

Era quasi sera e nevicava forte, mentre Pierre Savigny, un contadino del villaggio di Saint Just, presso Bayeux, guidava con molta attenzione il suo vecchio camion Citroën lungo la strada provinciale verso Caen. Quasi non vide l'uomo con il giubbotto da motociclista che avanzava dal bordo della strada con un braccio alzato.

Il camion si arrestò slittando un poco e Dillon aprì la portiera e sorrise. «Mi deve scusare», disse nel suo impeccabile francese, «ma è un bel pezzo che cammino sotto questa maledetta neve!»

«E dove vorrebbe andare in una notte schifosa come questa?» chiese Savigny, mentre Dillon si issava sul sedile accanto a lui.

«A Caen. Speravo di prendere il treno della notte per Parigi. La mia motocicletta ha avuto un guasto e ho dovuto lasciarla in un garage a Bayeux.»

«Allora lei è fortunato, amico mio. Sto proprio andando a Caen. Patate per il mercato di domani.» Innestò la marcia e partì.

«Splendido.» Dillon si mise una sigaretta in bocca, fece

scattare l'accendino e rimase tranquillo a sedere, con la valigetta sulle ginocchia.

«Allora lei è un turista, *monsieur*?» chiese Savigny accelerando.

Sean Dillon fece un piccolo sorriso. «Non esattamente, sono solo di passaggio.» Si adagiò all'indietro sul sedile e chiuse gli occhi.

FINE

Collana «Pandora»

Romanzi

493. E. Stewart, *Ragnatela di sangue*
494. J. Farris, *L'angelo delle tenebre*
495. J. Janes, *California Gold*
496. D. Steel, *Zoya*
497. D.R. Koontz, *Lampi*
498. I. Wallace, *La sala d'oro*
499. S. Woods, *Carico bianco*
500. N. Condé, *Nel folto del bosco*
501. C.S. Baehr, *Figlie del deserto*
503. N. Barber, *Le figlie del principe*
504. P.L. Sulitzer, *Una donna in prima pagina*
505. J. Briskin, *Il gelo nel cuore*
506. M. Rich, *Il sogno di una vita*
507. H. Crowder, *Agguato a Osirak*
508. J. Saul. *I figli della palude*
509. W.J. Caunitz, *Sabbia nera*
510. S. Lord, *Il prezzo della bellezza*
511. D.R. Koontz, *Visioni di morte*
512. J. Burchill, *Ambizione*
513. S. Coonts, *L'ultimo volo*
514. J.M. Straczynski, *La notte del demonio*
515. S. Birmingham, *Scie di profumo*
516. R. Cook, *La mutazione*
517. S. Dunant, *Neve rovente*
518. P Abrahams, *Gli abissi dell'amore*
519. S. Sheldon, *Ricordi di mezzanotte*
520. D. Mortman, *Solo mio*
521. D. Eddings, *Il Signore dei Demoni*
522. J. Higgins, *Viaggio all'inferno*
523. D.R. Koontz, *Mezzanotte*
524. D. Steel, *Star*
525. C. Francis, *L'inverno del lupo*
526. T.E.D. Klein, *Cerimonia di sangue*
527. G. Seymour, *Caccia all'uomo*
528. L. Sanders, *Delitti capitali*
529. P.A. Whitney, *La piuma sulla luna*
530. C. Gray, *La terza vita*
531. T. Jefferson Parker, *Il cerchio del tradimento*
532. W. Katz, *Dentro le tenebre*
533. P. Dann, *Sirene*
535. J. Lynch, *Il diario segreto di Laura Palmer*
536. P. Monette, *Havana*
537. M. Blake, *Balla coi lupi*
538. L. Blair, *Un mondo di differenza*
539. B. Erskine, *L'ombra di una voce*
540. S.E. Phillips, *Un fiore nella polvere*
541. M. Hastings, *Gioco diabolico*
542. D. Steel, *Babbo*
543. M. Higgins Clark, *La Sindrome di Anastasia*
544. D. Francis, *I binari della paura*
545. V. Cowie, *Scandali* e *segreti*
546. R. Campbell, *Antiche immagini*
547. B. Plain, *Più forte del tempo*
548. D. Eddings, *La Maga di Darshiva*
549. J. Farris, *Raptus*
550. S. Frost, *L'autobiografia dell'agente speciale Dale Cooper*
551. Emiliani & Morandi, *L'occhio chiuso del Paradiso*
552. J. Michael, *Una sola passione*
553. G. Seymour, *In nome dell'oro nero*
554. K. Douglas, *Danza con il Diavolo*
555. S. Casati Modignani, *Lo splendore della vita*
556. I. Wallace, *L'ospite di riguardo*
557. S. Kubelka, *Ofelia impara a nuotare*
558. L. Spencer, *L'amore più vero*
559. D.R. Koontz, *Il posto del buio*
560. P. Straub, *Koko*
561. S. Coonts, *Minotauro*
562. C. Arnothy, *Venlo africano*
563. A. Rodgers, *Il sangue del male*
564. K. Harvey, *Farfalla*
565. F. Mustard Stewart, *Bagliori d'oro*
566. S. Beauman, *L'angelo caduto*
567. D.R Koontz, *Incubi*
568. E. Leonard, *Il tocco*
569. D. Steel, *Messaggio dal Vietnam*
570. J. Higgins, *Il nido del falco*
571. P. Straub, *Mistery*

572. B. Taylor Bradford, *Le donne della sua vita*
573. J. Saul, *Creature*
574. V. Holt, *Il ventaglio indiano*
575. P. Cornford, *Komplotto*
576. R. Cook, *Sonno mortale*
577. R. Frakes, *Terminator 2 - Il giorno del giudizio*
579. L. Sanders, *Esca fatale*
580. D. Eddings, *Il trono di diamante*
581. A. Mangia, U. Mattone, M. Russo, *Piazza di Spagna*
582. H. e S. Kaminsky, *Avere tutto*
583. L. McMurtry, *Una voce da lontano*
584. M. Swindells, *La signora dell'isola*
585. L. Gallardo, *La donna del mistero*
586. D. Steel, *Batte il cuore*
587. D. F:rancis, *L'ultimo ostacolo*
588. J. Scott, *La sposa d'inverno*
589. J. Dailey, *Il rondò delle maschere*
590. M. Higgins Clark, *Le piace la musica, le piace ballare*
591. B. Plain, *Nel sole della vita*
592. D. Morrell, *La quinta professione*
593. G.G. Kay, *Il paese delle due lune*
594. W. Adler, *Strani miracoli*
595. E. Segal, *Atti di fede*
596. J.R. Maxim, *La soluzione Bannerman*
597. J. Farris, *Gli artigli del male*
598. J. Saul, *L'incubo della luna d'agosto*
599. Y. Lacamp, *L'elefante blu*
600. D. Eddings, *La profetessa di Kell*
601. J. Briskin, *L'altra faccia dell'amore*
602. P. L. Sulitzer, *Kate*
603. K. Osborne, *Istinti - Basic Instinct*
604. D. R. Koontz, *Fuoco freddo*
605. J Archer, *Sulle ali di un sogno*
606. S. Sheldon, *La congiura dell'Apocalisse*
607. Emiliani & Morandi, *Predoni di anime*
608. S. Coonts, *L'assedio*
609. B. Bickmore, *Dove brucia il sole*
610. R. Littell, *La spia dai due volti*
611. J.M. Straczynski, *Sul filo del terrore*
612. J. Glanfield, *Hotel Quadriga*
613. J. Kellerman, *Senza colpa*
614. J. Herbert, *Stregata*
615. D. Steel, *Nessun amore più grande*
616. R. Jaffe, *L'amore com'è*
617. D.R. Koontz, *In un incubo di follia*
618. R. Thurston, *1492. La conquista del Paradiso*
619. H. Thomas, *Il segreto di Klara*
620. G. Seymour, *Bersaglio mobile*
621. M. Mewshaw, *L'anno del terrore*
622. R. Cook, *Segni di vita*
623. D. Eddings, *Il cavaliere del rubino*
624. S. Casati Modignani, *Il Cigno Nero*
625. O. Goldsmith, *Il Club delle Ex Mogli*
627. S. Shagan, *Pilastri di fuoco*
629. H. Arnston, *Body of Evidence - Il corpo del reato*
630. D. Gram, *I signori della truffa*
631. E. Lanza, Una *pazza voglia d'amore*
632. L. Sanders, *Il settimo comandamento*
633. W. Adler, *Bugie private*
634. L. St. Clair Robson, Tōkaidō
635. F. Saberhagen e J.V. Hart, *Dracula di Bram Stoker*
636. S. Townsend, *La regina* e *io*
637. R. A. Lupoff, *La fortezza del buio (The Dungeon 1)*
638. D. Steel, *Gioielli*
639. J. Lindsey, *Amore selvaggio*
640. T. Piccirilli, *Padre delle tenebre*
641. J. Dailey, *L'amore di una vita*
642. M. Higgins Clark, *In giro per la città*
643. W. Diehl, 27
644. L. Spencer, *A braccia aperle*
645. J. Engelhard, *Proposta indecente*
646. T. Zahn, *Guerre stellari - L'erede dell'Impero*
648. G.G. Kay, *La strada dei re*
649. A. Mattei, *Coniglio il martedì*

650. J. Michael, *Quella sconosciuta emozione*
651. I. Trump, *Soltanto per amore*
652. P.A. Whitney, *Arcobaleno nella nebbia*
653. A. Wallace, *La forza del desiderio*
654. B. Plain, *I tesori del tempo*
655. P. Atzori, *Il padrone delle farfalle*
656. D.R. Koontz, *Cuore nero*
657. J. Deveraux, *La duchessa*
658. J. Kellerman, *Occhi indiscreti*
659. V. Cowie, *Fascino*
660. S. Sheldon, *E le stelle brillano ancora*
661. J. Cooper, *Polo*
662. D. Eddings, *La rosa di zaffiro*
663. J. Higgins, *Il ritorno dell'Aquila*
664. R. Cook, *Sguardo cieco*
665. P. Vincenzi, *Peccati segreti*
666. S. Woods, *Palindromo - La doppia verità*
667. R. Laymon, *Il luna park dell'orrore*
668. R. North Patterson, *Grado di colpevolezza*
669. D. Steel, *Le sorprese del destino*
670. A.V. Roberts, *Due passioni una vita*
671. C. Arnothy, *Un affare di eredità*
672. B. Coville, *I colori dell'abisso (The Dungeon 2)*
673. B. Taylor Bradford, *Ricorda*
674. D. Francis, *In trappola*
675. G.G. Kay, *La via del fuoco*
676. M. West, *Gli amanti*
677. K. Englade, *Hoffa, santo o mafioso?*
678. D. Eddings, *Le volte di fuoco*
679. R. Price, *Clockers - I portatori dell'estasi*
680. A. Hoffman, *La notte dei prodigi*
681. R. Thomas, *Una donna del nostro tempo*
683. V. Holt, *Prigioniera del cuore*
684. L. McMurtry, *Storie di donne con il fucile*
685. R. Pearson, *Shock*
686. D. Steel, *Scomparso*
687. C. de Lint, *La valle del tuono (The Dungeon 3)*
688. P. Margolin, *Non dimenticare mai*
689. M. Higgins Clark, *Un giorno ti vedrò*
690. C. Thomas, *L'ultimo corvo*
691. N. Thayer, *Per sempre*
692. S. Coonts, *Il cavaliere rosso*
693. L. Spencer, *Un velo sul passato*
694. J. Rossner, *Le sue piccole donne*
695. T. Strasser, *L'innocenza del diavolo*
696. T. Zahn, *Guerre stellari 2 - Sfida alla Nuova Repubblica*
697. P. Guimard, *Trappola d'amore*
698. S. Pieczenik, *Massima vigilanza*
699. M. Walters, *La morte ha freddo*
700. E. Adler, *Smeraldi*
701. W. Strieber, *Fuoco impuro*
702. A. Wing, *Angie – Una donna tutta sola*
703. J. Higgins, *L'occhio del ciclone*

I libri di Stephen King

112. S. King, *La zona morta*
146. S. King, *L'incendiaria*
191. S. King, *Cujo*
209. S. King, *Christine (La macchina infernale)*
266. S. King, *Pel Sematary*
295. S. King e P. Straub, *Il Talismano*
335. S. King, *Stagioni diverse*
365. S. King, *It*
394. S. King, *Misery*
412. S. King, *Gli occhi del drago*
423. S. King, *Scheletri*
445. S. King, *Le creature del buio*
470. S. King, *L'ultimo cavaliere (Serie La Torre Nera)*
484. S. King, *La metà oscura*
502. S. King, *La chiamata dei tre (Serie La Torre Nera)*
534. S. King, *Quattro dopo mezzanotte*
578. S King, *Cose Preziose*
626. S. King, *Terre desolate (Serie La Torre Nera)*
628. S. King, *Il gioco di Gerald*
682. S. King, *Dolores Claiborne*

Finito di stampare nel maggio 1994
dalla Tip.Le.Co. - Via S. Salotti, 37 - Piacenza
Printed in Italy